未讀 文艺家

未读之书，未经之旅

[美]
凯特·安德森·布劳尔 Kate Andersen Brower —————— 著 　　　李鹏程 —————— 译

THE RESIDENCE

白 宫 往 事

私人
记忆中　　　　　的　　　　　White House　　　　　真实
白宫

北京联合出版公司
Beijing United Publishing Co.,Ltd.

Inside the Private World of the White House

白宫往事：私人记忆中的真实白宫

[美] 凯特·安德森·布劳尔 著
李鹏程 译

图书在版编目（CIP）数据

白宫往事：私人记忆中的真实白宫/（美）凯特·安德森·布劳尔著；李鹏程译．—北京：北京联合出版公司，2016.9（2017.4 重印）

ISBN 978-7-5502-8166-0

Ⅰ．①白… Ⅱ．①凯… ②李… Ⅲ．①回忆录－美国－现代 Ⅳ．① I712.55

中国版本图书馆 CIP 数据核字 (2016) 第 162113 号

THE RESIDENCE: Inside the Private
World of the White House

by Kate Andersen Brower

北京市版权局著作权合同登记 图字：01-2016-5051

出 品 人	唐学雷
策　　划	联合天际
特约编辑	李鹏程
责任编辑	崔保华　刘 凯
版式设计	小圆子
封面设计	@broussaille 私制

未读
UnRead
—
文艺家

出　　版	北京联合出版公司 北京市西城区德外大街 83 号楼 9 层 100088
发　　行	北京联合天畅发行公司
印　　刷	北京鹏润伟业印刷有限公司
经　　销	新华书店
字　　数	220 千字
开　　本	889 毫米 × 1194 毫米 1/32　10.5 印张
版　　次	2016 年 9 月第 1 版　2017 年 4 月第 2 次印刷
I S B N	978-7-5502-8166-0
定　　价	48.00 元

关注未读好书

未读 CLUB
会员服务平台

献给我的丈夫布鲁克·布劳尔，
是他让我相信一切皆有可能。

也献给为我们带来无限欢乐的孩子们，
格拉姆和夏洛特。

CONTENTS **目 录**

主 要 出 场 人 物

詹姆斯·"斯基普"·艾伦　　招待，1979—2004

红子·阿灵顿　　水暖工、水暖领班，1946—1979

普莱斯顿·布鲁斯　　门卫，1953—1977

特拉菲斯·布莱恩特　　电工、养狗人，1951—1973

克里特斯·克拉克　　油漆工，1969—2008

威廉·"比尔"·克莱伯　　电工，1963—1990；

电工长，1990—2004

温迪·埃尔萨瑟　　花匠，1985—2007

克里斯·艾莫里　　招待，1987—1994

贝蒂·芬尼　　女佣，1993—2007

詹姆斯·豪尔　　兼职男仆，1963—2007

威廉·"比尔"·汉密尔顿　　勤杂工、库房长，1958—2013

詹姆斯·杰弗里斯　　厨工、兼职男仆，1959 至今

威尔逊·杰曼　　勤杂工、男仆，1957—1993；

兼职门卫，2003—2010

吉姆·凯彻姆　藏品监理，1961—1963；

藏品总监，1963—1970

克里斯汀·利默里克　行政管家，1979—2008

（1986—1991 中断）

林赛·里特尔　勤杂工，1979—2005

罗兰·梅斯尼埃　执行糕点主厨，1979—2006

贝蒂·蒙克曼　藏品监理，1967—1997；

藏品总监，1997—2002

朗恩·佩恩　花匠，1973—1996

纳尔逊·皮尔斯　招待，1961—1987

玛丽·普林斯　艾米·卡特的保姆

詹姆斯·拉姆齐　男仆，卡特政府后期—2010

斯蒂芬·罗尚　总招待，2007—2011

弗兰克·鲁塔　主厨，1979—1991

（1987—1988 中断）

托尼·萨沃伊　运营部员工、主管，1984—2013

鲍勃·斯坎伦　花匠，1998—2010

沃尔特·沙伊伯　行政主厨，1994—2005

莱克斯·斯卡尔顿　　招待，1957—1969；

　　　　　　　　　　总招待，1969—1986；

　　　　　　　　　　藏品总监，1986—1997

伊凡妮丝·希尔瓦　　女佣，1985—2008

赫尔曼·汤普森　　兼职男仆，1960—1993

盖里·沃特斯　　招待，1976—1986；

　　　　　　　　　　总招待，1986—2007

J. B. 韦斯特　　招待，1941—1957；

　　　　　　　　　　总招待，1957—1969

林伍德·韦斯特雷　　兼职男仆，1962—1994

沃辛顿·怀特　　男仆，1980—2012

泽弗尔·莱特　　约翰逊一家的家庭厨师

Introduction 引　子

住在白宫，就像生活在舞台上，悲剧与喜剧交替上演。而我们这些白宫的仆人，便是配角阵容。

——莉莉安·罗杰斯·帕克斯，

1929—1961 年间担任白宫女佣和裁缝，《白宫为仆三十载》[1]

---

[1] 帕克斯回忆录：*My Thirty Years Backstairs at the White House*, New York: Ishi Press International, 1961。

一天，普莱斯顿·布鲁斯正和妻子坐在他们位于华盛顿特区的厨房里，边听广播，边吃午饭——这顿饭他们每天都要一起吃——突然，播音员插播了一条紧急消息：总统遭到了枪击。

他一下子从椅子上跳起来，膝盖撞到了桌子上，盘子也咔嚓碎了一地。一分钟之后，又传来了一条播报，这次声音更尖厉：总统遭到了枪击。已经证实，总统遭到了枪击。他的情况目前未知。

怎么会发生这种事？布鲁斯心想。他赶紧穿上衣服，在11月的清冷日子里，连帽子都没戴，便跳上车绝尘而去了。留下他的妻子弗吉尼亚一个人在厨房里，目瞪口呆地站在地板上的碎盘子中间。

向来沉着镇定的布鲁斯，这时却在市中心的车流里迅速穿梭，车速达到了每小时八十八千米——他后来说："我根本没有意识到自己开得有多快。"——突然，布鲁斯听到车后响起了警笛，于是不得不将车停在了第十六街和哥伦比亚路交叉口的路边上。一位摩托骑警在他边上停住，跳下车，径直走到了驾驶座那边的车门。

"开那么快干什么？"他显然没心情听布鲁斯找借口。

"警官，我在白宫工作，"布鲁斯上气不接下气地说，"总统遭到了枪击。"

骑警愣在了那里。这时，并不是所有人都已经得知这个令人震惊的消息。"赶紧，"吃惊的骑警跳回到摩托车上说，"跟我走！"那天，布鲁斯一直被警察护送到白宫的西南门。

大多数经历过 1963 年的美国人，都清清楚楚地记得他们听到肯尼迪总统遇刺的消息时，自己正在干什么。不过，对布鲁斯而言，这个消息有着非同一般的影响：肯尼迪不仅是总统，也是他的老板，更重要的，还是他的朋友。普莱斯顿·布鲁斯是白宫的门卫，也是一位备受爱戴的白宫雇员。就在前一天早上，他还护送肯尼迪总统和第一夫人以及他们的儿子约翰－约翰[1]登上了停在南草坪的海军直升机，准备前往安德鲁空军基地换乘"空军一号"。肯尼迪夫妇将从那里启程，开始他们对得克萨斯州五个城市为期两天的"致命性"访问。（当时还差四天就要过三岁生日的约翰－约翰非常喜欢和父母坐直升机。但他最远只到了安德鲁空军基地。在被告知不能陪同父母去达拉斯之后，约翰－约翰哭了起来。这将是他与父亲的最后一面。）

"我把这里的一切就交给你了。"直升机的引擎在南草坪上轰轰作响，肯尼迪总统大声对布鲁斯喊道，"事情你自己看着安排。"

布鲁斯的祖辈曾是奴隶，他的父亲也只是南卡罗来纳州的一位佃农，但他却成了肯尼迪家族的荣誉成员。他会和这家人在白宫的剧院里看电影，会站在一旁看总统和孩子们快乐地玩闹。当肯尼迪在椭圆

1　即小约翰·肯尼迪。"约翰－约翰"这个昵称源于肯尼迪总统在叫小约翰时总是连叫两声。脚注均为译者所加，后同。

形办公室（Oval Office）里追着蹒跚学步又吵闹不停的约翰-约翰玩耍，却不小心把头撞到桌子上时，布鲁斯在一旁也似乎疼得皱起眉来。（肯尼迪总统的办公桌是约翰-约翰最喜欢的躲藏地点之一。布鲁斯经常要在重要会议之前，把他从桌子下面搜出来。）高高瘦瘦的布鲁斯现在已到知天命之年，长着一头浓密的白发和一撮亮白的胡子，每天上班都穿着一身黑色西装，系着白色的领结。他的工作内容之一，是协助紧张兮兮的宾客在国宴上找到自己的座位。完成这项任务需要非常周全小心，于是，对工作十分投入的布鲁斯还为此设计了一张桌面倾斜的桌子，极大地方便了席次卡的排列。后来，这个被称为"布鲁斯桌"的发明，一直沿用了几十年。

11月22日，正在拼命赶往白宫的布鲁斯满脑子的难以置信。"直到今天，我仍然能感受到那种击中全身的震惊。"他后来回忆道。

来到总统官邸后，他脑子里只有一件事："我要等着肯尼迪夫人回来。"他和其他工作人员围坐在电视机前，把招待员办公室挤了个水泄不通。电视上的新闻证实了每一位白宫工作人员的恐惧。多年后，他写道："在我们大多数人的脑子里，一直都明白一件事，那就是任何离开这块7.3万平方米土地的总统，都有可能会像肯尼迪总统那样回来，这是完全有可能的。"

凌晨4点时，杰奎琳·肯尼迪才最终回到白宫。她穿着那件溅满了血点的标志性粉色羊毛套裙，紧紧抓着小叔子罗伯特·肯尼迪[1]，面

1　罗伯特·肯尼迪是肯尼迪总统的弟弟，时任美国司法部长。在肯尼迪总统遇刺五年后的1968年，罗伯特·肯尼迪亦遇刺身亡。

色像鬼魅一样苍白。不过，她却出奇地冷静。"布鲁斯，你一直等到我们回来啊。"她轻轻地说，仿佛是在安慰布鲁斯。"是的，夫人，你知道我会一直待在这儿的。"他回答。

在东大厅（East Room）稍事休息后，他领着第一夫人和司法部长来到了二层的私人居住区。在乘电梯上楼的安静片刻里，站在这两个与肯尼迪总统最为亲密的人身边，布鲁斯终于失声痛哭起来。杰奎琳和罗伯特也开始哭泣，三个人互相拥抱在一起，一直到电梯抵达二楼。杰奎琳到了卧室后，和她的贴身女佣兼知心密友普罗维登西亚·普雷迪斯说："我以为他们会把我也杀掉。"然后，她才脱下了沾满丈夫鲜血的套裙，走进了浴室。

那天晚上，筋疲力尽的布鲁斯在三楼一间小卧室的椅子上，一直坐到了天亮。他脱掉了夹克，解下了领结，松开了笔挺的白衬衫领口的纽扣，但却不允许自己向疲惫缴械投降。"我不想躺下来，万一肯尼迪夫人有什么事需要我呢？"他的忠诚得到了回报。葬礼之后，第一夫人把丈夫在前往达拉斯的飞机上所系的领带送给了他，并说："总统会想要你留着这个的。"（在车队巡游开始前，肯尼迪换了一条领带，遇刺时，旧的那条就在他的西服口袋里。）罗伯特·肯尼迪则摘下了自己的手套，送给了这位痛苦万分的友人，然后对他说："留着这副手套吧，记得我在参加哥哥的葬礼时戴的就是它们。"

这位白宫门卫一直拒绝离开工作岗位。直到 11 月 26 日，也就是肯尼迪遇刺四天之后，他才回到家与妻子团聚。布鲁斯对工作、对第一家庭的忠诚似乎令人惊叹，但对那些在白宫工作的人而言，这其实是对他们最基本的期望。

————

在很大程度上，外界对美国的第一家庭知之甚少。他们的隐私受到了白宫西翼（West Wing）的幕僚和近百名白宫工作人员的严格保护。这些官邸的服务人员会有意躲开人们的视线，大多数时候都在这座5100平方米的大楼的二三楼工作。正是在这里，第一家庭才有机会躲开总统办公室那种让人窒息的压力——即便有时只是他们吃晚饭或者看电视这几个小时的珍贵时间。当游客们在一楼往来如织，业余摄影师聚在围栏附近用手机拍照时，楼上的一家人可以在私密的环境里，自由地过他们的日常生活。

与那一干从白宫卸任后热衷于接受访问和出版传记的政府雇员不同，这些打理着全美最著名府邸的女佣、男仆、厨师、招待、维修工、电工、水暖工、木匠和花匠，很大程度上更愿意保持默默无闻的状态。有位员工告诉我，他的同事们"对低调无名有一种激情"。也正因如此，白宫工作人员的隐秘世界才至今都令外界好奇不已。

我第一次了解到这个世界，是在米歇尔·奥巴马为一众记者举办的午宴上，作为白宫记者团的成员之一，我也在受邀之列。宴会的地点是白宫一层的国事楼（State Floor）里一间非常私密的餐厅。这个餐厅被称作"老家庭餐厅"（Old Family Dining Room），因为自杰奎琳·肯尼迪在二楼改造出一间新的餐厅后，现在的第一家庭通常都在那里用餐。老家庭餐厅隐蔽在举办正式活动的国宴厅（State Dining Room）对面，我曾在那里报道过很多活动，但从来没见识过白宫的私密一面，事实上，我压根就不知道还有个老家庭餐厅存在。在白宫内，很多区域的通行都会受到严格限制，记者和摄影师在报道正式活动时，如东大厅的招待会和国宴（现在经常在南草坪上一顶很气派的白色大帐篷里举办），会被隔离开，无法靠近白宫的宾客。这类的大型聚会需要雇用兼职男仆和服务员，所以白宫工作人员的人数还会进一步增加。

在第一夫人举办午宴的当天，当一名导引员领着我们到了相对较小但却温馨舒适的老家庭餐厅，一位穿着讲究的男士还托着银光闪闪的托盘为我们提供香槟时，我真的非常惊讶。午宴的菜包括沙拉和烤条纹鲈，做沙拉的蔬菜都是白宫的花园里种的，而烤鱼则被讲究地盛在杜鲁门总统专门定制的盘子里端上来，而且每道菜都是由一位显然和第一夫人关系很融洽的男仆呈上。真的太"唐顿庄园[1]"了，我心想。这次经历开始让我好奇：这些人到底是谁呢，竟然可以和世界上最有权势的第一家庭如此亲近？

作为彭博新闻社的白宫记者，我在那里的工作地点不但非常狭小，还没有窗户，而这样的工作间在詹姆斯·布雷迪新闻发布厅[2]下面有很多。拥挤的地下室空间里，永远都是一片繁忙，记者们来回跑动着，报道活动、采访消息人士，然后飞奔回电脑前发送新闻稿。在报道白宫的那段时间里，我曾乘坐"空军一号"和"空军二号"(副总统专机)

1　《唐顿庄园》(*Downton Abbey*)是英国独立电视台（ITV）在 2010—2015 年播出的一部年代剧，主要讲述了 20 世纪一二十年代，英国约克郡的格雷瑟姆伯爵一家因家产继承引发的种种问题，以及在风起云涌的时代背景下，行将没落的贵族阶层与仆人们在森严的等级制度下展现出的人间百态。

2　詹姆斯·布雷迪新闻发布厅（James S. Brady Press Briefing Room）是白宫新闻秘书举行例行记者会的地点，位于白宫西翼。詹姆斯·布雷迪曾任里根总统的新闻秘书，在里根遇刺案发生时，布雷迪头部中枪，导致下半身瘫痪，语言能力受损。为了向布雷迪致敬，白宫在 2000 年以他的名字重新命名了新闻发布厅。

到过世界各地，从蒙古、日本、波兰、法国、葡萄牙、中国和哥伦比亚发回报道，但却从没想到，原来最引人入胜的故事每天就发生在我的眼皮子底下，那就是这些照料第一家庭、对美国总统制度忠心耿耿的男人和女人。每一位在白宫服务过的员工，都是历史的见证者，都有着不可思议的故事要分享。

白宫，是美国总统制度最有力和不朽的象征。一百三十二个房间、一百四十七扇窗户、二十八个壁炉、八座楼梯、三架电梯，分布在六个楼层里——以及两个隐蔽的夹楼层——所有这一切，都被塞在了这座从外面看起来似乎只有三层的大楼里。白宫每次只有一个著名家庭入住，但它的服务人员却是这里的永久房客。

官邸的工作人员，为世界上最著名的 7.3 万平方米土地带来了一丝人性和旧世界的价值观。天一亮就起床的他们，牺牲了个人生活，用无声又令人敬畏的庄重感服务着第一家庭。对他们而言，在白宫工作，无论职位是什么，都是一种伟大的荣誉。选举或许会带来新的面孔，但他们却一直留在这里，小心翼翼地不去彰显自己的政治理念，经历着一届又一届的政府。他们的工作只有一项：让美国的第一家庭在全国最公开的私人住宅里过得舒适。

在他们的工作生涯中，很多人都亲历了总统及其家人极为脆弱的时刻，但只有少数官邸员工出版过讲述他们白宫岁月的回忆录。本书的出版，标志着第一次有如此多的人分享了全身心投入到照顾第一家庭中，到底是一种什么样的情形。他们的回忆，从小小的善举，到勃然大怒和个人的绝望，从私人怪癖和毛病，到超越了他们日常工作的举国胜利和悲剧的时刻，应有尽有。

从在椭圆形办公室里与肯尼迪的孩子们玩耍，到亲眼见证第一位非洲裔美国总统抵达白宫；从被南希·里根要求在打扫干净后把她的二十五个利摩日瓷盒子放回原处，到在丈夫性丑闻缠身和遭遇弹劾期间给希拉里·克林顿片刻的隐私，官邸的工作人员见识了第一家庭身上别人无法窥探到的那一面。

虽然他们给了我前所未有的机会去了解他们的故事，但是近期曾在或现在仍在白宫工作的员工，却遵循着一套建立已久的职业道德准则，而这套准则最看重的便是谨言慎行，尽力保护第一家庭的隐私。华盛顿特区有很多迷恋权力的人，往往还没自报姓名，便会先告诉对方自己在哪里工作。但白宫的工作人员不一样，他们会极力避免提及自己所做的了不起的工作。他们从前辈那里继承了这套荣誉守则，就如之前的那些白宫工作人员那样，为了不叫外人注意罗斯福总统的瘫痪，会在总统落座、轮椅被推走后，才领着客人们进来享用国宴。也正是这群人，确保了肯尼迪总统拈花惹草的事情没有传到白宫的大门外。

官邸员工拥有着外人难以比拟的便利，以至于现在的白宫幕僚们根本不希望他们和我有所接触。一名前任员工在邮件里告诉我："我觉得你会发现，任何在任的员工都不想和你说话，因为他们怕丢了自己的工作——是的，这就是现实。我们接受的训练，就是让白宫里面发生的事情，留在白宫里。"

不过，虽然起初有些人并不太愿意分享他们在"宫里"——他们的叫法——工作的经历，但所有人都非常亲切和蔼。黑人和白人，男人和女人，厨师、电工、女佣们，一共有几十位退休的员工邀请我坐到了他们的厨房餐桌对面，或在他们客厅的沙发上与他们交谈。（我当时怀了第二个孩子，所以还引来了很多关切，询问我感觉如何，要不要吃点什么。）很快，他们就开始愉快地回顾起几十年来为多位总统和他们家人服务的经历。很多人似乎根本没有意识到他们的人生有多么不可思议，可以坐在最前排亲历历史。不过，他们的回忆也并不总是一致，虽然不少员工都对自己服务过的家庭有着美好的回忆，但另一些人讲的故事就没有那么好听了。

让他们打开话匣子并非易事。有些人在我提及他们已经被我采访过的同事之后，才开始对我知无不言。有些人则是在见到我本人之后，才放下戒备，比如电工长威廉·"比尔"·克莱伯，他向我讲述的理查德·尼克松在白宫最后几日的故事非常有意思，还有行政管家克里斯汀·利默里克，她谈到了自己因为受不了某位第一夫人的刻薄而暂时离职的痛苦决定。

还有些人，比如小布什最喜欢的男仆詹姆斯·拉姆齐，只愿意谈那些正面的经历。拉姆齐甚至还说，他担心自己如果讲什么负面的事情，政府会把他一辈子赚来的养老金没收掉（不过，并没有任何证据表明这种事情会发生）。他对自己服务过的第一家庭充满了诚挚的爱意。拉姆齐在2014年去世了，不过我感到很幸运，可以有机会结识他，以及其他那些还未看到他们的故事出版便已过世的员工。

和我聊过的人中，有的曾在所谓的卡米洛时期[1]在白宫服务过——

1　卡米洛（Camelot）原指亚瑟王的宫廷和圆桌会议所在地，在传说中十分繁荣，人民也非常幸福。肯尼迪遇刺身亡后，杰奎琳在接受访问时，曾讲到丈夫非常喜欢当时讲述亚瑟王故事的一部音乐剧，因此在美国，有时也会用卡米洛来指称肯尼迪担任总统的时期，以表达人们对他的尊敬。

包括第一位得知肯尼迪遇刺的官邸员工——有的则是为奥巴马一家服务过的男仆、门卫和花匠。我还聆听了总统的子女们讲述他们在白宫的成长经历，也和前第一夫人罗莎琳·卡特、芭芭拉·布什、劳拉·布什以及很多白宫高层幕僚，进行了非常坦率的聊天。他们中的大多数，真诚地希望可以帮助公众了解这些默默在幕后勤恳工作的员工。

虽然他们牺牲很大，工作很辛苦，但官邸的员工却极力避免暴露在镁光灯下——这里不只是比喻。"有个不成文的规定就是，不能让人注意到我们。如果有照相机的话，我们总是会躲开、绕开它。"男仆斯基普·艾伦说道。但是，被我采访过的员工，都兼具智慧和个性，使我想进一步地了解他们的生活。他们很多人都有一种顽皮甚至是挖苦式的幽默感。一次采访结束后，退休男仆詹姆斯·豪尔坚持要送我出去，并领着我非常缓慢地走过了他所在的养老院熙熙攘攘的大堂。他承认说，这不只是出于礼貌，而是他想让所有人都看到他和一位年轻女士在一起。他笑着说："这里就跟《冷暖人间》[1]似的。"

我的研究还带着我去了华盛顿及其近郊以外的地方。艾伦退休后，搬到了宾夕法尼亚州贝德福德镇外一个占地五百五十多平方米的农场住宅里。我们坐在池塘边上，在蒙蒙细雨中边吃鸡肉沙拉三明治，边听他讲述总统与官邸员工亲密无间的关系（"总统向某人祝贺生日这种事情再平常不过了"）和当总统的压力（"随便一个总统都是。没有哪

1　《冷暖人间》(Peyton Place) 是美国作家格蕾丝·梅塔利丝 (Grace Metalious) 在1956 年出版的处女作小说，讲述了新英格兰小镇上发生的各种丑闻。该小说后被改编成电影和电视剧，现已成为那些隐藏着肮脏秘密的地点的代名词。

个会在离职前比入主白宫前看起来还年轻")。

虽然他们在总统活动和国事访问的盛大排场中常常会被忽略,但对于美国总统的公共和私人生活而言,白宫的员工却是至关重要的。"在某种程度上,我们一家人和我一直都认为他们和总统、第一夫人一样,是白宫共同的主人。"尼克松总统两个女儿中的大女儿特蕾西亚·尼克松·考克斯告诉我,"他们把一切都弄得又漂亮又温暖。"

有时,他们甚至还要帮助世界上最著名的夫妇躲避风雨的侵袭,恢复正常生活——即便可能只是几个小时。好几位员工告诉我,在莫妮卡·莱温斯基性丑闻闹得最凶的时候,希拉里·克林顿看起来非常憔悴、沮丧。他们说自己非常替她难过,明白她十分需要但却无法获得的,便是不被打扰的权利。招待沃辛顿·怀特回忆说,他曾把游客从白宫清走,让特工们离得远远的,好让第一夫人能在泳池边享受几个小时的独处。怀特说,能有机会帮助克林顿夫人,"对我而言意义非凡"。

官邸的员工有时还有机会见证新当选的总统在抵达美国政治顶峰时那种纯粹而彻底的快乐。2009年,在就职舞会终于结束后,奥巴马夫妇才回到白宫,开始享受他们在这里的第一晚。但是当怀特在深夜上来送一些文件时,他们俩还没有准备睡觉。上到二楼的台阶后,怀特听到了一些不寻常的声音。

"突然,我听到奥巴马总统说:'我来弄,我来弄。我现在知道怎么弄了。'然后突然间,音乐响了起来,是灵魂音乐天后玛丽·布莱姬的歌曲。"这两位新住客已经换下了正装,总统穿着衬衣,第一夫人穿着T恤和运动裤。怀特回忆道,总统突然一把将第一夫人抱过来,在布莱姬的热门歌曲《真爱》(Real Love) 的伴奏下，"他们跳起了舞，"讲到这里，这位招待突然顿了一会儿，然后才继续说，"那是你能想象到的最完美、温馨的场面。"

"我敢说在这个房子里，你还从来没见过这种事吧？对不对？"奥巴马边和夫人跳舞边问。

"坦白地说，我从来没听到这层楼上放过任何玛丽·布莱姬的歌曲。"怀特回答。

他不太确定奥巴马夫妇到底在那儿跳了多久的舞，不过很显然，夫妇二人打算好好享受一下这个时刻。

———

很多第一家庭都说，他们觉得官邸员工才是白宫真正的住客。卡特总统把他们称为"让白宫凝聚在一起的黏合剂"。一位员工则把他的同事叫作"一群吃在、睡在、喝在白宫的人"。

白宫大概雇用着九十六名全职和二百五十名兼职员工：招待、厨师、花匠、女佣、男仆、门卫、油漆匠、木匠、电工、水暖工、维修工和书法师。此外，还有二十多名国家公园管理局的员工来打理白宫的庭院。官邸的员工全都是联邦雇员，专为满足总统的一切需求。

白宫人员的活动中心是招待办公室 (Usher's Office)，坐落在国事楼那层靠近北门廊 (North Portico) 入口的地方。总招待要负责国会为保持白宫运转而调拨来的经费，包括供热、照明、空调的费用以及员工的薪水。1941 年时，官邸的员工人数为六十二人，年度预算约为十五万两千美元。快进到七十多年之后的现在，把增加的员工、运营经费、货币贬值和其他因素都算进来之后，年度预算已经达到了一千三百万美元。（每年维护和修复白宫所需的七十五万美元经费是另算的，不包括在此。）

总招待的工作职责类似于大酒店的总经理，只是要服务的客人仅有一位。他或她要与第一夫人密切合作，管理整个官邸的员工。总招待之下有个副手和一堆招待，负责管理各个部门，也就是所谓的"店"，如家务店和花卉店。招待还负责担任来访者的联络人，包括第一家庭那些要留宿的宾客，同时，他们还要将总统在白宫内的活动行踪记录下来。这些记录最终会被转移到总统图书馆，供后代翻看。

在今天的白宫，总招待的工作非常繁复，以至于需要靠通常只有军人才具备的那种严格和纪律才能完成。斯蒂芬·罗尚是白宫的第八位总招待，也是第一位担任此职位的非洲裔美国人。在正式就职前，这位美国海岸护卫队的海军少将，不断开车往返于白宫和他位于弗吉尼亚州诺福克的驻地，经过八次面谈后，才最终被小布什总统任命为总招待。他的最后一次面谈是与总统在椭圆形办公室进行的。当时，布什想知道罗尚对这个有些不怎么起眼儿的新头衔是否满意。

"你怎么看总招待这件事儿？"布什问道。

罗尚回答："呵，总统先生，头衔能算个什么？"

很显然，算在里面的很多：罗尚被聘用后，这个职位被重新命名为"白宫总招待暨总统官邸主任"，这样的职位描述显然更气派。2011年10月之后，这一职位一直由安吉拉·里德担任，曾在弗吉尼亚州阿灵顿的丽思卡尔顿酒店担任总经理的她，是担任这一职位的第一位女性和第二位非洲裔美国人。

不过，无论头衔多么威风，职责却很简单：满足第一家庭的所有需求。对总招待 J. B. 韦斯特来说，这些需求还包括心急火燎地在白宫里到处寻找卡罗琳·肯尼迪丢失的一群仓鼠和反复不停地请十几名专家前来白宫，好满足约翰逊总统想要淋浴的水压更合适的需求。杰奎琳·肯尼迪曾说，韦斯特是"华盛顿最有权势的人，仅次于总统"。

从最高级到最初级的职位，要受雇在白宫工作，可不是回复招聘启事或者网上申请那么简单。"白宫的工作不会公开招聘，"在 2013 年之前一直担任运营部主管的托尼·萨沃伊说，"基本上我面试过的人，都是某个亲属或者朋友推荐来的。你要为你带来的这个人担保。"大多数员工在这儿一干就是几十年，有时甚至几代人都如此，比如，费科林一家人中，在白宫工作过的就有九位。

每届政府还会任命一位社交秘书。通常都由女性担任，但在 2011年，奥巴马夫妇任命杰里米·伯纳德担任此职，使他成为白宫历史上第一位男性和公开出柜的社交秘书。社交秘书相当于第一家庭和官邸员工、白宫西翼和东翼（East Wing）的沟通渠道。这个职位包括的一项内容是，管理白宫在举行国宴和正式活动时的座次安排，社交秘书要把工作表分发给员工，告诉他们有多少人要来、活动需要用到哪些房间。

社交秘书经常会夹在两个互相争执的世界里。利蒂希娅·鲍德里奇曾在肯尼迪政府担任过这一职位，有一次，她把有人批评约翰-约翰头发太长——第一夫人非常喜欢儿子的长发——的信交给总统过目后，总统坚持要把儿子的头发剪短，结果，杰奎琳·肯尼迪三天没和鲍德里奇讲话。

在处理一个接一个的宴会和遵循历史悠久的传统方面，官邸的员工可以帮社交秘书减轻很大负担。朱莉安娜·斯穆特曾在 2010 年到 2011 年期间担任奥巴马夫妇的社交秘书，她便对白宫的书法师们赞誉有加，称赞这群在东翼社交办公室边上一间窄小办公室里工作的人，曾在她担任社交秘书期间帮她避免了一个非常尴尬的疏忽。2010 年夏末的一天，一位书法师——一共有三位，专门负责制作白宫各种活动所需的大量请柬——找到她，问道："圣诞节你有什么考虑？"

"那个在 12 月啊，不能到临近的时候再讨论吗？"斯穆特回答。圣诞节似乎还很遥远，而且这之前还有非常多的活动要操心。

"事实上，我们现在开始计划已经有些晚了。"书法师忧心忡忡地告诉她。

斯穆特被吓了一跳。"真是的，我怎么可能知道这个！"她后来回忆说，"当时就慌了。我们得想出一个主题，还得准备好圣诞卡。我认为 2010 年的圣诞能如期举办，完全是因为这些书法师。"

有时，社交秘书需要代第一夫人向官邸员工传达一些坏消息，因为第一夫人希望置身事外。比如，劳拉·布什聘用利亚·伯曼担任社交秘书后，伯曼就不得不把行政主厨沃尔特·沙伊伯[1]拉到一边，告诉他不要再给布什一家人做这种"乡村俱乐部的食物"了。沙伊伯说，他只是按照要求在做，而且，他准备的大多数食物根本不能被称

1　2015 年 6 月 13 日左右，沙伊伯在新墨西哥州陶斯市近郊远足时失踪；21 日，他的尸体被发现。随后的尸检结果表明，沙伊伯是溺水而亡，原因很可能是远足时遭遇了突发的山洪。

为"乡村俱乐部的食物"。事实上，这些食物并不高级。"如果总统想吃花生酱蜂蜜三明治，那我们肯定会做出最好的花生酱蜂蜜三明治给他吃，"沙伊伯说，"这就是总统想吃的东西，你小心点儿，不要乱说。"当伯曼开始给他翻看那些边角都已经皱起来的玛莎·斯图尔特[1]烹饪书时，这位大厨差点儿气炸。

1979 年到 2008 年期间，克里斯汀·利默里克负责管理着家务店的二十名员工（她在 1986 年到 1991 年曾辞职）。其中，六人在二三楼的第一家庭私人生活区工作，包括几名女佣与一位负责吸尘和挪动大家具的勤杂工。另有两人专门负责洗涤衣物，剩下的则是负责游客区和椭圆形办公室，如果有留宿的宾客或是举办国宴这类大型活动时，还会有兼职员工前来帮忙。

白宫还雇用了一群花匠，由花卉主管带领，每天在花卉店准备各种用花。花卉店位于底楼（Ground Floor）的一个小房间，安静地隐藏在白宫北门廊的车道下面。花匠主要负责设计出别具特色的插花，以符合第一家庭的口味。在节日庆祝和国宴期间，他们还可以请志愿者来帮忙，比如奥巴马一家就经常请芝加哥的活动策划公司，来帮忙准备精心安排的国宴或是为圣诞节装点白宫。花卉主管负责的主要是公共区域，要监督全部花饰的摆放，而花卉店员工则承担了布置整个白宫的任务，从二三楼的私人生活区到西翼、东翼和公共房间，每一个角落都不会被放过。

1　玛莎·斯图尔特是一位美国商人、作家和电视明星，曾出版过多本烹饪书，内容主要是一些方便易做的菜谱。斯图尔特曾因内线交易被捕入狱。

曾任奥巴马总统发言人的里德·切尔林对花匠的工作钦佩不已。"这些花总会让我感到吃惊。早上来到西翼之后，如果时间赶巧，会看到花匠们正往外摆新的牡丹花，"他说，"在那些基本上不会有人去的地方摆上鲜花挺让人感慨的。毕竟，在椭圆形办公室的咖啡桌上摆花是一回事，但把人们甚至都不会靠近的角落也装扮起来，就是另一回事了。"

鲍勃·斯坎伦从1998年到2010年一直在花卉店工作，他说，大家都会互相协作，尽力把官邸装扮得完美："如果插花里有一朵凋谢了，家务工经常会进来说：'你们去红厅看看吧，我把掉到桌上的花瓣都捡起来了，不过好像还在往下掉呢。'我们会互相替对方提防着点儿，因为每一个细节都关系到大家的声誉。"

官邸一共有六个专职男仆服务，举办国宴或者招待会的时候，通常还会有几十个兼职男仆来帮忙。六个全职男仆中，有一个是男仆领班。照顾总统私人生活需要的任务，则会落到贴身男仆的身上，他们基本上在总统身边寸步不离。通常情况下，两位贴身男仆会轮流值班。他们都是军人出身，主要负责照管总统的衣物、跑腿儿、擦鞋和与管家协调工作。例如，如果总统的鞋子需要重新换鞋底，贴身男仆便会通知家务店的员工。早上，总统来到椭圆形办公室之后，贴身男仆会就近站着，以防总统需要什么东西，比如喝咖啡、吃早餐，或者仅仅是一点止咳药。总统出行时，贴身男仆会为他整理好行李，而且通常还要坐在车队后面的备用车里一起出行，带着多余的衬衫或领带，以防美国的最高统帅不小心把衣服弄脏，需要迅速换衣服。

小布什总统在就职后的第二天见到他的贴身男仆时，第一反应是非常吃惊。劳拉·布什说:"这两个人走进来之后,向乔治介绍说:'我们是您的贴身男仆。'乔治就去找他父亲:'有两个人刚才来自我介绍,说他们是我的贴身男仆,可是我不需要啊,我不想要贴身男仆。'老布什回答道:'你会习惯的。'"事实果真如此。无论是哪个总统,迟早都会在某个场合对这种不用操心多带一件衬衫的奢侈生活充满感激。

————

官邸员工的任务是帮助第一家庭减轻日常生活的重担,因为通常情况下,他们根本没有时间做饭、购物或者打扫卫生。而且,员工们还要在最高级别的安全措施下服务——还有哪个人家会有一队狙击手一直在房顶上警戒呢?——并且要习惯这份缺乏个人隐私的工作。

很多观察人士注意到,住在白宫里有时挺像蹲监狱——不过,正如米歇尔·奥巴马说的,"那也是个十分不错的监狱"。

长期担任白宫女佣的贝蒂·芬尼(因为身形娇小被大家昵称为"小贝蒂")说,这种高级别的安全措施可以让在那里工作的人和第一家庭感到安全。"你知道上面那些狙击手是在保护你。所以为什么不能更自在一些,像在自己家一样呢?"她说,"要是看不到他们的话,你还得担心他们上哪儿了呢!"

不过,近期发生的一些安全问题,却暴露出这个美国民主的强大象征并非固若金汤,而称其为家的第一家庭也极易受到攻击。这些安全失察还让人们了解到了官邸员工工作的多面性和重要性。作为美国的第一位黑人总统,奥巴马面临的威胁据说是其前任的三倍。比如,

2014 年发生的一件事情，便让曾经在官邸工作过的员工震惊不已。当时，一个持刀男子翻过白宫护栏后，竟然从北草坪（North Lawn）飞奔而过，闪躲过多名特工人员，直到闯入官邸正门后，才终于被一位当时并不当班的特工制服。2011 年，也发生了一件让人想起来后怕的事，一位女佣不经意间成了"私家侦探"，第一个注意到破损的窗户和掉落在杜鲁门阳台（Truman Balcony）上的白水泥块。她的发现最终使她意识到，几天前的确有持枪男子向官邸开了至少七枪。（特工处知道发生了枪击，不过却错误地认为是敌对帮派进行枪战，总统官邸并不是开枪目标。）利默里克说，白宫的女佣都被训练成了"火眼金睛"，一旦发现异常情况便会立即报告，尤其是在有可能威胁到第一家庭安全的情况下。

当然，无论员工们多努力地让总统和他的家人感到宾至如归，白宫的生活也是无法像寻常人家那样的。除了真真切切的安全问题外，白宫和普通美国家庭相像的地方也很少很少。里根总统的儿子罗恩曾跟我讲了他和妻子去看望他父母的一次经历。由于两人到达时早已过了晚餐时间，所以他们决定在私人区的厨房里翻翻看，找点鸡蛋，找个煎锅什么的。结果一个男仆在深夜听到他们把厨房弄得叮当响之后，立即冲了进来，满脸都是关切的表情。

"我能帮忙吗？您需要我为您做点什么吗？"他认真地问道。

"不必了。谢谢。"罗恩回答，"不过你倒是可以告诉我鸡蛋和煎锅放哪儿了？"

男仆看起来有些不高兴。员工们最不希望感受到的就是毫无用武之地。最终，罗恩不得不请男仆从底楼的厨房拿上来一些鸡蛋，因为里根的家庭厨房里一个都没有。

"他们真的非常希望尽职尽责，不想只是干站在一边。"

希拉里·克林顿也是一位时不时想要亲力亲为的第一家庭成员。她在二楼的厨房专门设置了一个用餐的地方，好方便家人能随便自在地一起用餐。

希拉里说："切尔西那晚生病后，我就知道自己这么做真是对了。"她回忆道，自己给女儿做炒鸡蛋的时候，员工们差点"疯掉"。

"哎呀，我们在楼下做点鸡蛋卷拿上来吧。"男仆对她说。

"不用，我就想给她做点炒鸡蛋，弄点苹果酱，给她吃点住在美国任何地方我都会给她吃的东西。"

虽然第一家庭有时候很希望自己可以忘掉白宫的庄严感，但不少员工说，这种庄严对他们而言却是一种安慰。"如果你哪天因为和第一家庭的某位成员或者他们的属下发生了摩擦，心情不好的话，你可以从里面走出来，看看这幢房子。"利默里克说，"如果我在晚上看到被照亮的白宫，心里就会想，我真的是在那栋楼里工作啊，能有这种荣幸真是太妙不可言了。然后我的脑子就会清醒一些，可以面对第二天了。"

———————

白宫是美国民主制度的真实化身。这座坐落在华盛顿市中心的建筑占地 7.3 万平方米，其周围的场地由国家公园管理局（National Park Service）全年打理照料。主楼的正式名称是总统官邸，被分成了公共和私人区域。官邸看起来只有三层楼，但这是因为它的设计很具有欺骗性：事实上，主楼一共有六个楼层以及两个夹楼层。除了两个地下楼层外，其他楼层分别是：底楼，主厨房、花卉店和木工店都在这里；国事楼，也被称为一楼；两个夹楼层，里面有总招待办公室和面点房（Pastry Kitchen）；二楼和三楼，也就是第一家庭的私人生活区。员工厨房和储物区位于地下室。东翼和西翼也有自己的隐藏楼层，其中最著名的大概就是位于西翼下面的战情室（Situation Room）。这个房间已经成为总统一职所具分量的标志，最高统帅会和他的顾问们聚集在这里，处理重大危机或与外国领导人进行安全通话。

官邸员工有自己的自助餐厅、食堂、休息室和储物区，全都位于北门廊下面的地下夹楼层（事实上是一个正常的楼层）。他们的自助餐厅和底楼的主厨房是隔开的，因为那里要为第一家庭和国宴等正式活动准备食物。（此外，官邸的二层还有一个小厨房，专门用来准备更为私密的家庭用餐。）白宫员工向来喜爱聚在地下室的餐厅吃喝聊天，休息放松。很多年来，员工们会到这里享受正宗的南方家常食物，包括烤鸡、玉米面包和豇豆，全由一群黑人厨师精心准备。其中一个厨师叫萨利小姐，她在不工作的时候特别喜欢戴着精美复杂的帽子，在给同事准备食物时——有时候像水手一样满口脏话——还很爱取笑他们。虽然最近为了缩减开支，地下自助餐厅已经不复存在——员工们对此十分不满——但这里还是大家的据点，员工们会各自带着食物坐下来，边吃边聊聊近况。

有时候，连高层的政治幕僚也会下楼来和官邸员工一起吃饭。奥巴马的个人助理雷吉·洛夫——被称为奥巴马的"身边人"——就和一些男仆关系非常亲密，在西翼员工的自助餐厅"海军食堂"（Navy Mess）周末不开张时，他会下来和员工吃饭。2011年时，洛夫离开了白宫，但只要他在华盛顿，都会来找白宫的男仆们打牌。

———

椭圆形办公室位于白宫西翼，总统的政治幕僚也都在这里工作。第一夫人和她的下属则在东翼办公。两翼之间的距离大概相当于一个足球场那么长。

每天早上，官邸工作人员会在底楼和国事楼的游客区把地毯铺开，安装好拉绳和隔离栏。每天下午，在数以千计的人走过这些地方后，他们又会打扫卫生，收回隔离栏，把地毯卷起来，因为第一家庭要想在国事楼待会儿的话，这里就不会看起来太像一个参观景点了。

凯蒂·约翰逊从2009年到2011年担任奥巴马总统的个人秘书，职责包括保证总统按日程安排完成工作，与第一夫人和官邸员工进行协调。要是总统有事耽搁，没法和家人吃饭，那么通知东翼员工这种无人羡慕的差事就会落到约翰逊身上。她说："到这里工作后，我才意识到总统和第一夫人离这些公共游览区并没有多远。他们就在楼上。"官邸让人觉得"就像一个非常非常高级的纽约公寓"。她坦言道："外面和周围可能嘈杂混乱，可一旦进来之后，你就到家了。"

米歇尔·奥巴马的第一任新闻秘书凯蒂·麦考密克·莱利维尔德有时候会在二楼美容院边上的一间办公室里坐坐。她回忆说，跟楼下的吵闹相比，楼上非常安静。"在这块私人家庭空间里，并没有很多人四处走动。大家真的把它当成了一个私人住宅。特工们不会在里面站着，都在外面呢。"

"白宫是按照人的尺度建造的。"特蕾西亚·尼克松·考克斯回忆道，有一天南草坪上的欢迎仪式结束后，一位来访的欧洲王子转身对她说："这真的是座房子啊。"与他熟悉的宫殿相比，总统官邸的规模让他很吃惊。"在他看来，白宫的确挺小的。"

或许白宫的确没有某些皇家宫殿那么气派，但是一点都不寒酸。北边雄伟的门厅（Entrance Hall）一头通向有二十四米长的东大厅，另一端则是为国外首脑举办宴会的国宴厅，而这两个厅中间还有三个厅，分别是绿厅（Green Room）、蓝厅（Blue Room）和红厅（Red Room）。

第一家庭的私人住宅区位于二楼和三楼，其中二楼有十六个房间、六个卫生间，三楼有二十个房间和九个卫生间，均由主走廊连接起来。女佣和贴身男仆有时候会和总统的子女们住在这两层。客房的门上没有房间号，但是官邸员工都知道哪个房间是多少号，就像酒店那样。女佣们每周都会拿到各自要清理的房间排班表，其中，328 号房间是所有人都痛恨的。

"那是最难清理的一个屋子。"328 房间有张雪橇床，女佣贝蒂·芬尼说，"整理床铺真是比登天还难。你弄的时候希望它看起来整洁一些，但是要让那张床看起来整洁简直是不可能的任务。可我们又明白必须这么做，所以每个人都很惧怕。"

每个主楼层都有一个椭圆形的房间：底楼的是外交接待厅（Diplomatic Reception Room），罗斯福总统曾在这里发表炉边谈话，第一家庭也通常要从这里进入官邸；国事楼那层的是蓝厅，厅内有一顶雕花玻璃的法式吊灯，挂着明蓝色的缎子窗帘，从窗口还可以俯瞰南草坪；二楼的椭圆形房间则是可以通向杜鲁门阳台的黄色椭圆厅（Yellow Oval Room），这个房间曾经是个图书室，有一条秘密通道直达林肯总统的办公室，也就是现在的林肯卧房（Lincoln Bedroom）。之所以这样建，是因为林肯想避开在条约厅（Treaty Room）外等着见他的一堆人，不过这里现在已经成了总统书房。椭圆形办公室所在的西翼，要在几十年之后才会开始修建，在这之前，官邸既是总统的家，也是他的办公室。

总统官邸内一共有四座楼梯：大楼梯（Grand Staircase），连接国事楼和二楼；总统电梯边上的楼梯，从地下室到三楼；员工电梯边上的螺旋楼梯，从面点房所在的第一个夹楼层到地下室；第四座楼梯是真正的"后楼梯"，从二楼的女王卧房（Queens' Bedroom，这个玫瑰红的房间十分典雅，因有很多王室成员曾在这里下榻而得名）到三楼的东头。如果二楼的房间需要清理，女佣们又不希望打扰第一家庭时，就会走这座楼梯，一直走到三楼，再绕下来。

白宫由爱尔兰出生的建筑师詹姆斯·霍班设计。在赢得乔治·华盛顿总统和国务卿托马斯·杰斐逊设置的比赛后，霍班以都柏林的伦斯特府（Leinster House）——这座18世纪乔治王朝风格的府第是爱尔兰议会的所在地——为灵感设计了白宫。白宫的早期住户认为它太大，但是这个批评现在已经很少听到，因为拥挤的厨房经常要为好几百名宾客准备国宴，而在就职典礼前后，基本上每个屋子都住满了朋友和亲属。

乔治·华盛顿曾预言说，华盛顿特区的壮丽宏伟将能与巴黎和伦敦媲美，但是刚开始时，这座城市却远不能和欧洲那些风景如画的首都相比。1800 年，当约翰·亚当斯总统和妻子成为白宫的首批住户时，里面只有六个可以住人的房间，亚当斯夫妇也只带了四个仆人。当时，他们的新家尚未完工，华盛顿也还是个到处都是沼泽的偏僻居民点——正因如此，夫妇二人在从巴尔的摩到首都的路上还走丢了好几个小时。当他们终于到达时，只能踩着木板进去，因为楼前的台阶还没有修好。一家洗衣店和几个马厩在当时零星散落于现在西翼的所在地，城市官员甚至还关闭了一家开在白宫建筑工人所住棚屋内的妓院。（这引起了木匠和石匠们的极大不满。后来妓院搬到城里一个不太引人注目的地方后，又重新开张了。）

"我们连基本的栅栏、庭院和其他设施都没有，"阿比盖尔在写给女儿的信中说，"主楼梯也没有修好，今年冬天肯定是修不好了。"

阿比盖尔·亚当斯搬进白宫之后曾估计了一下，发现需要至少三十名仆人才能使其正常运转。（现在有将近一百人在这里工作。）早期政府的第一家庭通常会自带女佣、厨师和贴身男仆，并且要用自己的钱来支付他们薪水。近几十年来，有些第一家庭也会带来一两个他们在入主白宫前便培养起来的忠实雇员，不过多数时候，他们还是要仰赖官邸员工的专业精神。

1814 年，也就是"1812 年战争"（即美国第二次独立战争）的末期，英国烧毁了白宫。詹姆斯·麦迪逊总统邀请霍班来重新设计已经成为国家标志的总统官邸。从那时候起，每个总统都会试图在这栋楼上留下自己的印记。19 世纪，白宫曾经历过几次维多利亚风格的修饰；但在 1902 年，西奥多·罗斯福聘请了纽约著名的麦基姆 - 米德与怀特建筑设计公司（McKim, Mead & White）对其进行了翻修，希望可以保持原有的新古典主义风格。罗斯福将三楼改造成了客房，又拆掉了一系列大玻璃暖房——用来为第一家庭种植水果和鲜花——为扩建工程，也就是后来的西翼，清理出了一条路。当年底，罗斯福将他在官邸二楼的办公室搬到了西翼；他的继任者威廉·霍华德·塔夫脱，在1909年又修建了椭圆形办公室。

白宫的最后一次大规模整修发生在杜鲁门政府期间，当时的房顶内陷严重，房屋随时都有倒塌的危险。有一次，杜鲁门夫人正在蓝厅为"美国革命女儿会"（Daughters of the American Revolution）举办茶话会，结果吊灯——差不多有冰箱那么大——在毫无知觉的宾客头顶开始严重晃动，部分原因是总统正在上面的二楼洗澡。大楼状况的危险程度可见一斑。还有一次，由于在练琴时太过激烈，玛格丽特·杜鲁门的钢琴的一条腿竟突然陷到了起居室已经烂掉的地板中。杜鲁门用新的钢结构换掉了官邸原来的木质构架，在二楼外面又增加了一个俯瞰南草坪的露台，这就是后来被人们熟知的杜鲁门阳台。此后，这里一直都是第一家庭放松休息的首选地点。

在现代的白宫住户里，没有哪个人能比杰奎琳·肯尼迪在改造白宫方面更决绝：她非常公开地要尝试复原白宫的内部（她非常讨厌"重新装饰"这个词），目标是将它变成全国"最完美的房子"。她请来了朋友、慈善家瑞秋·"兔兔"·梅伦重新设计了玫瑰园（Rose Garden）和东花园（East Garden），用柔白色和灰蓝色换掉了玛米·艾森豪威尔原来的粉色调。请到顶尖的室内设计师西斯特·帕里什来协助修复后，杰奎琳给官邸员工又分派了很多工作，叫他们搜遍白宫的每一个角落，搜刮"宝贝的",扔掉"吓人的"。杰奎琳开玩笑地说:"如果有什么是我受不了的,那就是维多利亚时代的镜子——真是太难看了。扔到地牢里最好。"她坚持要求"白宫里面的每样东西都要有留在这儿的理由"。她还找来了早期美国家具收藏家、杜邦公司继承人亨利·弗朗西斯·杜邦,请他担任白宫艺术品委员会的主席。杰奎琳入主白宫后不到一个月,便成立了这个委员会,其成员主要负责到全国各地搜罗博物馆级别的艺术品,然后劝说所有者将它们捐给白宫。杰奎琳还设立了藏品监理办公室(Curator's Office),以保证白宫内的所有家具和艺术品能被像样地登记在册,并得到照管。1962 年,她有史以来第一次带领观众通过电视游览了白宫,收视人数达到八千万人,使她一跃成为美国最受欢迎的第一夫人之一。而当时的杰奎琳,才刚刚三十二岁。

今天的白宫仍然有着杰奎琳·肯尼迪的印记。她把这座长久以来看着单调乏味的建筑变得时髦起来,将微妙的历史情感与现代的典雅高贵糅合到了改造过程中。她还为官邸员工带来一股欧洲大陆的新风,不但请来了法国大厨热内·威尔登,还任命奥莱格·卡西尼担任自己正式的私人服装设计师。她的关注点还触及私人居住区:当她认为楼下的老家庭餐厅有些太过正式,不适合自己年轻的家庭聚餐时,就把玛格丽特·杜鲁门以前在二楼住过的卧房改造成了自家用的厨房和餐厅。

今天的官邸员工在谈论白宫时,会带着一种他们通常只在谈论自己最喜欢的第一家庭时才有的崇敬之感。一个员工说,每次他带着朋友参观完白宫后,都会告诉他们再环顾四周,好好感受一下:"你刚刚走过的这些地方，可是自约翰·亚当斯以来的每位总统都走过的。"

每一次，他都会说："那感觉太震撼了。"

————

白宫的工作人员们以熟知官邸的每一寸土地、每一个不为人知的角落和历史秘密为荣。地下的衣物间里挂着男仆们笔挺的无尾礼服和女佣们的工作服（柔色衬衫和白色裤子），离这里不远处，便是位于东翼之下的防空洞，这是"二战"期间专门为富兰克林·罗斯福总统修筑的，现在成了可以抵抗核武器爆炸的总统应急指挥中心（President's Emergency Operations Center），遭遇袭击时，总统就会被带进这个管状的地堡里。底楼的地图室（Map Room）曾经是个台球厅，后来在"二战"期间被改造成了总统的顶级秘密计划中心，正是在这个挂满了追踪美军和敌军行动地图的房间里，富兰克林·罗斯福对诺曼底登陆进行了再三考虑。不过，很少会有人被允许进入里面。"当房间需要清扫时，"总招待 J. B. 韦斯特写道，"警卫会用布把地图都盖上，然后站到一边，看着清洁人员把地拖完。"几十年后，深陷莱温斯基性丑闻的比尔·克林顿在电视上向大陪审团做证时，用的也是这个房间。不过，今天它已经被辟为等候区，参加完节日宴会的宾客们可以在这里稍作等候，然后去隔壁的外交接待厅与总统和第一夫人合影留念。

其他房间讲述的不同故事中，同样绵延着几百年的美国历史。阿比盖尔·亚当斯曾把宏伟、高大又通风的东大厅——天花板离地面有六米高，是白宫最大的一间屋子——用来晾衣服。这个房间后来曾被用作内战时期士兵的临时住所，现在则成了大多数总统记者招待会的举办场地。国宴厅现在经常被用来在签订了重要的军事或贸易协定后举办精心准备的国宴，但这里以前曾是杰斐逊总统的办公室。绿厅现在是国事楼的正式会客厅，但也曾是杰斐逊的卧房和早餐厅，而詹姆斯·门罗总统曾把它用作棋牌室；亚伯拉罕·林肯非常钟爱的儿子、十一岁时去世的威利，则是在这个屋子里进行了尸体防腐处理，点点烛光映照在他的脸上，山茶花被轻轻放到了他手中。维多利亚时期风格的林肯客厅（Lincoln Sitting Room）规模不大，在 19 世纪末期时曾被作为电报室；在水门事件的黑暗日子里，尼克松总统曾在这间有厚重窗帘和深色家具的房间里躲清静，一连几个小时待在里面，大声播放着音乐，边上的壁炉里的火焰熊熊燃烧，空调温度也调到了最高。

在三楼的南门廊（South Portico）顶层上，还有一个隐蔽于视野之外的安静之所，可以在 180 度范围内欣赏国家广场（National Mall）和华盛顿纪念碑（Washington Monument）。这个地方由第一夫人格蕾丝·柯立芝设计，被辟成了她的"天台"（Sky Parlor）。现在这个非常通风的隐蔽之处已经改名为"日光浴室"（Solarium），成了第一家庭的家庭活动室。年幼的卡罗琳·肯尼迪正是在这里上的幼儿园；里根总统在暗杀行动中中枪后，也选择在这里休养身体；而奥巴马总统的两个女儿萨莎和玛莉亚，则和朋友们在这里嘻嘻哈哈度过了很多过夜派对。

———

我采访过的官邸员工中，没有人介意被称为"家仆"（domestic）。无论职位是什么，在白宫工作都不是一件有失身份的事。"虽然你自己买不起，可每天都被全美顶级的家具和文物环绕着，其实是很酷的。"花匠朗恩·佩恩如此说道。

执行糕点主厨罗兰·梅斯尼埃职业生涯的顶点，是为五位总统准备过精心制作的甜点。"白宫是顶级中的顶级。如果在白宫里都不是顶级的话，什么时候才能到顶呢？"

正是员工们这种对服务毫不含糊的责任感，对自身角色的荣耀感，让美国的每个第一家庭得以在白宫里信赖、安全地生活，享受那些宝贵的宁静时刻。官邸员工们的故事，让我们瞥见了总统和他们的家人在白宫的限制下——既是实指，也是比喻——的生活状态。他们这些令人难以置信的故事——有些温暖人心，有些滑稽可笑，有些则悲惨不幸——但都值得在美国历史上书下一笔。

I

Controlled Chaos　**混乱有度**

从一届政府到另一届，白宫里面的改变会像死亡一样来得突然。我的意思是说，会在你心里留下一种说不清的空虚。早上你才给共处多年的那家人端过早饭，中午他们就从你的生活里消失了。继之而来的那些新面孔，又有着新的性情、新的好恶。

——阿伦佐·菲尔兹，1931—1953 年间担任白宫男仆、领班

《我在白宫的 21 年》[1]

那是唯一一次工作把我辞了。

——沃尔特·沙伊伯，1994—2005 年间担任行政主厨

---

[1]　菲尔兹回忆录: *My 21 Years in the White House*, New York: Crest Books, 1961。

在每个十年中，美国人总有那么一两次，会在寒冷彻骨的 1 月某天，被总统之间的公开权力交接深深吸引。成千上万的人涌入国家广场，在一场平静安详、精心排演过的仪式上——第一夫人小瓢虫·约翰逊[1] 称其为"美国四年一度的伟大盛事"——见证当选总统宣誓就职。

但是在幕后，伴随这个平和仪式的却是一系列数量惊人且程序复杂的后勤准备。劳拉·布什把"第一家庭的过渡"称为一件"精心组织的大师级作品，完成的速度超乎寻常"，而其成功的实现则要仰赖官邸员工对程序的熟悉和对弹性的把握。在就职日当天，白宫活动的嘈杂声比平时响起得更早，天刚蒙蒙亮，员工们便会开始工作。而他们一天的工作结束时，美国历史上的新时代也已到来。

新总统的任期从就职日当天中午开始，所以在这之前，白宫仍然属于即将离开的第一家庭。就职日一早，现任总统会为新的第一家庭

---

1   美国第三十六任总统林登·约翰逊的妻子，真名叫克劳迪娅·约翰逊。还是婴儿时，由于保姆夸她"和瓢虫一样美"（purty as a ladybird），克劳迪娅得到了小瓢虫的昵称。不过，保姆所谓的 Ladybird，到底是指瓢虫还是某种鸟，并无确切说法。父亲和其他家人称她为 Lady，丈夫则喜欢叫她 Bird。

举办一个小型的咖啡招待会。第一家庭离开前，员工们会涌到宽敞的国宴厅，在这个他们曾准备过无数国宴的房间里，与第一家庭告别。他们常常会被心里五味杂陈的情绪所困扰，因为在区区六个小时的时间内，他们的老板——有些情况下还是朋友——便被换成了另一位。很多时候，他们有八年的时间和即将离开的一家人变得亲近熟悉起来，但却极少有时间来了解来到官邸的新客人。这时，满屋子都是泪眼蒙眬——虽然很多人可能也会对未来感到很兴奋。

"克林顿夫妇下来之后，切尔西也跟在后面，他们一句话都没说。"行政管家克里斯汀·利默里克回忆了 2001 年就职日的情景，"现在想起来，我情绪还有些激动——（克林顿总统）死死地盯着大家每个人看了一圈，然后说了句'谢谢你们'，整个屋子哄堂大笑。"

在告别时，官邸员工会为第一家庭送上一份礼物——有时会是总统就职当天在白宫上空飘扬的国旗——放礼物的漂亮盒子是由白宫的木匠亲手雕刻的。2001 年，利默里克、花卉主管南希·克拉克、藏品总监贝蒂·蒙克曼送给希拉里·克林顿的是一个大枕头，由希拉里为布置白宫不同房间时所选布料的样品缝制而成。

不过，供大家沉思的时间没有多少。上午 11 点左右，两个第一家庭就会一同离开白宫，前往国会大厦。从那时到下午 5 点左右——这时新总统和他的家人会返回白宫休息一下，为就职舞会做准备——官邸员工必须把一家搬出去、另一家搬进来的工作做完。好在在那个珍贵的时刻，当华盛顿与世界的目光都从白宫移开，望向国会大厦时，公众的注意力至少会从官邸内混乱的状况下暂时移开。这是让官邸员工感到庆幸的地方。

　　为这天雇用专业的搬家人员需要一系列的安全检查，根本不现实，所以帮助新当选总统一家搬进来、送走离任总统和家人的任务，就完全落在了官邸员工身上。当天，虽然还要继续完成本职工作，但官邸员工也要充当专业搬家人员，在六个小时内把家搬完。这项工程十分浩大，而且非常消耗体力，所以每个人都会被叫来帮忙：厨房里的洗锅工可以帮忙布置家具，木匠可以帮忙把相框摆到边桌上。由于搬家的劳动强度太大，克林顿夫妇到达当日，一个员工在搬沙发时扭伤了腰，而且情况非常严重，几个月都没法回来工作。

　　对于运营部主管托尼·萨沃伊而言，就职日是他职业生涯里最重要的日子。运营部一般负责处理招待会、宴会、为电视采访录像重新布置家具以及一些户外活动，但是在就职日期间，萨沃伊说，他们就是"把第一家庭搬进来、搬出去"的队伍。装着新家庭物品的卡车只被允许从一个大门进入，所以十几个运营部员工、修理工、木匠和电工要抓紧时间把家具从车上搬下来，再按照第一家庭的室内设计师的安排，把它们放到该放的地方。萨沃伊开玩笑地说，"最好的政府过渡就是他们竞选连任时没有失败"，还可以再待四年。他用幽默掩盖的，其实是这项惊人的工程背后给人带来的严重焦虑感。

　　从第一家庭离开到新总统带着家人到来的六小时里，员工们要把新的小地毯铺好，换上新床垫和床头板，把画作移走，根据第一家庭喜欢的风格把一切都装饰好，把箱子拆包，把他们的衣服都叠好，放到抽屉里，甚至还要在浴室的台子上摆好牙膏和牙刷。任何细节都不能被忽略。

　　花匠鲍勃·斯坎伦在2001年参与了白宫从克林顿到小布什的交接。

在这件事上，布什一家人相对轻松一些，因为他们比多数第一家庭都了解白宫。小布什在他父亲当总统时就是白宫的常客，所以一家人已经习惯了被一大群员工包围的感觉，劳拉·布什也意识到，他们比其他第一家庭的"条件更有利"，因为第一个布什总统（员工们亲切地称他为"布什老头子"）在这里时，他们就经常待在白宫里。另一个有过这种经历的第一家庭，只有约翰·昆西·亚当斯和路易莎·亚当斯。

比尔·克林顿非常清楚布什对白宫及其员工的熟悉程度，还开玩笑说，小布什连灯的开关在哪儿都知道。但克林顿在就职前，到过白宫的次数却屈指可数：一次是作为"美国退伍军人协会少年国家论坛"（American Legion Boys Nation）的少年成员，与肯尼迪总统握手时还被拍了下来；另一次是 1977 年作为卡特一家的客人（这也是希拉里·克林顿第一次到访白宫）；还有几次是在他担任阿肯色州州长时，到这里参加全国州长协会（National Governors Association）的晚宴。在搬进来之前，希拉里说她只去过一次白宫的二楼——丈夫赢得选举之后，芭芭拉·布什领着她游览了一下——三楼压根没上去过。搬进来之后，希拉里开始研究房子的历史，请求藏品监理们编制一个册子，展示一下每个房间在历史上的演变过程，且要一直回溯到最早的照片和画作。

不过在现代，这个过渡对贝拉克·奥巴马总统构成的挑战才是最大的：他带着一家人从芝加哥海德公园附近的住所直接搬进了白宫。奥巴马一家比克林顿一家还不习惯家庭服务人员，因为在芝加哥时他们虽然有一个清洁工，但是没有保姆，而在竞选期间，他们的女儿萨莎和玛莉亚都是交给米歇尔的母亲玛丽安来照顾的。奥巴马没有作为总统之子长大成人的便利——或者住过相对奢侈的州长官邸——所以他们一家人花了些时间才适应这种新生活的节奏。

————

2009 年 1 月 20 日，一百八十万人挤在零下 2℃ 的天气里，见证了贝拉克·奥巴马成为第一位宣誓就任总统的非洲裔美国人。这不仅是历届美国总统就职典礼中出席人数最多的一次，也是华盛顿特区历史上任何活动中出席人数最多的一次。

2004 年以前，大多数美国人根本没有听说过奥巴马，但这位伊利诺伊州参议员在民主党全国代表大会上发表了一场振奋人心的主旨演讲后，一切都变了。奥巴马的迅速崛起，让一家人根本没有多少时间为白宫生活做准备。而对此十分了解的白宫工作人员，希望能尽力让他们的过渡更容易些。当他第一次以总统的身份穿过壮观雄伟的北门廊大门，总招待转身向他说"您好，总统先生，欢迎来到您的新家"时，奥巴马也一定觉得这一切有些不真实吧。在当天下午和晚间的片刻宁静中，在宾夕法尼亚大街上观看游行庆祝和他们的第一次就职舞会间的空当，奥巴马一家还在"老家庭餐厅"悠闲地享用了自助餐，而在这个地方，再小的细节都不会被放过。

这一天，是数个月来精心前期准备的结果。对于白宫工作人员而言，向下一届政府的过渡早在就职典礼前一年半就开始了，总招待要为即将入住的总统和第一夫人（不知道他们会是谁也是个额外挑战）

准备小册子，其中包含了白宫的详细布局、官邸工作人员的花名册，以及一份对椭圆形办公室在可允许范围内进行改动的综述。

盖里·沃特斯从 1986 年到 2007 年一直担任总招待，他一般会从总统预选阶段就开始收集各位候选人的信息，而这时离总统大选候选人被选出来还有很久。福特总统、卡特总统和老布什在各自的第二任期竞选失败时，给他的工作带来了较大难度。沃特斯说："官邸的所有权还在现在住的那家人手里，但是你得密切注意接下来会发生什么。"

12 月时，也就是大选结束后、就职典礼进行前，沃特斯会为即将入住的一家人安排一次白宫游览，而他们的向导就是当时的第一夫人，也正是在这个时候，即将入住的第一夫人会收到含有官邸工作人员姓名与照片的花名册。制作这个册子的目的，是方便第一家庭熟悉所有员工的名字，但同时也是一项安全举措，那样的话，他们一旦看到某个陌生人，就可以立即通知特工处了。

即将离开的第一家庭把属于自己的东西搬出白宫，要自掏腰包。而即将入住的总统也要花钱才能把自己的物件搬进官邸——这个钱要么出自新晋第一家庭自己的金库，要么从为竞选或过渡期募集来的资金里拿。在就职典礼日早上，第一家庭的任务就是与特工处组织协调，把他们的个人物品搬到白宫里来。

每次就职典礼前的一项后勤挑战是，把即将入住的第一家庭的家具和大件物品搬到白宫去。1960 年大选之后，肯尼迪一家的社交秘书利蒂希娅·鲍德里奇在一份简报中告诉杰奎琳·肯尼迪，她已经问过艾森豪威尔的社交秘书玛丽·简·麦卡弗里，"我们能否在（艾森豪威尔一家人）不知情的情况下，先把大部分东西偷偷运进去。她说可以，总招待可以在人不知鬼不觉的情况下，帮忙存放纸箱、行李箱等，中午 12 点一到，立即将东西摆出来。真的是好棒，完全和希区柯克的电影一样"。鲍德里奇回忆了开着车到白宫时的情景，随行的还有杰奎琳的女佣普罗维登西亚·普雷迪斯和杰克·肯尼迪的贴身男仆乔治·托马斯，车里装的是就职典礼要穿的礼服和肯尼迪一家人的全部行李。他们到达时，其他人正聚集在国会大厦前参加就职典礼。被皑皑白雪覆盖的南草坪沐浴在耀眼的阳光中。"我们预先测算过从乔治城到白宫这段路程需要的时间，这样我们就不会在 12 点之前到达了，因为到中午 12 点，新总统才算正式拥有白宫。"

近半个世纪之后，情况依然如此。奥巴马的顾问们在预选之后，便开始与官邸工作人员进行接触，到就职典礼前一周时，奥巴马一家的大部分家具已经被运进了白宫，放在一楼的瓷器室，方便被迅速搬上楼去。布什夫妇告诉总招待斯蒂芬·罗尚说，他们希望搬家的事情尽可能不要给任何人造成不便，但是罗尚却非常贴心，尽力不让布什一家人觉得他们好像是在被人赶走一样。"我们不想让当下住在这里的第一家庭看到这些。倒不是说他们不知道东西已经搬进来了，只是我们不想让他们觉得我们正在赶他们搬走而已。"

奥巴马其他的顾问也与官邸工作人员建立了类似联系。早在就职典礼两个多月前，花卉主管南希·克拉克便面见了奥巴马家的室内设计师迈克尔·史密斯，讨论了私人房间里的花卉摆设，因为在就职典礼当夜，奥巴马一家的亲朋好友会住在这里。

"布置、准备房间的时间非常有限，所以有一大堆人马的任务就是保证在安排给我们的时间内，一切都能做到尽善尽美。"德斯蕾·罗杰斯如此说道，她是奥巴马一家在芝加哥时期便已结识的密友和他们入主白宫后的首任社交秘书。罗杰斯回忆道，在就职典礼当天，"时间一到我们就立马进去了，把东西都摆出来，把一切都准备好，还要把衣服放到各个屋子里"。

就职典礼前几周，罗杰斯与花匠们又碰了个头，商讨了小圆桌上该摆什么样的花，要用什么样的大烛台和蜡烛，才好让第一家庭在参加舞会前换衣服的珍贵片刻，享受一下他们这个令人兴奋的新环境。

"所有这些小细节可以让大家感到舒服自在、受欢迎。"花匠鲍勃·斯坎伦说。

新总统会用忠心耿耿的幕僚塞满白宫西翼的大部分空间，这些人有的参与过他的总统竞选活动，有的则是他在政治生涯早期的故交，比如有多年发言人经验的罗伯特·吉布斯就被任命为奥巴马政府的首任白宫新闻秘书，而奥巴马的挚友瓦莱丽·杰拉特也被拉来担任高级顾问。米歇尔·奥巴马同样带来了她的助理团队，其中很多人都是她的旧相识。搬进去几天之后，米歇尔请她的东翼工作人员和官邸的全部员工聚集到了东大厅。凯蒂·麦考密克·莱利维尔德当时担任第一夫人的新闻秘书，她十分清楚地记得，她的老板当即就摆明了白宫里到底是谁说了算。

"这个团队是我带进门来的，"第一夫人一边用手指了指自己那群政治助手，一边向官邸的老员工们讲道，"你们大家现在也是我们这个新队伍的一部分了。"说完后，她又转向自己的手下，包括莱利维尔德，继续说，"你们的任务就是要了解这里的每一个人。他们比你们先来，是他们把这个地方搞得有条不紊、运转正常。我们现在来到的，是他们的地盘。"第一夫人的团队随后开始绕着屋子，挨个儿向官邸工作人员自我介绍。

"当时的情况就是我们要花时间，确保自己了解清楚他们的角色是什么，他们在大局中有着怎样的位置。"莱利维尔德说道，"我们才是新来的小孩。"

从最初的这些日子开始，莱利维尔德就学会了向官邸工作人员请教。当她想找个巧妙的方式来展示奥巴马一家首次举办国宴要上的菜品时，先去了厨房，找到被昵称为克里斯的厨师长克里斯塔·科莫福德，问她觉得应该怎么布置房间，才能让媒体既可以看到她在准备的食物，又不会打扰她的工作。当她找到工程和运营部的员工，询问要在国事楼做一个电视采访该如何重新摆放家具时，她又意识到，白宫可不比寻常人家。"你其实是在一个博物馆工作。"她说，"不光是为一个采访搬两把椅子那么简单"，而是"蓝厅里两把比你还年长好几个世纪的椅子需要被挪开，让出地方来。所以你得把这事交给官邸的工作人员来做，因为照管那个屋子是他们的强项"。（白宫里的家具摆设都非常珍贵，有个清洁工就曾听他的老板说，如果他不幸打碎了某个法式镀金青铜钟，就干脆直接走人得了，因为这个钟从1817年就开始在白宫里展示了，他赚一辈子的钱也不够赔。）

就职典礼当周的周五，奥巴马总统随性地在白宫里串了串门，向大家介绍自己。来到二楼的厨房后，他发现几个男仆正围坐在电视机前，便调皮地捶了一下詹姆斯·杰弗里斯的肩膀。

"你们在看什么呢？"他问男仆们。

"我们在看就职典礼前林肯纪念堂的实况。"杰弗里斯回答道，"祝贺您成为总统。"

"谢谢。"奥巴马用一脸标志性的咧嘴大笑回答之后，走出了房间。

几分钟后，当他再次回到厨房时，杰弗里斯鼓起勇气说："我刚刚祝贺了您，但明天如果我恰巧被叫来上班的话，您也要祝贺我一下，因为到明天，我就已经在这里工作整整五十年了。"

"不用等到明天，"奥巴马磕巴儿都没打就回答道，"现在就可以。祝贺你。"

尽管德斯蕾·罗杰斯说他们与员工的关系"非常非常融洽"，但人们认为，新总统比起他的上几任更为含蓄，不太爱闲聊。有些员工说，他们很怀念与前总统老布什、克林顿和小布什建立起来的那种轻松愉快的友谊。总招待罗尚说，"布什一家人希望你感到和他们很亲近"，但是到了奥巴马一家身上，"你就得非常专业了"。不过，奥巴马一家还是和幕后的一些人建立了友谊。男仆詹姆斯·杰弗里斯说，奥巴马一家和多数都是黑人的男仆之间，对于黑人在美国的现状，有一种心照不宣的理解和尊重。奥巴马总统也承认这一点，他说，男仆对他的家人很友善，部分是因为"他们看到玛莉亚和萨莎时，会说，'呵，她看起来很像我的小孙女'，或者'她看起来很像我的女儿'"。

八十四岁的门卫文森特·康提从 1988 年到 2009 年，每周一、二都会在电梯里护送要去或刚从椭圆形办公室回来的总统。"我们相处得可好了，"他回忆说，"早上我见到他的时候，他会和我聊天，问我今天过得怎么样。"在白宫工作的二十一年里，康提见到名人是家常便饭，所以他不太容易被镇住，除了每天要和总统讲话外，他还在电梯里护送过纳尔逊·曼德拉和伊丽莎白·泰勒这样的偶像级人物，前去家庭私人区与总统会面。他说，总统们有时也无法掩盖身心的劳累。他服务过的每个总统都曾在某次乘电梯的短暂时间里，转过身，叹口气说："我真想回到床上，睡上一整天。"

去椭圆形办公室的路上，奥巴马会和康提聊运动。"他知道我是个橄榄球迷。我是华盛顿红人队的粉丝。球队输球后，他会跟我聊他们哪里做得不对，应该怎么做。"有时候，奥巴马会请康提带着他家那只名叫"波"的葡萄牙水狗，到白宫的庭院里遛一遛。遛完后，康提又会把波带回它在三楼的房间。

不过，奥巴马一家确实是一个非常注重隐私的家庭，总招待罗尚感到员工与新总统之间有种距离感。他说，有"这么多男仆和家务工跑前跑后为他们无微不至地服务"，但奥巴马一家人似乎"很不舒服"。对于这对刚刚偿还完学生贷款的夫妇来说，白宫提供的这种级别的个人服务一定会叫他们有些不知所措。"你得给他们留一点隐私空间，"康提告诉我，"你会和他们短短聊几句，但之后就该各干各的了。"

奥巴马夫妇非常希望他们的女儿能尽可能地在正常环境下长大，即便住在白宫这种有几十个厨师、男仆、女佣的地方也一样。2011年时，米歇尔·奥巴马跟一位采访者说，她十三岁的大女儿玛莉亚要开始自己洗衣服了——米歇尔的母亲玛丽安·罗宾逊就住在三楼的一间套房里，会教玛莉亚怎么洗。"我母亲到现在还是自己洗衣服。她不喜欢陌生人动她的贴身衣物。"第一夫人曾经的造型师迈克尔·"拉尼"·弗拉沃斯也证实说："米歇尔是那种非常严肃、干练的母亲——她母亲也一样。她们只需要瞪你一眼，你就得直接石化，动都不敢乱动。"

凯蒂·麦考密克·莱利维尔德还记得第一夫人是如何给她的女儿

们定规矩的。"尽管她很感激员工们的无微不至，但员工不是为她女儿们服务的。"米歇尔提醒她的女儿："不要习惯别人给你们整理床铺，那是你们自己的家务活儿。"

但是，在令人筋疲力尽的竞选路上奔波了两年，平时日程又很紧张的情况下，奥巴马一家人其实很感激他们得到的帮助。"还是有很多便利的地方，可以让原本漫长劳碌的一天变得轻松些，比如有人会替你考虑好晚饭该吃什么。"莱利维尔德解释道。

在总统官邸内，传统根深蒂固，很难改变。当奥巴马告诉男仆们周末的时候可以换上扣领衬衫和宽松的便裤，不用穿硬挺的礼服时，并不是每个人都接受了这个提议。"对那些年纪比较大的人来说，他们都七八十岁了，很可能都有好几套已经穿惯了的衣服，再穿别的就意味着要买新的。可能还不如穿着礼服舒服。"莱利维尔德说，很多男仆还是坚持穿正装，所以尽管她更习惯竞选时那种舒服的着装风格，但感觉自己穿着卡其装或者牛仔裤在他们周围会很尴尬。"他们对自己的工作如此尊重，让我非常钦佩。"

他们全家显然很怀念以前在芝加哥的生活。奥巴马曾说，白宫里的"每个总统都明白自己只是临时住户"，"我们只是租客而已"。经历了两次叫人筋疲力尽的竞选之后，奥巴马总统不希望每周错过和全家人一起吃饭的次数超过两次。这些晚餐都是由他们从芝加哥带来的私人厨师萨姆·卡斯准备的。（2014 年 12 月，卡斯离职，搬到了纽约。）

总统的前个人助理雷吉·洛夫回忆说，每天早上从官邸到西翼的路上，奥巴马会一边走，一边向总招待斯蒂芬·罗尚询问各种家庭琐事的最新处理情况，因为不管是住在总统府还是郊区的死胡同里，这些事人人都会遇到。"你住在公寓楼里的话，肯定有人负责全楼的保养维护。所以如果水压有问题，或者 Wi-Fi 坏了的话，你肯定得找人来解决，对吧？"

刚当上总统时，奥巴马的心头大事之一是白宫的篮球场。在 2008 年竞选期间，奥巴马习惯了在初选和政党决策会当天打一场篮球。在新罕布什尔州和内华达州的时候，奥巴马有两次没打，结果那两次初选都输了。就职后不久，他对罗尚说，他想把南草坪掩映在松树中间的网球场改造成篮球场。于是，罗尚便安排人装上了可拆卸的篮球框，在球场上画好了新线，还定制了印着白宫标志的篮球。总共花了 4 995 美元。

不过，整个工程耗了几个月才完成。后来，奥巴马不耐烦了，在去西翼的路上，他对罗尚说："少将，改造个篮球场不是什么复杂的事儿吧。"

一天早上，罗尚并没有提及球场的进展情况。当奥巴马问他"那些篮圈怎么样了"，他才回答说："嗯，总统先生，很高兴地向您报告，今天中午 11 点半之前可以弄好。"

奥巴马的眼睛一下子亮了起来。到 10 点半时，虽然离球场原定完工的时间还有一小时，可他已经迫不及待地和洛夫在上面打起了篮球——洛夫曾经是杜克大学蓝魔队的前锋。

———————

米歇尔·奥巴马的造型师迈克尔·弗拉沃斯从米歇尔还是个少女时就一直给她做头发，所以就职典礼时，他自然成了新晋第一夫人的首选造型师。虽然发型师并不是正式的官邸员工，不过他们却能提供一种独一无二的幕后视角，让我们一窥那个难忘的日子里发生的许多事。

弗拉沃斯那天的工作是从凌晨4点的布莱尔国宾馆（Blair House）开始的。这座典雅的建筑位于白宫斜对面，传统上，当选总统及家人在正式搬入白宫前，都会住在这里。早上，他先为米歇尔、她的女儿们和她母亲设计好了造型，随后一天都要与奥巴马一家同行，陪他们去国会山，并参加当晚举办的全部十个官方就职舞会。

弗拉沃斯立即就注意到，多数黑人男仆对新当选总统的到来感到很兴奋。"有种超越了骄傲的自豪感——他们这辈子想都不敢想的事情，竟然真的发生了。"自己也是黑人的弗拉沃斯说，"从他们说话的样子、走路的样子就可以看到，从他们的笑脸中也可以读出来——这一切是他们万万没想到的。"

他说，当天早上每个人都挺平静，除了第一夫人的母亲玛丽安·罗宾逊。因为她的生活马上就要发生巨大改变了：她刚刚在芝加哥筹备起一个老年人径赛俱乐部，而且还刚刚赢了一次径赛，但是米歇尔请求她与全家一起到白宫生活，帮助照料外孙女。所以现在她要离开家乡，开始新的——也是一段会受到严格管制的——生活。

"她是个非常独立的女性。"弗拉沃斯认为，或者这个改变不是她自己选择的，但是"她跟我说，米歇尔希望她这么做，所以她得考虑孩子们"。当她离开挚爱的芝加哥时，罗宾逊说："他们非要拖着我去，对此我并不是很舒服，不过这是我应该做的。该做的，你就得做。"

不过，对于这种巨大变化，新总统却似乎泰然自若。在发表完雄心勃勃的就职演讲后——在重申了他要改变两党话语分歧的广泛承诺的同时，还历数了他的施政目标，如医疗改革等——他漫不经心地问道："我讲得怎么样？"

"贝拉克一直都很镇静，情绪一直都在克制。"弗拉沃斯说，"米歇尔是那种更为随性的人。"

由于日程出了点问题（按照传统，就职典礼后还要参加国会举办的午宴，但有人忘了安排这一项），奥巴马一家只有短短的四十五分钟时间来为舞会做准备。就在他们仓皇准备时，总统来到了白宫二楼的小美容院，问妻子他该系哪条领带。

"为了你，我要展示出自己最帅的样子。"他对米歇尔说道。

奥巴马往外走的时候，弗拉沃斯注意到他的双袖口没有整理好。

"贝拉克，弄下你的袖口。"弗拉沃斯指了指。

"哎呀，真好，大家还挺上心的。"奥巴马和蔼地说。

第一夫人的服装师名叫伊克拉姆·戈德曼，在搬到白宫前，米歇尔经常会逛她在芝加哥的高端精品服装店。当她听到弗拉沃斯直呼总统的名字时，十分生气。"她说我应该叫他'总统先生'，"弗拉沃斯回忆道，"可我叫他'贝拉克'的时候，他还对我笑了呢。我参加过他们的婚礼，还见过米歇尔的父亲，对我来说，他还是原来的那个贝拉克。"弗拉沃斯显然还在对那个指责耿耿于怀，"突然改口对我来说太不自然了。"这种转变——从个人名字到官方头衔——是很多未来总统的朋友们都要经历的过程。肯尼迪家的社交秘书鲍德里奇——后来成了礼仪专家——以前只认识"杰克和杰奎琳"夫妇，可1960年11月的总统大选后，他们就变成了"总统先生和肯尼迪夫人"。"总统和肯尼迪夫人虽然还很年轻，而且是早就认识的私人朋友，但是现在他们身上有了一种新的尊贵气质。"后来，很少有人再直呼奥巴马总统的名字了。

―――――

就职日 —— 对任何总统来说，这都是一个令人手足无措的日子 —— 实际上在国会大厦举行就职宣誓前几个小时就开始了。清晨，离任总统的国家安全事务助理和新总统自己的国家安全事务助理，会向他简要通报国家安全方面的问题。通报快结束时，白宫军事办公室的高级官员会告诉他用于发射核弹的绝密密码。宣誓就职后，拿着"橄榄球" —— 装着密码的公文箱 —— 的助手就会在他附近待命。（就职后，总统会得到一张卡，这张卡可以允许他发起袭击。）所有这一切，都会在早上的教堂礼拜之前结束。

在适应新工作压力的同时，新总统也需要习惯官邸的生活。就职典礼后第二天，奥巴马总统来到了东大厅向员工做自我介绍。花匠鲍勃·斯坎伦说，总统看起来很"惊讶"，"就像'哇'那种。他没有意识到打理白宫竟然需要这么多人"。奥巴马当天面见的这些员工，不仅负责为私人居住区服务，还负责维护国事楼，以及维持熙来攘往的参观人群的秩序。

西翼的很多幕僚都习惯了竞选期间那种一切从简的临时性生活，而现在却在对一切不甚了解的情况下，突然被赋予了新的角色。对奥巴马的私人秘书凯蒂·约翰逊来说，就职日当天"完全混乱不堪"。那天早上她到达白宫后，被告知她未获得进入许可。她说："我当时遇到问题基本上是现学现解决。"（奥巴马的高级助理丹尼斯·麦克多诺最终通过安全部门批准进入了白宫。）但她的问题远没有结束。"现在回想起来，西翼挺小的，"她说，"但当时感觉像进了迷宫。"她的办公室位于椭圆形办公室外面，也就是所谓的"椭圆外"（Outer Oval），安顿好之后，她差不多一整天都在匆匆忙忙地学习如何使用这里"复杂到惊人"的电话系统。在奥巴马政府正式开始办公的最初几周，她说自己根本不知道怎么把某位高级官员的电话转接给正在"空军一号"上的总统。由于电话一直没转成功，最后奥巴马总统亲自从飞机上打给了那个人。"我当时都慌了。"约翰逊回忆说。

当然，官邸员工对此已经见怪不怪，所以很善于安抚约翰逊疲惫的神经。西翼的幕僚仰仗着招待办公室协助他们安顿下来，而约翰逊也用一个接一个的问题让招待们忙得晕头转向，比如告诉她花卉店在哪儿，好请他们补充总统喜欢在椭圆形办公室里放的加力果。"如果有任何问题，我都会打电话给招待办公室，"她回忆说，"如果椭圆形办公室里有人想要某个特定牌子的酒，我就打电话给招待办公室，他们肯定有办法找来。"

有时，她需要男仆们帮她寻找总统的重要备忘录，尤其是西翼幕僚在找什么文件却没人能找到的时候。"无论什么时候我慌了，急着找什么东西——总统外出了，所以我不能问他——别人又告诉我说有张纸上写着什么重要决定，总统说他拿给我了，但是我发誓我根本没有收到时，就会请他们查一下。"她一口气说道，"然后他们就去找，结果百分之九十的时候，他们都能找到。"

雷吉·洛夫也记得招待们在帮他"熟悉白宫的里里外外"时，多有耐心。他说："每个厅、每个房间，都有自己的昵称。"

斯坎伦回忆说，几天之后，奥巴马一家也开始"一点一点地在屋子里四处走动了"，不过通常都是在游客散去、多数官邸员工下班回家之后。"对他们来说，这也是个过程。认识将近一百个人是循序渐进的，因为他们不会一次见到所有的员工。或许这次是家务工，下次是花匠。有时候也许只有一个厨师在做饭。他们也不认识店里的其他员工。虽然最后都会见到，但这个过程需要时间。"

最终，总统一家会习惯这些雇工，或者至少学会与他们和平共处。"我觉得白宫的员工已经学会了如何关照第一家庭，让他们尽可能地享受正常生活，即便周围一直有几十个人走来走去，不是在摆弄花饰，就是在吸尘或者修理东西，"米歇尔·奥巴马说，"在很多方面，你会开始把他们当成家人。这就是白宫这个地方的美妙之处。"

———

不同的第一家庭在官邸员工面前表现也不同。20世纪20年代末到30年代初的赫伯特·胡佛总统的家人，通常不喜欢看到员工，三声铃响后，女佣、男仆和勤杂工会匆匆忙忙躲到储藏室里。富兰克林·罗斯福和杜鲁门总统则要随和些，走进房间之后，会告诉员工没关系，可以继续干活儿。

到了现代，第一家庭和员工们的关系已经变得非常融洽了。女佣伊凡妮丝·希尔瓦说，第一夫人一般在一周之内就会记住所有人的名字——或者至少会记住十几名经常在二三楼工作的女佣和男仆的名字。

希尔瓦说，有一天她正在打扫屋子，芭芭拉·布什走进来，拦住了她。

"哦，我还没见过你呢。"布什夫人对她说。

"但是名册里有我呀。"她回答道。

"你确定吗？"第一夫人回去找总招待准备好的那本官邸员工花名册。几分钟后，她回来了。

"哎，这张照片照得不好，所以我才没认出你来！"布什夫人打趣说。

除了带来新的家具和色调外，第一家庭还会给白宫带来不同的精神面貌。从艾森豪威尔一家到肯尼迪一家的显著转变，既是表面的——前者代表了 20 世纪 50 年代的祖父母那一代，后者则是有两个小孩的年轻夫妇——也是实实在在的。员工们必须得习惯肯尼迪一家更为随意自在的应酬风格：黑领带换成了白领带，晚餐前要上鸡尾酒，而且所有地方都可以抽烟。在正式宴会上，艾森豪威尔夫妇会上六道菜，客人们围坐在一个巨大的 E 字形宴会桌周围，但肯尼迪一家很快就决定把座位安排改成十五张圆桌，每桌坐八到十个人，菜量也减少为四道。

已经习惯了被仆人和财富包围的杰奎琳·肯尼迪，迫不及待地研究起了如何管理这栋有一百三十二间屋子的大宅。丈夫就职后的第二天一大早，杰奎琳找到了总招待 J. B. 韦斯特。"我今天想认识一下所有员工，"她说，"你能带我在白宫里走走，到他们工作的地方见见他们吗？"

韦斯特不希望在未提前通知的情况下让第一夫人去员工的工作间，所以建议让员工一组三人来见她。不管是招待、男仆，还是女佣、厨师，每一组都对这个正式检阅感到万分紧张。从电梯出来时，他们吓了一跳，因为眼前站着的第一夫人穿的是裤子（在当时是很令人震惊的）和褐色靴子，头发也乱蓬蓬的。韦斯特回忆说，员工逐个自我介绍时，杰奎琳还试着想办法记住他们的名字。每个名字她都会慢慢重复一遍，虽然没有写下来，但她最后真的全都记住了。那天见到她的女佣里，有一个叫露辛达·摩尔曼，是位技艺娴熟的裁缝。后来，奥莱格·卡西尼设计的那些礼服，第一夫人都会请她来为自己缝制。

杰奎琳·肯尼迪是个完美主义者，因此官邸的日常运营她也是亲力亲为。晚上，她会在匆忙中把要办的事情记下来，第二天时，每完成一件便划掉一项。她还会随身带着一本黄色便签簿，每天给韦斯特传字条。

"她总是会列清单给我，"韦斯特回忆说，"但凡是个管事的人，她都知道名字，名字下面是她要和他们讨论的各种事项。"

肯尼迪夫人还注意到，有些官邸员工在他们一家人周围时老是紧张兮兮的。她曾经写过一张字条，是关于女佣们的："他们特别害怕在白宫里——害怕第一家庭，等等，以至于全都浑身僵直、慌慌张张的——即便是与我很熟识的露辛达也是如此，掉了一根针也要道十分钟的歉。"为了帮助他们克服恐惧，杰奎琳建议他们多来二楼和三楼，习惯一下在她的家人周围活动。"他们那么害怕的话，我什么都教不了的——也没时间。"

———

门卫普莱斯顿·布鲁斯已经习惯了艾森豪威尔一家墨守成规的生活，他们一般夜里 10 点就已上床睡觉。所以当肯尼迪夫妇参加完就职舞会，在凌晨 2 点回到白宫时，布鲁斯觉得他们应该很累了，却不料夫妇二人带了一堆朋友回来，在二楼继续狂欢——丝毫没有意识到在第一夫妇安全地上床前，官邸员工要一直待命。凌晨 3 点一刻，布鲁斯把最后一位客人送走后，关掉了西客厅（West Sitting Hall）的灯。可当他来到总统的卧房时，里面却空无一人。

"是你吗，布鲁斯？我在林肯卧房这儿呢。"总统喊道。布鲁斯简直难以置信，因为员工们都觉得林肯卧房被诅咒过。肯尼迪要了一杯可乐，叫布鲁斯打开窗户，放一些夜晚的清冷空气进来。杰奎琳则在走廊对面的女王卧房喊了一句，让随时都乐意效劳的布鲁斯拿点儿开胃酒。那天，布鲁斯回到家时，已经过了凌晨 4 点。

尽管第一晚折腾了很久，但布鲁斯还是喜欢上了肯尼迪一家人，而且因为他是夜班，所以有机会见到这家人更为私密的那一面。当他端上来饭后饮品，看到这对漂亮的年轻夫妇深夜还在他们的卧房之间跑来跑去时，会忍不住笑起来。（"别担心，布鲁斯，我们知道你也结婚了。"杰奎琳·肯尼迪会这么说，眼睛还一眨一眨的。）

从 1953 年到 1977 年，布鲁斯每天下午 3 点到达白宫，在门口迎接各界要人，安抚那些在会见总统前紧张焦虑的访客，晚上则会护送总统从椭圆形办公室回到官邸，直到他上床休息后自己才下班回家。布鲁斯是白宫的明星。其他员工十分赞赏他在巨大的工作压力下仍然能保持优雅风度和处变不惊的能力。男仆林伍德·韦斯特雷说，布鲁斯是一位"外交家"。

"这就是他备受爱戴的原因，有些人有这种能力，有些人没有。他是有的。"

肯尼迪就职后的第二天，布鲁斯护送吃完晚饭的总统和第一夫人上了楼。想到可以早点回家，他松了一口气。可突然，"咣当一声！招待办公室对面走廊的电梯门开了。总统从里面跳出来，往大厅外飞奔，后面是特工们紧追不舍。"布鲁斯在回忆录中写道。肯尼迪想深夜出去走走，外套都没穿就在刺骨的寒风中走出了西北门（Northwest Gate）。"才入主白宫二十四小时，他就往外逃了。"

特工们不得不把他拽回来，告诉他只能在白宫周围 7.3 万平方米范围内走动。从那以后，布鲁斯便总会准备两件外套：一件是总统如果想从一楼的门出去散步时穿的，另一件是走国事楼出去时穿的。不管哪次他给总统递上外套和雨靴，最高统帅都会抗议。"他就像个小学生，总是还没穿好衣服就跑到冰天雪地里。"

———————

并不是每个第一家庭都像肯尼迪一家那样快乐地来到白宫。1992年大选结束后的周一，克林顿夫妇打电话给室内设计师卡琪·霍克史密斯，请她来承担重新装饰白宫的艰巨任务。虽然曾为他们装修过阿肯色州长官邸，可霍克史密斯并没有期待会接到电话——她回忆说当时"非常非常惊讶"——不过，最后她还是接受了邀请。从大选结束到就职典礼前，她数次拜访了州长官邸，向夫妇二人展示她为白宫选择的不同布料和家具。

霍克史密斯说："第一次去的时候，克林顿总统正在和他的过渡团队开会，希拉里就把他叫了出来。"她把布料样品和小地毯设计摊到了厨房的台子上给他看。（克林顿是少有的对内部装饰感兴趣的当代总统。）在接下来的几周内，霍克史密斯又去了几趟白宫，和藏品监理协调。他们领着她来到了一个有气候控制功能的巨大仓储场所。这个仓库位于距离华盛顿十八千米的马里兰州里弗代尔，所有曾在白宫摆过的家具都存放在这里。即将搬进白宫的家庭可以来挑选他们想要的家具带回官邸。

里弗代尔仓库里的家具被分门别类一一放好，一排排的桌子和写字台边上，是曾被各届政府在椭圆形办公室里用过的箱子和小地毯。每件不同时代的家具都有颇深的历史渊源，而这些都会被记录在案。在这个巨大的空间里，藏品监理熟知每个烛台和边桌的位置。这里甚至还有一个配备了 X 光设备的保护工作室，可以拍下这些家具，做成照片指南。这与杰奎琳·肯尼迪去的那个破破烂烂的仓库简直天壤之别。当时，她到马里兰州波托马克河沿岸的华盛顿堡挑选家具时大吃一惊，因为很多珍贵的古董竟然被直接放在了泥地上。

霍克史密斯随身携带着一张详细的仓库平面图，记下了白宫现有家具可以存放的位置和想要从仓库运回去的家具。霍克史密斯说："我们当时的计划雄心勃勃。"不过，她似乎回忆起来都有些筋疲力尽。

克林顿的就职典礼从一场多宗教的礼拜开始。之后，他们去了一趟布莱尔国宾馆，上午 10 点 27 分才到达白宫——比预定时间晚了二十七分钟。布什一家人站在北门廊下面等着迎接他们。

"欢迎来到你的新家。"老布什总统对十二岁的切尔西说道。切尔西拍了拍布什家的史宾格犬米莉。卸任的总统对他的继任者表示祝贺，并依照传统在椭圆形办公室的桌子上留了一张字条，向继任者提了些建议。（八年之后当克林顿离任时，他也给小布什留了一张字条，并且把老布什留的那张也给了他。）这些字条的内容至今还未公布。

在这个大喜的日子里，希拉里·克林顿告诉霍克史密斯，说不希望她错过在国会大厦西门外举办的就职典礼，但是需要她在典礼结束后，立即赶回白宫。

"我们得想办法把你从那闹哄哄的地方弄出来，送回白宫。"希拉里对她说。

一个小时的就职典礼结束后，希拉里告诉霍克史密斯去拐角处找货车里坐着的某位将军，他会送她回白宫监督搬家工作。

"我还想，他们到底会怎么办到呢？"霍克史密斯说。

1993 年 1 月 23 日，在聚集在国会山上的欢呼人群中间，霍克史密斯惊讶地看到了那辆等她的货车。每次他们经过一个安全屏障，警察都会把它挪开。挤满了宾夕法尼亚大街的人们还在等待新总统的车队，看到她的车之后都开始激动地挥手。"他们大概以为我们是什么名人。"

"车开到南草坪时，我们看到两辆大大的搬家货车，上面写着'阿肯色州小石城'。"她说，"那段车程太刺激了。"

克林顿夫妇大约花费了四十万美元重新装修白宫，这些钱全部来自私人捐款。不过他们的努力却招来了官邸内外的质疑，就连那些向来谨慎的官邸员工都说，霍克史密斯的装饰风格毫无章法可言，而且有些好高骛远了。

电工长比尔·克莱伯曾参加过九次政府过渡，他说克林顿一家的到来是麻烦最多的一次。就职典礼后不久，霍克史密斯告诉克莱伯，他要和其他电工换掉七盏吊灯——而且是立即。

"为什么现在就要弄好？先让他们搬进来，我们找一天再弄。"克莱伯说。

"不行，总统夫妇希望在他们进门前吊灯都换好。"她回答。

克莱伯别无选择，只好先去二层的条约厅更换其中的一盏，这个房间将会被克林顿用作私人书房。

夫妇二人一从就职典礼回来，希拉里就来到了条约厅。"你会在这个屋子待多久？"她问克莱伯。

"说实话，我觉得大概需要四个小时。"他一边摆弄已经拆放到地板上的那架精致复杂的水晶吊灯，一边告诉她。

"嗯……这可由不了你。"她说完，怒气冲冲地离开了条约厅。

霍克史密斯伸了个头进来，告诉他二十分钟内离开屋子。克莱伯说，他需要时间来收一下散落在地上的几百块无价的水晶。她回答："别担心。这些是可以被替代的。"

"错，夫人。这些是水晶，无法被取代。"他气冲冲地对她说。

不过克莱伯照做了，在规定时间内离开了满地狼藉的条约厅。不过他可不想让第一夫人或者她的室内设计师说了算。在他能回来继续安装前，藏品总监莱克斯·斯卡尔顿（很受员工爱戴，在担任藏品监理前担任过招待，并在1969—1986年间担任总招待）为了保护吊灯，把门锁了起来。结果有三个星期，克莱伯都被禁止进入条约厅。

　　盖里·沃特斯一直都非常谨慎，不想单独揪出某届政府来批评。不过当我问到克林顿搬进来时情况如何，他顿了好一会儿才说："从一届政府过渡到另一届不同党派的政府，遇到的困难都是最大的。"他说，克林顿夫妇"完全不了解白宫"。他经常要在一天之内到官邸好几次回答问题。

　　当克林顿夫妇参加完就职舞会，在凌晨回到白宫时，招待南希·米切尔正在当班。"克林顿总统想打个电话，所以我就和他上了楼，结果他开始大吼起来：'南希！'我说：'在，总统先生。'他说：'我怎么才能打电话？'"因为总统拿起电话的时候，他听到的不是拨号音，而是白宫接线员的问候。克林顿对于自己无法拨号感到非常震惊。没过多久，整个电话系统就被更换掉了。

　　而且，克林顿夫妇请了一堆小石城的朋友（被称为"比尔的朋友[1]"）来帮他们搬家拆包，结果把事情弄得一团糟。

　　"我们都这样干了两百年了。"招待克里斯·艾莫里说，"他们答应了好多人可以来白宫帮忙。我们当然不高兴，一切都乱透了。"艾莫里和克林顿夫妇关系不是很好，后来在这届政府期间被炒了鱿鱼。他说，很多FOBs事实上有犯罪前科。根据他的讲述，特工处曾给招待办公室打过很多次电话，报告说一些阿肯色的客人没能通过背景核查，所以"不会被准许进入"。艾莫里告诉特工："总统正等着他们呢。不行也得行。"结果，特工处不得不在每层楼派驻特工："一般来讲，如果你带

1　"比尔的朋友"是 friends of Bill's，员工们将其简称为FOBs。在英文中，脏话 son of a bitch（狗娘养的）经常会被委婉地说成SOB，而"比尔的朋友"的首字母FOB与SOB十分相仿，因此员工们似乎是在借此表达对这些人的不满。

一个（背景核查）'有问题'的人来，就得有人护送他。"让艾莫里懊恼的是，没过多久，白宫里便有了好几个"有问题"的人。

霍克史密斯在重新装饰的某些方面，喜欢亲力亲为，这包括摆放克林顿一家的私人照和他们从小石城带来的一些小玩意儿，比如一套令人印象深刻的青蛙收藏品。原来，在希拉里和克林顿约会期间，他用自己小时候的一个故事迷住了她。故事的关键一句是："不捶它一下，你永远都不知道青蛙能跳多远。"翻译过来的意思是：不试一下，你永远都不知道自己能走多远——对这对野心勃勃的年轻夫妻来说，这个小故事再贴切不过。当比尔·克林顿第一次竞选公职时，希拉里送了他一幅画，上面画了一只被捶的青蛙在跳，青蛙下面是刚才那句话。1993年，希拉里过生日时，比尔送了她一只戴着皇冠的玻璃青蛙，字条上写着："如果没有遇到你，这可能就是我了。"

霍克史密斯起初并不知道它们的情感价值，因为这些青蛙看起来就像一堆送错的礼物。"有人到了你家，然后想，'哦，他们肯定很喜欢青蛙。'然后就在你生日时送了你一只青蛙。"她费了好大力气，才把它们摆好。

当第一家庭从游行观景台回到白宫时，霍克史密斯回忆道，"所有人都瞬间消失了"。一整天都在忙着把房子弄到完美的官邸员工们，都跑回了各自的店里。他们想给第一家庭一些急需的私人空间。

在比尔·克林顿当政的八年中，霍克史密斯成了白宫的常住之人，时不时会住在女王卧房里，继续她装饰白宫的努力。她的客房在二层，通过内藏式推拉门与总统一家的居住区分开，门关上时，该层的西头与东头就完全隔离了。她曾试着让整栋房子看起来亮一些，还把二层单调的配膳室（Butler's Pantry）改造成了可以放餐桌的厨房，好让切尔西能在这里做作业。不过，霍克史密斯的装修毁誉参半，她在林肯客厅里放的那些制作精美的维多利亚时代风格的家具摆设，尤其受到了批评。

————

在近代历史上，还没有哪次政府过渡能比将林登·约翰逊和他的家人送进白宫的那场猝不及防且充满暴力的大动荡更叫人目瞪口呆。官邸员工在哀悼的同时，不得不一边帮助痛不欲生的第一夫人和两个孩子搬出去，一边帮约翰逊一家搬进来。而这一切，要做得既不让肯尼迪夫人觉得她是在被催着走，也不能让约翰逊一家感到他们被忽视了。"我曾经和其他社交秘书参加过座谈，听他们说起来，到白宫是件非常令人兴奋的事。"约翰逊夫人的社交秘书贝丝·阿贝尔有种凯瑟琳·赫本的气场，谈起约翰逊一家，言语中充满了爱意，"可我搬到那里时，情况完全不同，不但没有就职典礼的兴奋与刺激，我们进去时，整栋房子的吊灯和廊柱上还都盖着黑色绸子。"

新第一夫人小瓢虫·约翰逊常常会为她的家人突然被置于如此两难的境地而抱怨。她说："人们看到的是活人，渴望的却是死人。"

出于对总统遗孀的尊敬，林登·约翰逊——肯尼迪的幕僚大部分都不喜欢他——直到1963年12月7日才搬进白宫。他从11月26日开始在椭圆形办公室工作，这之前，一直在白宫边上的老行政办公大楼（Old Executive Office Building）的274号房间工作。约翰逊的有些顾问争论说，12 月 7 日是珍珠港遭袭二十周年纪念日，这一天搬到白宫不太合适。其他人则希望在肯尼迪夫人离开白宫前，再给她一些时间。约翰逊夫妇当时的一举一动大概都苦不堪言吧，因为无论他们做什么，都不会讨肯尼迪总统那些伤心欲绝的幕僚喜欢。

露西·贝恩斯·约翰逊当时只有十六岁，她记得自己曾听到父母吵架，而在她印象里，这是他们"唯一一次争吵"。"我们必须在 12 月 7 号搬，小鸟。"约翰逊对妻子说。"林登，除了这天，哪天都行。除了这天哪天都行。"约翰逊夫人徒劳地恳求道。

当约翰逊夫妇最终搬进来时，他们的女儿露西开着敞篷车带来了他们两只名叫"他"和"她"的比格犬。约翰逊夫人和贝丝·阿贝尔及新闻秘书丽兹·卡朋特则拿着易碎品，以及一幅众议院议长萨姆·雷朋的肖像。雷朋同样来自得克萨斯州，是约翰逊的良师益友。

起初，约翰逊一家对待白宫似乎非常小心翼翼，好像他们贸然闯入了神圣领地。但是和肯尼迪的政治助手们不同，官邸员工从未让他们感到自己是不速之客。"我从来没有那种'你怎么可以来这儿'的感受。"露西告诉我，"而是'你们在这种情况下进来太不容易了'，我们能帮你们什么？能教你们什么？"

不过，并不是每个人都欢迎他们。肯尼迪遇刺后，特拉菲斯·布莱恩特就对约翰逊总统提防有加。布莱恩特是白宫的电工，从肯尼迪一家开始，又兼任起照顾第一家庭宠物狗的工作（肯尼迪家一度同时养九条狗），一直到尼克松时期。"我失去了一条狗，又来了一个我根本不了解的总统。不光不了解，我觉得自己根本不想了解他。他不像肯尼迪那样有男孩子气或心肠好或脑子快，我还听到他因为事情完成得不够快而咒骂服务人员。"布莱恩特描述了白宫为迎合新总统而发生的突然转变，"猎狗出，比格进。杰奎琳粉走，小瓢虫黄来。海鲜杂烩端下，小红辣椒端上。"他希望有一件事不会变，那就是约翰逊会喜欢他对总统犬的训练方式，教它们在总统一家乘坐海军直升机外出归来时，到南草坪上迎接主人。肯尼迪总统非常喜欢这个传统，每次都会露出大大的笑容，和等候的狗们打招呼，"仿佛它们才是尊贵的主人"。

在肯尼迪一家突然离开之后，他曾令人动容地写道："蹒跚学步的小孩子离开了，青春正好的少年进来了。"指的是肯尼迪年幼的子女卡罗琳和约翰-约翰，以及约翰逊稍微年长的两个女儿露西和琳达。不过，布莱恩特最终也慢慢喜欢上了约翰逊一家。

在回忆录中，约翰逊夫人写道，要替代杰奎琳是一件不可能的任务，并惊叹这位前任第一夫人的血管中一定流淌着"钢铁般的耐力"。约翰逊夫人说，她感到自己"突然被推到了台上，要扮演一个从未彩排过的角色"。

正当新总统在他的临时办公处工作时，白宫的员工已经悄悄地为过渡做好了安排。刺杀发生四天后，总招待韦斯特到约翰逊一家在华盛顿的府第"榆树庄园"（The Elms）拜访了小瓢虫，讨论了他们要带什么样的家具到白宫去。

当天傍晚，约翰逊夫人又和肯尼迪总统的遗孀在白宫喝了下午茶。即将离开的第一夫人亲切地带着她的继任者参观了二楼，让她看看家具应该怎么在卧室和会客厅放更好。面对这些已经住了三年的房间，肯尼迪夫人说："不要害怕这座房子——我婚姻里最快乐的某些时光就是在这里度过的——你在这里也会很快乐。"约翰逊夫人说，在参观时，杰奎琳这样讲了好多次，让她觉得"似乎她是想让我放心"。

杰奎琳告诉她，韦斯特和藏品监理吉姆·凯彻姆是官邸员工中最可靠的。凯彻姆在1963年到1970年曾担任白宫的藏品总监，他愉快地回忆了自己和小瓢虫的第一次会面，当时一家人刚搬进来不久。凯彻姆是藏品部门的四名员工之一，主要负责登记和保护白宫里每一件家具、艺术品等私家收藏品，如约翰·辛格·萨金特的名画和乔治·华盛顿时期的瓷器。

搬进来后，约翰逊夫人请凯彻姆安排个时间，好让她"边走边学"，跟着他去每间屋子看看，多了解一下其中的历史与陈设。她说自己需要对官邸有个切实的了解，这样才能更好地带着朋友和客人参观，履行第一夫人的职责。她对待这个新角色非常认真——这倒不太意外，因为在肯尼迪政府期间，约翰逊夫人就有"杰奎琳·肯尼迪的替补"的名声。每当杰奎琳不想干某件事时，约翰逊夫人就会责无旁贷地出面替她。

凯彻姆与这位新第一夫人的会面一点都不光鲜。当时，约翰逊夫人给藏品监理办公室打电话，叫他上楼一趟，他回忆说："我找到她时，她正在卧房和会客厅之间的储藏室里，跪在地上摆弄面前一个打开的纸箱。"她周围有大概二十只被仔细包着的瓷质小鸟，都是从榆树庄园带过来的。他也跪到地上，开始帮她拆这些鸟的包纸。

"我们两个都没有意识到储物间的灯的开关在门框边上。开始弄的时候，我们把鸟摆到了地板上，（木匠领班）邦纳·阿灵顿和一个木工店的同事正在挪沙发，要经过储物间外面的狭窄走廊，就把门关上了。

结果，我们两个正爱不释手地摆弄这些鸟，想保护好它们，现在却要想着怎么才能在站起来的时候不踩到它们。"他笑着说道。万幸的是，两个人最终找到了电灯开关，这些鸟也没有受到伤害。

搬进来后不久，总统和第一夫人受邀到顾问沃尔特·詹金斯家里吃晚饭。约翰逊夫人说，他们的离开给了"白宫的员工们一个喘息的机会，那段时间，这些人工作的心情一定很沉重"。

詹金斯的女儿贝丝是露西的闺蜜，吃完饭后，她来到白宫做客，并准备在这里过夜。"我只感到了这次过渡的挑战和压力。"露西告诉我。

她的白宫房间有个壁炉——"我自己的房间里还从没有过像壁炉这么好的东西"——所以就想烧一下。可是，两个姑娘都不知道壁炉怎么用，结果屋子很快便烟雾缭绕。露西慌慌张张地用饮料杯装水来灭火，杯子不行又拿垃圾桶，最后她站到桌子上，想打开窗户放放烟——结果却惊恐地发现白宫的警卫正朝她这边看，而她却只穿了件睡袍。官邸员工意识到发生了什么之后，火速前来帮忙。

"我母亲觉得，我在那一周里帮着清理卧房墙上的烟灰痕迹，非常合情合理。"几十年后，她仍然为此有些尴尬，"那可真算是经历了火的洗礼。"但是在她与女佣们一道擦擦洗洗的过程中，谁都没有让她感到内疚。

———

十多年之后，官邸员工发现自己又一次要面对一场突然又草率的过渡：1974 年 8 月 8 日，理查德·尼克松总统宣布辞职。

门卫普莱斯顿·布鲁斯写道："这次权力转移太过突然，不过和肯尼迪总统遇刺后一样井然有序。"尽管水门事件当时已经沸沸扬扬地闹了两年，要求尼克松辞职的呼声也在当年夏天愈演愈烈，但白宫里没有一个人料到它会真的发生。毕竟，还没有哪位总统辞职过。员工们事先对此毫不知情，直到帕特·尼克松下楼来要包装箱时，他们才知道事情不妙。

辞职消息宣布后的第二天早上 7 点半，行政主厨亨利·豪勒发现尼克松穿着睡衣，光着脚，独自坐在家庭厨房（Family Kitchen）。尼克松的早餐一般比较清淡，主要是麦片粥、果汁和新鲜水果，但是那天早上，他却点了咸牛肉马铃薯泥和一个荷包蛋。

尼克松走到豪勒面前，握住他的手说："主厨，我吃遍了世界各地的食物，可最好吃的还是你做的。"

那天上午，在走去南草坪乘坐直升机，并摆出他那代表胜利的著名 V 字礼前，尼克松在东大厅向他的幕僚发表了一段伤感动人的告别词。幕僚们走进来后，油漆匠克里特斯·克拉克意外地发现自己也成了告别活动的一部分。"我当时正在东大厅刷台子，是唯一在场的官邸员工，"他说，"我还没反应过来呢，一抬头就看到一群人往东大厅里走——我根本出不去了。油漆都还没干呢！"

在总统到来之前，特工们已经站好了，于是克拉克只好告诉他们让总统注意一下，不要碰到湿油漆。

"屋子里的人越来越多，我只好提着我的小桶，走到南墙那边，和大家混在了一起。我把桶放在了双脚中间，然后那么一动不动地待着。"

身穿全白工作服的克拉克站在那里，开始听第三十七任总统话别。首先，他赞扬了官邸的员工们，他们如往常一样还在默默工作。"这座房子有颗伟大的心，而这颗心就来自那些服务其中的人。我很遗憾他们没有下来，不过我们已经在楼上和他们道过别了。"尼克松伤感地说道，"他们真的很棒。我记忆犹新的是，我发表过很多次演讲，有些非常累人，但我总会回到这里来，或者熬过艰难的一天之后——我的一天通常比较长——我总会从他们那里受到鼓舞，因为我可能情绪有点低落，但他们总会对我微笑。"

那天，官邸员工同样充当了搬运工的角色，帮助第一家庭打包行李，竭尽所能在那种情况下完成了平稳顺利的过渡。

老布什当时是共和党全国委员会主席，他的妻子芭芭拉·布什在目睹了白宫交接给福特一家时的神速后，感到惊叹不已。"尼克松总统辞职的那天，我们去了白宫，先参加他的辞职，然后过几个小时是杰拉尔德·福特的宣誓就职。结果，我们和尼克松一家挥手告别后，墙上的照片就全换成了福特一家人的照片。也就是说，我们站在直升机边上挥手告别时，他们把照片全换好了。"

————

新的第一家庭必须习惯庞大的员工队伍——更要习惯每个月支付惊人的账单。与人们的惯常理解不同，第一家庭的所有私人开支都要自己掏腰包，因此几乎每位第一夫人最终都会恳求总招待想办法把费用降一降。

第一家庭要为他们自己的干洗付钱，而这个一般都会承包给由行政管家或第一家庭选择的某家当地干洗店。行政管家克里斯汀·利默里克说，在老布什和克林顿政府期间，他们常会包给就近的威拉德酒店（Willard Hotel）。当然，即便是这种最基本的服务也要秘密进行：全家人的衣服送过去后，会有运营部的员工再悄悄拿回来。

此外，第一家庭还要负担他们私人吃喝的花销——不仅包括他们自己的餐食，私人宴请宾朋也会包含在内，比如在就职典礼后或者节日期间招待的朋友和家人。沃特斯告诉我，除了芭芭拉·布什之外，每一位第一夫人发现这一点之后，都是既吃惊又不高兴。很多第一夫人都曾提出做菜时买便宜的肉，以便削减每月的巨额开支；卡特夫妇甚至还要求自家人吃饭的时候上剩饭就可以了。

就连杰奎琳·肯尼迪也吩咐总招待"管理这个地方时，要管理得就像是有史以来最抠门吝啬的人当上了总统"。然后她把声音压低，又滑稽地加了一句："我们真不像你在报纸上读到的那么有钱！"

她的丈夫更是疯狂纠结于食物账单，还和招待们详细讨论了如何才能缩减他们在海恩尼斯庄园的牛奶账单。肯尼迪的社交秘书南希·塔克曼说，她还从来没见过肯尼迪能安安静静坐那么久，或者对什么别的事能有超过五分钟的热度。酒水账单在肯尼迪政府期间翻了好几倍，这是因为在他走马上任前——这点会令你吃惊——白宫会偷偷从总务管理局（General Services Administration）那里接受非法销售的威士忌。但是由于当时出台了新规，白宫要继续这么做的话，必须公之于众，于是肯尼迪总统很快下令禁止了这种行为，然后派管家安妮·林肯到外面去搜罗便宜的酒。肯尼迪在三楼的一间储物间里给自己藏了一个酒柜，只有林肯和肯尼迪的贴身男仆才有钥匙。肯尼迪非常留心白宫的生活开销，不过大部分的酒水其实并不需要他来埋单，因为那些基本都是官方招待所用。

奥巴马的助理雷吉·洛夫来到白宫时，刚刚二十七岁，他还记得海军少将罗尚第一次跟他讲述奥巴马一家的月账单时的情景。"我看到数字后，就想'我看到这些数字了，我也看到了所有列出的清单，但对我这种一人吃饱全家不饿的单身汉而言，完全没有经验在看完账单后说，应该没什么问题'。"

行政主厨每个星期天会给第一夫人送去一份下周的菜单。如果她不喜欢上面某样或者觉得对于家常便饭来说太奢侈了，就可能会要求厨师换个别的。

露西·贝恩斯·约翰逊说，她母亲"不断地"说起过在白宫生活的昂贵开销。露西结婚后，和家人去戴维营（Camp David）过周末——结果却收到了一份她在那里的用餐账单。她惊呆了。

"啊，对啊，我们一直都会收到账单，但是你年纪小的时候住在我们家，所以钱是我们替你付的。"约翰逊夫人对她气哼哼的女儿说道。

"让我母亲吃惊的是，我竟然很吃惊。"她笑着说。

不知为何，每个月末看着列出来的清单，感觉价格总会比全家人去食杂店自己买或者干脆出去吃要贵很多。福特总统的女儿苏珊说，他父亲会拿着账单在她脸前挥来挥去，警告她说："你要知道，你请一堆朋友们过来的时候，我最后是会看到账单的。"

罗莎琳·卡特也清楚记得他们家在第一个月的账单：六百美元。"听起来不多，但是在1976年，那对我来说可是个天文数字！"她认为，白宫里面的食物比外面的价格贵，是因为它们都要经过检查，确保没有被下毒。

据花匠朗恩·佩恩说，食物账单并不是唯一让卡特家感到焦虑的开销。吉米·卡特连花都想要便宜的。虽然通常来讲，第一家庭并不需要为花卉埋单，但是卡特认为，政府也不应该为这些精致又复杂的花卉摆设来支付费用。佩恩回忆道："为了晚宴，我们得亲自去采花，到城市的公园把花摘下来。"他和其他员工还跑到岩溪公园（Rock Creek Park）摘黄水仙，去国家动物园（National Zoo）收集野花。"警察真的拦住过我们。有一个家伙为了给晚宴准备花，去岩溪公园的大山坡上摘黄水仙，结果被抓了起来，后来有人把他从监狱里弄出来了。"佩恩说，白宫介入后，他才被释放。

"我们会在市场买干花，或者请花园俱乐部的女士们用自家园子里的花做干花。我们用的就是这些。"在别的政府时期，为举办国宴在花卉上耗费五万美元不是什么新鲜事，因为单个花卉摆设就要好几千。

贵气十足、见多识广的女主人芭芭拉·布什对那些收到月度食物账单时——当然，别的账单也一样——惊诧万分的第一夫人一点都不同情。"如果她们觉得不可思议，那是她们有问题。"她坚决地说，"我们有很多客人，小布什总统也一样，这些私人宾客都要自己请。但是账单收到后，上面会写着，'一个鸡蛋：一毛八'，某某夫人吃了一个鸡蛋和一块吐司。在白宫吃饭便宜多了。"她指出，虽然第一家庭要出食物和干洗的钱，但是不用交电费、空调费，不用买花，不用请男仆、水暖工或者园林工人，在生活成本方面其实讨了大便宜——对于布什这种已经习惯了花钱雇人服务的家庭来说，更是如此。"我觉得在白宫住很便宜啊！"她说，"我挺想回去继续住，省得自己操心。"

婆婆或许帮助劳拉·布什预先了解了在白宫的生活花销，但她在收到自己的第一份账单后，还是十分惊讶。劳拉发现，给自己丈夫办个生日派对都会很贵，因为过了下午5点之后，他们就得向服务的员工支付1.5倍工资。

行政主厨沃尔特·沙伊伯也报告说，有时候他会接到总招待的电话，说第一夫人的办公室要求他把配料的开销削减一下，或者厨房少雇几个厨师。

"大厨，办个活动你真的需要那么多人？"总招待盖里·沃特斯会这么问他。

"嗯，盖里，或许不用。或许少几个人也能办到。"寸步不让的沙伊伯会回答，"我们来设想一下吧：我们把白宫的晚宴搞砸了，然后我们坐在桌子这头，布什夫人或者克林顿夫人坐在那头，我们在想办法向她们解释为什么她们的名字会成为所有晚间喜剧谈话节目主持人甩来甩去的笑话梗。'但是好消息，布什夫人，好消息，克林顿夫人，我们省了五百块钱呢！'你觉得能这么说吗？"

不管花多少钱，他说："我们的目标是，不能让第一家庭丢人现眼。"这点压倒一切。

———

新家庭入住后，常规会突然被打破。奥巴马一家的起床时间比前几任要晚一些，也更喜欢晚上的时候自己关灯，而且在椭圆形办公室里，除了要有常规的花卉外，还要摆上加力果。这些苹果又给花匠们增加了新任务，因为总统会鼓励大家吃，苹果的数量下降很快，所以花匠每天都要及时补充。早晨7点半之前，花匠就会离开椭圆形办公室，这时奥巴马总统一般都在去办公室的路上。

奥巴马一家的要求和前几个第一家庭的偏差并不大，不过，他们的首任社交秘书德斯蕾·罗杰斯在2009年来到白宫时，仍决意要改变一下传统，为一成不变的总统官邸带来一些新能量和新想法。作为哈佛大学的MBA和克里奥尔伏都教[1]祭司的后裔，罗杰斯是首位担任社交秘书的非洲裔美国人，所以她的出现本身就挑战了传统。在她上任的前两个月间，罗杰斯协调组织了超过五十场活动，这是小布什总统在第一任期的同段时间内举办活动数的两倍，甚至超过了热爱派对的克林顿夫妇的频率。她力求改变白宫的工作方式，不但在正式宴会上会将不同时期的瓷器混杂搭配在一起摆放，而且在每次举办国会活动时还把共和党人也请来。罗杰斯会亲自参与处理那些传统上本该由官邸员工来负责的细节，但这惹恼了其中一些人。

"她迈进大门后，就真的生活在自己的小世界里了。"花匠鲍勃·斯坎伦说，"她的意思很明确，就是不想要我们一直在做的，而是要来点儿新气象。我都记不清有多少次听到（罗杰斯要求）那种'四季酒店的范儿'。"他的理解是，罗杰斯想要的是更充满现代感的花卉

1　克里奥尔（Creole）现在一般是指那些父母是欧洲的白人殖民定居者但自己出生在美国的人，不过，这个概念在不同时代和不同国家的指代并不相同。罗杰斯属于路易斯安那的有色克里奥尔人，她的祖先中有一位很著名的路易斯安那伏都教（Voodoo）女祭司。伏都教起源于西非，在海地、美国南部和南美洲等地也颇为流行。

设计，不要那种传统的花团锦簇的感觉，也就是不能把一束新剪的鲜花直接插到泡沫板上，而是要把花摆出角度来。斯坎伦说，当时还有一个女的被请来工作了好几周，说是"要让花卉店焕发新生"，因为罗杰斯认为，花卉店陷在过去不肯拔出来。斯坎伦和同事们气得头发都竖起来了。

斯坎伦说，从一开始，很多花匠就认为罗杰斯很不尊重官邸的悠久传统，所以十五个月后当她走人时，大家都很高兴（当时，由于安检失察，有三人在并未被邀请的情况下，擅闯了奥巴马夫妇举办的第一场国宴。丑闻发生后，罗杰斯引咎辞职）。"当你成为那栋房子的一部分，成了那里的花匠，就要明白这所房子有其专属的装饰元素和风格，而且是只属于它的。因为这不仅是第一家庭的白宫，也是公众的白宫。我们是在为全国人民插花。"不过，罗杰斯记忆中有关花卉的争议却稍有不同。她说，她并没有立即要求改变，而是按着传统来的，至少在就职日当天是。"白宫里的花卉摆放自有其风格。"她说，在就职日当天，并没有什么新花样来迎合第一家庭的喜好。"要知道，这些都发生在他们搬进白宫前。那会儿他们又没办法说'我们喜欢这个'或者'我们不喜欢那个'，'这个多来点儿'或者'那个少来点儿'。所以，当时的花卉基本上是那个花匠按照历史上多年来的一贯摆法安排的。"

当我向总招待、海军少将罗尚询问和罗杰斯一起共事的感受时，他调侃道，他可能需要吃一片伊克赛锭止痛药。罗杰斯以前是位成功的商业女性，但是在白宫的过渡问题上，她有些好高骛远。

"不是吹毛求疵，而是不可能的任务。"现在回想起来，罗尚还有些恼火。他回忆说，罗杰斯当时竟然要求在奥巴马夫妇从就职游行回来前，就要把白宫的墙刷好并且晾干。"我们还得费力说服他们，不行，你不能在这堵墙上画壁画，现在干不了，因为布什总统还没走呢。"

新家庭无权改动具有历史意义的国事楼和底楼，但是搬进来之后，可以随便在二楼和三楼做改进。员工们甚至封上了玛莉亚房间里的一堵墙，因为这个小姑娘希望多一些私人空间，而原来的门外是一条公共走道。但这类改动，只能等到载着卸任的第一家庭的轿车离开之后，才可付诸行动。

执行糕点主厨罗兰·梅斯尼埃在酒店行业有着丰富的从业经历，曾经在伦敦的萨沃伊酒店（Savoy Hotel）和弗吉尼亚州阿勒格尼山的霍姆斯特德度假村（The Homestead）工作。在白宫时，梅斯尼埃赢得了一个好名声，那就是有本事迅速搞清楚总统喜欢吃什么。所以当奥巴马的政治顾问全都声称他们很清楚总统和第一夫人喜欢什么样的食物时，梅斯尼埃并没有听从，而是选择在奥巴马夫妇访问白宫时，偷偷询问了他们一下。

小布什的一名助理曾经建议梅斯尼埃，不用费心做那种巧夺天工的生日蛋糕，做个草莓天使蛋糕就行。"我在白宫从来没做过草莓天使蛋糕！"这位大嗓门、红脸蛋、胖乎乎的法国人说，"他们知道你的本事之后，绝对会忘了他们以前吃的那些东西。"

———

美国人投票选出总统后，所有人的目光都会投向未来。但对于官邸员工而言，生活还是照旧。福特总统的白宫摄影师戴维·休姆·肯纳里是福特一家的密友，他说，在白宫工作就像是在电影拍摄现场一样："电影拍完，你就得再找下一份工作了。"

对官邸员工来说，与像走马灯一样换的第一家庭打交道并非易事。就职日就好像新工作第一天，要开始为世界上权力最大的家庭工作了，却拿不准他们有何要求。比起总统，第一夫人和员工的直接互动会更频繁些，她会挑食物的刺儿吗？还是花卉摆设或者铺床的方式不对？"你脑子里会有几千个这种担忧飞奔而过，"斯坎伦坦陈道，"她会打电话说'我不喜欢这个'吗？毕竟，他们可以想干什么就干什么。"

行政主厨沃尔特·沙伊伯是被希拉里·克林顿雇来的，后来被劳拉·布什给炒掉了。对他而言，向布什政府的过渡十分痛苦。在为克林顿夫妇做了差不多八年美式高级菜肴后，他完全不知道布什一家想要什么。几乎在一夜之间，他就得从制作香茅红咖喱夏末鲜蔬塔，换成准备美式墨西哥风味谷物餐和培根生菜番茄三明治。（希拉里对饮食健康盯得很紧，甚至要求在家庭晚餐的菜单上列出每样菜的卡路里含量，所以克林顿总统大多是在外出且没有太太陪伴时，才会吃那些不太健康的食物给自己解解馋。）

"那是唯一一次工作把我辞了。具体安排还是一样的，所有锅碗瓢盆都没变，冰箱是老样子，所有烤箱也是，可我已经完全不知道自己的工作是什么。不夸张地说，我必须在一个下午就得重新摸透我的工作。"

梅斯尼埃把与离任家庭的告别描述为"不亚于一场葬礼"。

离开白宫的幸福环境，对第一家庭来说也并非易事。老布什总统看着在他面前集合的员工，泪水直流，默默无语。芭芭拉·布什回忆道："我们心中满是离愁别绪，根本讲不出话来。不过我认为他们知道我们对他们所有人的感情。"在前往国会大厦前，她跑到了红厅和蓝厅，给了每个男仆一个拥抱。"那之后的事都是小菜一碟，因为对我来说，最艰难的部分结束了。"

无论总统和第一夫人们怎么强调他们渴望重新回到不被打扰的生活中去，向平民生活的转变还是非常困难的。当里根一家在国宴厅与官邸员工告别时，总统打趣道："你们知道离开白宫后的唯一麻烦吗？我明天早上醒来以后，怎么去开灯？我已经八年没干过这事了。这些年来都是你们在替我弄。我该怎么打开开关？我不知道啊。"（南希·里根说，她丈夫很享受白宫的奢侈，将它称为八星级酒店。她也认同这一点。"每天晚上，在我洗澡的时候，女佣会进来收走我的衣服，拿去水洗或干洗。床也总会有人铺好。罗尼 [里根总统的昵称] 回家后把衣服挂好，五分钟之后，衣服就从橱里消失了，被拿去熨啊，洗啊，或者刷毛了。"）

在她的回忆录中，芭芭拉·布什提供了惊鸿一瞥，让我们见识到了被厨师、女佣和男仆们伺候多年的第一家庭，到底有多么养尊处优。布什夫妇几十年来一直担任各种公职，不习惯自己去买日杂是尽人皆知的事情。（在 1992 年谋求连任时，布什看到超市的扫描仪后大为惊叹，沦为笑柄。）芭芭拉·布什说，卸任后不久，她丈夫第一次去了山姆会员商店[1]，"买回来了世界上最大瓶的意面酱和一些意面"，晚饭

1　山姆会员商店（Sam's Club），是美国零售业巨头沃尔玛旗下的高级会员制商店，以仓储式经营为特色。

就吃这个。

他坐下来开始看晚间新闻，前第一夫人开始做饭。结果，她不小心把那一大罐子意面酱撞下了厨台，摔到了厨房地上。他们的晚餐计划泡汤后，两人急急忙忙想别的办法。"那天晚上，乔治和我有了个惊人的发现：原来可以叫外卖送比萨饼啊！"

有时候，告别也挺搞笑的。林登·约翰逊的小女儿露西，现在已经六十七岁了。当她还在白宫住的时候，进入了护士学校学习，结果有好几个月，她把解剖课上用的幼猫胚胎就放在三楼日光浴室的冰箱里。她把这只猫胎亲切地称为"脆脆"，因为它被保存在了一个香脆花生酱的罐子里。离别的那天，和她关系非常亲密的女佣克拉拉把罐子塞到她手里说："你离开的好处，我能想到的也只有这一个。"然后两个人抱在一起，"把眼珠子都哭出来了"。

露西说："我知道一切都变了。我知道我一出那扇门，她就会像当初帮我那样，迅速把她的全部活力、她的顺从与优雅，转到尼克松的女儿们身上，为她们创造家的感觉。白宫的那些员工，对白宫、对总统以及他的家人所展现出的忠诚，会让你为自己是一个美国人而感到深深的自豪。"

当盛气凌人的林登·约翰逊刚刚入主白宫时，兼任第一家庭宠物狗管理员的白宫电工特拉菲斯·布莱恩特对他很有意见，可当约翰逊一家在 1969 年离开白宫，搬回得克萨斯州时，布莱恩特却悲恸欲绝。后来，他在回忆录中写道："一切都结束了，真的都结束了。那是一种解脱，可又不是解脱。就好像有人告诉我，我将再也不会见到某个亲人。我和林登·约翰逊已经很熟悉，与他情同手足。可现在如果我们再见面，却已形同陌路。我感到不知所措。然后又好像重获自由，因为我意识到，我以后再也不用听他的胡说八道了。"

———

相比起来，有些过渡则要容易许多。小布什总统和家人当时只带了一个五斗橱和几张家庭照，因为劳拉·布什认为，住在白宫的"一部分乐趣"就是去马里兰州的仓库里挑家具，用那些藏品来布置白宫。更何况，布什夫妇早就对房子的布局了如指掌。"你还没回过神儿来呢，一切就都弄完了。"鲍勃·斯坎伦谈起布什夫妇搬进白宫时，如此说道。

不过，在他们开始选家具之前，布什却遇上了一场始料不及的麻烦：2000 年的重新计票，使得大选结果在投票结束一个月之后，仍然扑朔迷离，直到 12 月 12 日才最终揭晓。当时大概除了总统候选人外，恐怕没人能比官邸员工更密切关注这场戏剧化选举的进展了。从大选日到最高法院宣布布什赢得大选这段时间，沃特斯一刻不停地关注新闻，急切地想知道他的效劳对象到底会是谁：小布什还是阿尔·戈尔。当最高法院宣布结果后，劳拉·布什只有不到原来一半的时间来安排他们的搬家。

重新计票在当时争议极大，全国的选举结果都悬在了佛罗里达州这根线上。当不利于戈尔的裁决下达之后，比尔·克林顿的幕僚们勃然大怒，其中的一些年轻幕僚，丝毫没有掩饰他们对新当选总统的不屑。其中一个对主厨梅斯尼埃毫不含糊地大吼说，布什将会是个单届总统。他冲着主厨叫嚣道："我们会从白宫把他一屁股踹出去的！"鉴于官邸员工不能表现出政治倾向的原则，梅斯尼埃说："我听他发表了他的意见，但我自己什么都没讲。"（他说，尽管忠心可鉴，但克林顿夫妇对幕僚们的这种行为非常不满。）

不管是谁赢得了选举，克林顿一家都不情愿离开。希拉里·克林顿说，即便已经在里面住了八年，白宫还是让她"有种敬畏之感，就像还是个小女孩时，我为了看得清楚，把脸紧紧贴在白宫大门上的那种感受"。在小布什总统就职典礼前一晚，包括切尔西在内的一家人在午夜过后，最后享受了一次私人剧场的福利，观看了电影《欲望小镇》(State and Main)。只要这房子还暂时属于他们，他们就不想错过一分钟。"那天晚上的娱乐活动把他们累坏了，在乔治的就职典礼上，当芭芭拉、珍娜[1]和我往比尔那边瞅的时候，发现他正在打盹儿。"劳拉·布什回忆道。

就职典礼当天早上，克林顿总统向布什夫妇坦陈说，他一直拖着没打包，结果到最后，"他直接把抽屉拉出来，把里面的东西倒进箱子后，便封箱了"。

虽然希拉里·克林顿向来都很欣赏白宫的壮观与威严，但是她也有后悔之事。她曾对劳拉·布什说，她真的希望自己没有坚持要在西翼有一间自己的办公室，没有因为日程排得太满而拒绝了很多邀请。叫她尤为内疚的是，她曾拒绝了杰奎琳·肯尼迪邀请她观看芭蕾舞的邀请。几个月后，杰奎琳去世。希拉里给劳拉的建议是：不要忽视真

1　芭芭拉和珍娜是小布什夫妇的异卵双胞胎女儿。

正重要的东西。

———————

官邸员工常常会发现自己站在了世界大事的中心。贝蒂·蒙克曼在 1967—2002 年间就职于藏品监理办公室，并最终担任了藏品总监。她的职责之一是监督员工们为新的第一家庭挂上或者拿走某些艺术品。在卡特到里根的过渡期间，她记得官邸员工为了收看当时正处于最后胶着状态的伊朗人质危机，把白宫里的电视全都打开了。"与里根总统的交接仪式 10 点举行，卡特总统前一晚和手下一直在椭圆形办公室里通宵达旦，差点儿都没来得及换衣服。"蒙克曼说，"没人知道会发生什么。全国都在拭目以待。"里根宣誓就任美国第四十任总统几分钟后，伊朗释放了剩余的五十二名人质——对卡特的最后一次嘲讽，在这之前，他曾没日没夜地努力想在自己任期结束前促成人质的释放。

但是不管白宫之外发生着什么，员工们总会一心扑在搬家上。"我们的脚就没歇过，"蒙克曼说，"有一次，是福特政府那会儿，我们在苏珊·福特的卧房里干活儿，正在大家拆东西的时候，福特总统碰巧来了，要和官邸员工告别。在下楼前，他坚持要过来看看，感谢每个人的付出。这一点让员工们很感动。"但他一离开，大家又立即忙起来了。

尽管他们尽力不和官邸的现任住户有太多情感牵连，但员工们似乎经常会希望在任总统能获得连任，不管是民主党还是共和党。当比尔·克林顿打败老布什的时候，主厨梅斯尼埃觉得，这个结果是个

"名副其实的灾难"。他对老布什一家的感情非常深，以至于都不敢确定自己是否能再为另外一位总统效劳。他不是一个人：当其他员工在克林顿获胜之后打电话请病假时，有人开玩笑说，他们都患上了"共和党流感"。

在某种程度上，这是因为新家庭的到来，意味着员工们要把他们对离任第一家庭每个成员的所有了解都扔到一边，从头开始。不过，大多数人都同意，官邸员工对老布什总统的忠诚并不是习惯使然，而是一种真正、近乎深刻的留恋。老布什一家人通常很好相处，员工们也发现与他们交往时可以迅速熟络起来。总招待盖里·沃特斯说，在搬进白宫之前，芭芭拉就向他保证自己不会在厨房进行什么改革。"我从来没有（在白宫）吃过一顿不好的饭，所以你就继续叫厨师们每晚按照他们的想法做就行，这样每顿晚饭对我们都是一种惊喜。"

"要是你不喜欢某样呢？"他问道。在经历过南希·里根后，沃特斯还不是很习惯第一夫人这么平易近人。

"那我们会告诉厨师不要再做这个了。"她回答道。

———

1968 年 11 月 11 日，也就是理查德·尼克松赢得总统选举几天后，他和妻子帕特受约翰逊夫妇邀请来白宫做客。约翰逊和尼克松是势不两立的政治对手，但是在这四个小时的午宴上，两个人却相处得挺好。连约翰逊太太都对丈夫的礼貌感到惊讶。她说："我觉得林登非常大度，很像一个父辈。不过我认为他不是在针对尼克松本人讲话，而是这个国家的下一任总统。"

约翰逊夫人带着即将入住的第一夫人逛了二楼和三楼，并一再叫她对官邸员工的"效率、投入和毫无私人感情色彩的专业作风"放心。

在充满压力与紧张气氛的搬家过程前后，员工们经常会看到第一夫人们在就职典礼当日的早上给自己偷偷找一点安静的时间。行政管家克里斯汀·利默里克说："你会好奇她们的脑海里当时在想什么。"约翰逊一家对官邸的生活尤其有一种留恋。约翰逊夫人还记得就职日当天早上，自己穿着睡衣，端着咖啡，漫步在二楼和三楼，这是她在白宫的最后一天。而五年多前，当她和家人搬进白宫时，这里还沉浸在一片悲痛当中。1973 年 12 月 7 日，杰奎琳·肯尼迪搬出白宫时，约翰逊夫人肯定被第一夫人留给她的一张字条感动得热泪盈眶了吧。"我祝你开开心心地来到你的新家，小瓢虫，"杰奎琳写道，"请记住 —— 你在这里一定会开心的。"这么多年过去之后，最初几个月的伤痛一定全都涌上了心头。

她站在黄色椭圆厅和林肯客厅里，想要最后再感受一下这些地方的悠久历史，与这个她和家人多年来一直称为家的地方进行最后一场私人道别。"部分是为了满足家庭主妇的那种心理需要吧，想到处看看有没有落下什么私人物品，"她说，"但基本上我就是呆呆地站在那里，哭个不停。"

约翰逊夫人探进头去，看了看女儿露西的屋子，里面横七竖八地放着半满的袋子和箱子，然后又翻了翻那本这些年与他们住过的所有客人写下留言的小簿子。当她走到阳光浴室时，惊讶地发现这里没有了家具后，看起来完全变了个样子。"它的所有个性都被剥夺了，现在看起来冷冰冰的，毫无人情味可言，可在以前，这个房间里充满了多少欢声笑语啊——年轻人的城堡。"在国事楼，她闻到了氨水的味道，女佣、男仆和其他所有员工都在为尼克松一家做准备。

在就职游行进行的时候，员工们还完成了一项不太寻常的请求。离任的总统是电视新闻的忠实观众，在白宫里摆满了电视机。"林登·约翰逊会像个国王一样，坐在摆成一排的四台电视机前，看电视里的自己，"布莱恩特说，"就坐在那里，抛出各种评论，来回切换电视的声音，或者干脆几台一起开着，把声音调很大。"但是，理查德·尼克松对电视这种媒体向来感到不自在，于是在选举之后，官邸员工便接到指示，要把白宫里的大部分电视都撤去。有的电视甚至在员工们正观看就职游行的时候被拆了下来。

当天上午，约翰逊总统和当选总统尼克松一起前往国会大厦，约翰逊夫人和帕特·尼克松则坐在另一辆车里。车开出去后，约翰逊夫人在后视镜中见到的最后场景，是领班约翰·费科林和男仆威尔逊·杰曼正目送他们一家离开。她对着他们来了一个飞吻告别。想到下次再回到自己热爱的白宫时，身份已经变成了客人，她的心里一定是五味杂陈吧。

II

Discretion **谨言慎行**

保守秘密、忠心耿耿、谨言慎行，适用于每位员工，连职位最低的也不例外，但这并不是对在任者的私人忠诚，而是对总统这个职位的效忠。如果总统要提防着所有人，担心他们偷听，那么白宫的气氛将无法忍受；他必须将大家的忠诚视作理所当然之事。国家与私人的机密不会被昭告天下，但在这样一所每天都有各种秘密被吐露的房子里，有些注定会传到即便是最微不足道的员工的耳朵里。

——厄尔文·"艾克"·胡夫，1913—1933 年间担任白宫总招待

《白宫里面谁是谁，又为什么》[1]

问："为什么你的照片很少？"

答："因为我知道照相机都在哪儿。"

——纳尔逊·皮尔斯，1961—1987 年间担任白宫招待

1　这是《星期六晚邮报》（*The Saturday Evening Post*）在 1934 年 2 月 10 日刊登的一篇文章，原文题为 "Who's Who, and Why, in the White House"。

　　"非礼勿视，非礼勿听，非礼勿言"。每当被问及可否分享一下第
一家庭的私生活瞬间时，官邸员工通常会这样回应。假若说他们拥有
一个共同点，那便是保守秘密的能力，尤其是在职期间。詹姆斯·杰
弗里斯是唯一一位愿意谈论自己经历的在职员工，而退休员工经常在
拒绝好几次采访请求后，才最终同意分享他们的记忆，但即便如此，
其中也有好多人会尽力粉饰这些故事，试图掩盖那些痛苦或负面的内
容，完全不管是否牵强。下面分享的这些，仅仅是那些他们愿意吐露
的事情，而且几乎每个故事都表明，他们想要以一种周全、慎重的方
式呈现出他们的经历。不过，他们的回忆还是撩起了帘子，提供了一
些十分有趣甚至是不可思议的看法，让我们窥探到了白宫住户们的个
人性情。

　　男女佣人和贴身仆人，与第一家庭有着最近距离的接触，但要说
服他们张开金口，却也是最困难的，因为这些人对于第一家庭的信任
极为珍视和维护。他们是早上最先见到、晚上最后见到第一家庭的人，
他们——还有几个其他的人，比如家庭厨师——见证了总统和第一夫
人的夫妻生活：有吵架，有欢笑，有哭泣，却也是对方最信任的伙伴。

不过，毫无疑问，这些员工会把很多秘密带到坟墓里去。

在官邸员工的谨慎到底有多重要的问题上，一个最有说服力的例子，反倒不是来自员工自己，而是一位第一家庭的成员。罗恩·里根回忆了在伊朗门事件期间去白宫看望父母的一次经历，当时里根政府还没有承认为了换取人质的释放和资助尼加拉瓜反政府武装而向伊朗销售军火的丑闻。在拜访期间，这位当时二十几岁的总统之子，对于家人在官邸员工面前的坦诚公开，感到格外吃惊。当晚，他们在二楼的家庭餐厅吃过饭后，去了西会客厅——这个厅的风格更轻松随意些，有一扇非常漂亮的半月形落地窗，窗外就是西柱廊（West Colonnade）和西翼——罗恩向父亲追问起有关伊朗门的情况。

"说到中途，我的情绪有点激动，"他说，"但我突然意识到，就在我跟父亲理论的时候，边儿上还有个人端着一盘饼干站在那里。我立即感到，'哎呀，闯祸了'——这怎么也算是公众场合啊。"但是他惊讶地发现，他父母"似乎并不在意"仆人在场。"那儿的员工行事都很谨慎，所以真的不必担心有人会去和报纸说三道四。"罗恩现在意识到，这样的谨言慎行其实是必不可少的。如果总统要一直担心员工向媒体走漏风声的话，"那白宫的生活将变得难以忍受。人都要有个可以躲清静的地方，不必时时刻刻都像被监视一样"。

建立起这种级别的信任会花一些时间，而每届政府也不尽相同。总招待盖里·沃特斯说，每个员工都知道第一家庭是从何时开始信任他们的。对沃特斯而言，在每一届新政府中，他最喜欢的是总统开始直呼他名字的那一刻。

"员工们都知道什么时候这种关系会融洽到大家可以感觉如释重

詹姆斯·拉姆齐

负，而且，这种时刻一般会发生在男仆或者招待身上。当他们走进某个房间，里面正有人谈话，但谈话却没有中断，还在继续时，员工们就能集体长舒一口气了。因为我们明白，我们已经证明了自己值得信任。"

不过，也有很多时候，总统需要完全的私密空间。男仆赫尔曼·汤普森回忆说，连很好打交道的老布什总统有时也会向某位员工说一句"非常感谢"。"意思就是，你可以掉转身，退出去了。"

每位总统都有一名最喜欢的男仆，对小布什总统来说，这个人是詹姆斯·拉姆齐，或者就是简简单单的"拉姆齐"三个字，小布什喜欢在白宫里亲切地直呼其名。拉姆齐无比敬业，但是也喜欢和小布什总统互相打趣，他们的这种融洽关系让两人发展出了真挚的友谊。小布什曾邀请几位官邸员工一同乘坐"空军一号"，飞往他家在得克萨斯州克劳福德的农场帮忙，而拉姆齐便是其中之一。他坚定地保护着那家人的隐私，从不会接受媒体访问，或者让总统怀疑他的忠诚。同事邀他一起出去喝一杯，他也会推掉，因为在他看来，其他人"会让你惹上麻烦"。

拉姆齐的脸上随时都挂着开心的笑容，而且在白宫担任男仆的三十年中，他似乎真的非常敬畏他所服务过的那些家庭。奥巴马总统那位年轻帅气、热爱交际的个人助理雷吉·洛夫，对拉姆齐富有感染力的幽默记忆犹新。"他会开玩笑说：'我已经七十了。你们到了我这把年纪，看起来要能有我一半好就不错了。'"

拉姆齐蓄着银色的一字胡，直到2010年退休后才剃掉。他的衣服都是干洗，连内衣也是，而且他总是注意把指甲修剪干净，因为服务他人时，别人会看到他的手。他一点都不认为多疼爱自己些有什么可羞愧的。"我希望让自己一直都看起来很帅气：指甲修好，头发理顺，"他说，"我以前可是白宫的男仆呢。"

拉姆齐自封为情场高手，离婚后曾约会过不少次，还在员工的节日派对上介绍他的女性朋友给小布什总统认识。他有时还会跟小布什的女儿们讲他的那些约会。"珍娜和芭芭拉——我非常爱她们。她们都是我的朋友……如果她问，我会说：'我有女朋友了，所以我还不算老，对吧？'"

被拉姆齐亲切地直呼为"小布什"的布什总统，经常不顾情面地打趣他——而拉姆齐也会针锋相对，毫不示弱。他深情地回忆说，有一天他正在为南草坪上举行的儿童棒球赛上茶点，小布什从外宾招待厅出来后，开玩笑地冲他喊道："干点儿活去吧，拉姆齐！"他说，两人的关系就是这样：虽然谁是老板很明显，但是他们之间并不会拘礼。

布什总统爱和员工们开玩笑。他会趁男仆和女佣不注意，把相框放倒，还会在他们经过时，假装在拿蝇拍打苍蝇。小布什的白宫办公厅主任安迪·卡德说："总统跟男仆们玩了很多有趣的恶作剧。"

"布什，"拉姆齐顿了顿说，"我永远不会忘记他的家人。即使我活到一百岁，也不会忘记那家人。"

拉姆齐把自己的小套间称为他的"单身公寓"，屋里贴满了他与各位总统和历史名人的合照，包括纳尔逊·曼德拉（"啊，我还有好多呢"），还有里根和希拉里写给他的字条，感谢他在国宴上的服务。其中一张照片上有奥巴马总统的签名，并写着："你是一位伟大的朋友，大家都会想你的。"

他为自己在白宫的工作感到非常自豪，同为男仆的朋友巴迪·卡特嘲笑他说："拉姆齐——他连睡觉都揣着他那张白宫的破通行证。"

第一家庭在白宫二三楼的私人区域时，一般都会有男仆在二楼的餐具室或附近随时待命。各个房间里都装了按铃，一响就意味着有人需要他们的服务，但是拉姆齐很少会用到这些："我可以预感他们是不是需要什么东西了。"

不难看出为什么拉姆齐会备受爱戴。在北卡罗来纳州扬西维尔长大的他，至今仍然保留着悦耳动听的南部口音。他的继父是一位种植烟草的农民（他从未见过生父），所以他的大部分童年，都在赶着家里的骡子犁地。

"很辛苦。我告诉我父亲，我说：'等高中一毕业，我就走，不能待在这里了。'他说：'那你靠什么谋生？'我回答：'我愿意赌一把。'所以我来到华盛顿时，举目无亲。"

二十岁时，他终于到了华盛顿，却连住的地方都没有。后来，他遇到一个同情他的加油站老板，允许他在加油站里睡觉，到卫生间洗漱。最终，他在罗德岛大街西北租了一间屋子，每周十块钱的租金。在那里，他认识了一个在肯尼迪·沃伦公寓楼——位于华盛顿西北方，有着华丽迷人的装饰派艺术风格——工作的人。拉姆齐告诉这个人说，他是个好员工，然后这位朋友帮他约了面试。结果，拉姆齐当场就被雇用了。

这之后不久的一个派对上，他碰到了一位在白宫工作的人。拉姆齐问他，能不能帮着在那儿谋个差事。结果，这位官邸员工问拉姆齐的第一个问题是："你有犯罪前科吗？"

"没有啊，兄弟，我没有前科。"拉姆齐回答说。

"如果有，就别费事填应聘申请表了，"他怀疑地说，"有任何前科，他们都不会雇用你的。"（运营部主管托尼·萨沃伊记得自己看到很多申请者都有严重的犯罪记录后，大为震惊。"每个人来时，都没有不良记录。但这是在你做背景核查之前。一查背景，所有那些见不得人的勾当就开始露馅儿了。克林顿政府时期，有个年轻人最后才告诉我们他曾经被逮捕，并被判强奸罪。十三岁的切尔西就在楼上啊！这份应聘申请直接进了垃圾桶。"）

拉姆齐的个人档案中没有任何污点，于是他填了一份申请后，开始等消息。他笑言："我每天去肯尼迪·沃伦时，都要路过白宫，我的天，有两三年吧，我心里都在说，'真想知道在那里面工作会是什么样子'。"但是好几年之后，白宫终于给他打来电话。领班尤金·艾伦和当时的总招待莱克斯·斯卡尔顿约他见面后，当天就聘用了他。

从卡特时期担任男仆开始，拉姆齐在白宫工作了三十年，为六位总统服务过：吉米·卡特、罗纳德·里根、老布什、比尔·克林顿、小布什和贝拉克·奥巴马。他非常感激尤金·艾伦——"他和我说话，就像对亲儿子一样"——正是尤金提醒他不要惹是生非，无论在白宫里听到什么，都要管住自己的嘴。(2013 年的电影《白宫管家》[1]便是大致根据艾伦的生平改编的。)

就算几十年之后，拉姆齐也不愿背弃艾伦的教诲——永远不会向外界透露任何他服务过的人的隐私。"你不是在麦当劳或者吉诺比萨工作，你是在白宫上班。"艾伦对拉姆齐说，"如果你惹了麻烦，或者说错了话，那你就完了。"

不过，这个沉默守则的范围并不包括他的同事们。总招待斯蒂芬·罗尚回忆说，拉姆齐是第一个向他表示欢迎的员工，而且还特意跟他讲了很多二三楼发生的事情。

———

对第一家庭的私密生活了如指掌是一种责任，而忠心耿耿的员工

1　《白宫管家》(*Lee Daniels' The Butler*)中的"管家"二字是误译，尤金·艾伦的实际职务是男仆，而就目前白宫的职能分工而言，总招待才像是通常意义上的管家。

们从来都不会忘记这一点，比如我最近采访的威尔逊·杰曼就是。这位轻声细语的八十五岁老人，从 1957 年起开始担任勤杂工，后来当了男仆，于 1993 年退休后，又在 2003 年重新复出工作（他很想念"宫里"），担任兼职门卫，一直干到了 2010 年。和任何大楼门卫一样，他每天要迎来送走各路宾客，还要保守他们每个人的秘密。

在杰曼看来，第一家庭信任他，所以他忠于第一家庭、维护他们的隐私，这是一种很自然的回应。"你可以直接到楼上，走进第一夫人的卧房，拿走她叫你来拿的东西。那种感觉很不错。"

奥巴马总统的前私人秘书凯蒂·约翰逊说，她以前很喜欢考男仆们。有一次，她问某个男仆，在他服务的几十年间，白宫最大的变化是什么。对方回答说，有两件事：女性更多了，午饭的时候没人喝酒了。

男仆告诉她，"以前的人们在大中午的时候也会喝很多很多酒。"凯蒂说："当时之所以有那么多员工，就是因为他们要在中午的时候为各种会议调制马提尼，现在没这事了。你能想象有人参加内阁会议时要求来一杯干马提尼的情形吗？"

2014 年，八十九岁高龄的纳尔逊·皮尔斯去世。这位在白宫干了二十六年的招待，以前经常被派去给总统送一些写着"仅供过目"的机密文件，因为这些文件非常敏感，只有总统才有权看到。我非常幸运地在皮尔斯去世前采访了他。他告诉我，有一天，他要拿些文件找林登·约翰逊总统签字，但当时总统正在和国务卿迪安·腊斯克、国防部长罗伯特·麦克纳马拉以及至少六名其他顾问共进午餐，讨论的话题当然离不开越南。

皮尔斯紧张兮兮地站在总统边上，等他在文件上签字，结果却听到了一些不太平常的对话："麦克纳马拉部长提高了声音，开始朝着总统大吼，好像因为什么事情要气炸了。不过，他和总统互相说了什么，我却说不来。真的不知道，而且我敢把手放在一摞《圣经》上发誓，他们说的话我一个字都记不起来了，因为你的脑子会自动放空。我觉得即便在催眠的情况下，别人也从我这里撬不出什么来。"

几十年后，曾任白宫办公室主任的安德鲁·卡德也说，与老布什在椭圆形办公室开会时，每当有男仆或者官邸员工进来，有些总统顾问就会变得紧张不安。

"他们在尽可能地不碍事的同时，还要尽力服务好。我想，和总统或第一夫人比起来，男仆在场时其他人会更加不安一些。他们不知道自己是不是该住口！"

不过，员工最引以为豪的事——也就是他们那种融入周围、毫不引人注目的能力——也会叫他们感到有失尊严。总统要依靠他们充耳不闻的能力，但有时这会让官邸员工觉得他们好像完全不存在。

"你在边上时，别人也什么都会说。这个挺叫我吃惊的。"从肯尼迪时代到老布什政府期间一直在白宫兼职的赫尔曼·汤普森说："有时候国宴厅里的对话……你正在一边工作呢，本以为他们在谈某些事情时该窃窃私语才对，但人家好像当你根本不存在。"

有时候，总统或第一夫人对近旁员工的视而不见，会达到一种让人不舒服的程度。纳尔逊·皮尔斯就曾经历过这样的尴尬。一天晚上，他正往里根夫妇的屋子里拿行李，南希·里根却当着他的面，冲着她丈夫这个世界上权力最大的人吼了起来。"她骂他说开什么电视。他说，

'亲爱的，我看看新闻而已啊。'她一开门进去，就开始闹他，说出来你都不信，就当着我的面，我还以为她会在私下教训他。他当时在看11点的新闻，她却觉得他应该去睡觉了。我有点儿被小小地吓到，所以扔下行李就赶紧跑了。"

约翰逊总统则经常会在员工面前宽衣解带，而且还喜欢蹲在马桶上不假思索地发号施令。有一次，记者弗兰克·科米尔在空军一号上吃惊地看到，乘务员军士长和贴身男仆保罗·格林跪在总统面前给他洗脚，而当时飞机还在飞行——更重要的是，整个过程中，约翰逊一次都没有理会格林。

科米尔注意到："约翰逊一直在讲话，除了轮到格林给他洗另一只脚时，把二郎腿换了个相反的方向跷，他丝毫没有留意格林。"科米尔说，目睹了这样的场面后，再知道格林还会给约翰逊剪脚指甲时，已经感到见怪不怪了。

不过，大多数时候，与世界上最有权势的家庭如此近距离接触，会让员工感到备受尊敬。所以对他们来说，守口如瓶有着直接的利害关系。苏珊·福特在父亲当上总统时才十七岁，她说："这些人要是乱讲话，是不可能在那儿干那么多年的。"

白宫的油漆匠克里特斯·克拉克从尼克松一直服务到老布什，但从来没有说漏过嘴。"我就像个幽灵一样，不怎么和人打交道，而且我明白是非曲直。"

"他们服务了一届又一届的总统，了解所有的第一家庭，而且他们总是很小心谨慎。"劳拉·布什这样告诉我——比起婆婆芭芭拉·布什，劳拉说话的声音更沉稳、慎重些。即使和第一家庭聊天的时候，员工们也会保持这种谨慎。"他们不会讲在你之前住在这里的总统或他们家人的事情。我们很赞赏和尊重这一点，因为我们当然希望自己离开后，他们也能这样对我们。"

很多普通家庭珍视的那些日常生活的回忆，对第一家庭来说尤为珍贵，而且他们休息放松时，还时常会邀请官邸员工一同参与。劳拉·布什说，她丈夫和男仆罗恩·盖都爱钓鱼。"无论什么时候男仆们到我们家的农场——我们在农场宴请外国首脑的时候，他们就会来——乔治和罗恩·盖两个人，一有空就会去钓黑鲈。我有一张乔治、副总统切尼和罗恩·盖一起坐着我们家农场那条电动小钓船钓鱼的照片，拍得特别好，我还把它放大了。"

"接触到那里工作的每个人有很多的方式，所以我们对他们很了解。"布什夫人说，"我还记得哈罗德·汉考克。他是我们最喜欢的门卫之一，很有绅士风度，也很可爱，不过我们在白宫的时候，他去世了。我有一张很棒的照片，是他站在门口等着总统和我们家的狗'点点'回来……员工们对待动物总是非常和善。不管是不是真心喜欢，他们都会表现出一副特别热爱动物的样子。"

露西·贝恩斯·约翰逊说，她非常喜欢威尔逊·杰曼，虽然已经离开白宫近五十年，但现在依然记得他。露西拖着她那长长的南方口音说："他的笑容能让最狂暴的胸怀也安静下来。"

一个谨慎到极致的例子是，杰曼从来都不会真正说出自己在哪里工作，而是想出了一个搪塞别人问题的办法。"我会说，'我在宾夕法尼亚大街 1600 号工作'，99% 的人都不知道这个地方在哪儿。他们会问：'这是哪个仓库？是哪栋楼？'我会说：'在市中心。'"他不想告诉他们真相后，还得回答那些连珠炮似的问题。

和拉姆齐一样，杰曼非常担心因为口风不紧而被炒掉，所以在白宫上班的时候，他从来不谈工作。"会被问太多问题。"他说，"要视而不见，充耳不闻，这样才能一问三不知。"

即便面临正在发生的历史大事，杰曼也依旧专注于工作，似乎对爆料任何新闻都不感兴趣。1986 年 4 月 15 日傍晚，杰曼和主厨弗兰克·鲁塔正在为里根一家准备晚饭时，总统走了进来。平时里根总统也会来厨房看看，但这次，他却并不是简单想看看他们在忙什么。

里根说："我想告诉你们一声，五分钟后我们将开始轰炸利比亚，我希望你们最先知道。"

"那很好呀，总统先生，"杰曼回道，"不过，您看几点吃饭好？"

里根突然站住，顿了一顿，说："这个最好还是问下我太太吧。"

回想起当时里根脸上惊呆的表情，鲁塔大笑不止。过了一会儿，里根夫人才慌忙把丈夫从厨房带走。她总是很警惕，不让丈夫和员工们讲太多话，尤其是在泄露国家安全机密这种事情上。

鲁塔开始在白宫的厨房工作时，才二十二岁，里根一家的很多饭都是他做的。他告诉我，南希·里根会拼命地保护丈夫——她对他的那种投入很彻底，也很真诚——但其实，里根夫人根本不用担心官邸的员工。鲁塔从来不会说闲话，也从来没有向女佣或男仆们打听过八卦。"他们的隐私必须得到尊重。你到白宫并不是充当公众的眼线去了。"

有时候，员工们也会不得已地瞥见一些私密的瞬间。每天晚上，当晚班的招待要把总统的简报书——里面都是西翼幕僚为了让总统对次日安排心中有数而汇总的敏感文件——拿上去，然后把灯关掉。招待克里斯·艾莫里回忆说，他在送简报书的时候，经常会碰到吃过晚饭的里根夫妇一起在客厅坐着。"有时候他们会一起看《成长没烦恼》（*Who's the Boss*）——电视机声音开得很大，因为他的耳朵有点儿不太好使。八九点钟的时候，他戴着政府发的那种大黑框眼镜，穿着红色睡袍，坐在印着花朵的沙发上，继续工作，旁边的餐盘里面摞着各种文件，里根夫人就坐在他旁边。我上去的时候，有很多次看到他们正握着对方的手。可惜周围都没有人看到这些。"

油漆匠克里特斯·克拉克说，他会尽力不去打扰第一家庭，即便这会把自己的工作搞复杂。"他们其实并不希望我们老是出现。你做事时得尽可能绕开第一家庭。如果他们在西客厅，而我们又得到东头的女王卧房去，就会先上三楼，然后走到过道那头，再顺着后楼梯下去。你得继续工作啊。"

克拉克对工作有多忠诚，从他被安排到查尔斯·"贝贝"·雷博佐的家中做些粉刷工作这件事上，便可见一斑。雷博佐是尼克松总统的密友，媒体很快嗅到这件事后，开始质疑尼克松利用白宫员工做私活的事。

"别人怎么安排，我就怎么做。"克拉克说，"我没多问过一个问题。"

芭芭拉·布什说，官邸员工"说闲话可能比平常人少多了"。然后她又俏皮地加了一句，当然，"我得说，我们的家庭的确很完美"。

罗莎琳·卡特也非常欣赏员工们的审慎。"我完全信任他们。他们真的很棒。记忆里，我从来没有遮遮掩掩过，但是我也不记得他们偷听过什么。我猜大概我们聊天时，他们会在边上做事，但是我完全记不得了。"

这些员工不喜欢被人关注。身材瘦削、笑容和蔼的招待纳尔逊·皮尔斯在白宫工作的二十六年间（1961—1987），基本没留下多少照片，原因是他会有意地躲开摄像师的镜头。"我在那里的目的不是被人拍照，"皮尔斯说，"我在电视上出现过三次，还全是被抓拍的：一次是我在北门廊给圣诞树的灯接电源，那时本不该有摄像机出现，但碰巧了；还有两次是我在撑雨伞，一次给总统，一次给第一夫人，他们刚从直升机上下来。"

————

在保护第一家庭所用食物的采购安全方面，谨慎也是尤为重要的一点。对于大宗订单，白宫一般通过预先筛查过的食物供应公司订购，FBI 和特工处会对其员工进行全面审核。食物通常由特工处工作人员取走，再送到白宫。如果总统在出行时碰到什么喜欢的吃食，希望送一点回白宫去，有时候便会安排先把食物送到官邸员工的私人住处，这样就没人知道这是给总统吃的了。

但是要说到第一家庭的日常饮食，为了保证其安全，原料都是官邸员工匿名购买的。库房长威廉·"比尔"·汉密尔顿主要负责为第一家庭的三餐购买食物原料，有时也会为大型宴会做采购。汉密尔顿是近些年在白宫服务时间最长的员工（从艾森豪威尔总统当选后便开始工作，一直到 2013 年才退休），这位有些纤瘦、秃顶的七十七岁老人看起来非常年轻，经常会跑到本地的食杂店购买第一家庭的日用品，从手纸到苹果都有。不过他还是不愿透露他到底去的是哪家店。("特工处不让我讲！")这种匿名至关重要：没人知道他是为第一家庭采购的话，也就没人有兴趣给他买的食物下毒了。

汉密尔顿的办公室位于北门廊之下，白宫底楼厨房的对面，所以他可以很方便地与行政主厨沟通，搞定第一家庭的三餐需要的原料。到了采购时间，汉密尔顿通常会乘坐一辆看起来像普通 SUV 的特工处货车去市场，而不是那种白宫车队里威风凛凛的黑色面包车。"看起来就像个面包车，只是我们把座位和里面的东西都拆了，不过从外面看，和其他面包车没什么两样。"

白宫不接受邮件投递的包裹，因此一切都要特工处在马里兰州偏僻地区的一栋楼里检查通过后才行。无论什么时候被人问起是否可以给总统寄点特别的礼物，行政主厨罗兰·梅斯尼埃总会回答，不用麻烦了。"你可以寄东西，但是他们不会看到，因为包裹直接会被销毁。"

如果总统在白宫外就餐，一名军人一般会被派到厨房去监督食物的制作，并且还要试吃，以保证其安全性。南希·里根的助理简·厄肯贝克回忆说，她在酒店的房间一般会挨着第一夫人的房间，部分是为了方便里根夫人获得安全、迅捷的酒店送餐服务。厄肯贝克会亲自订餐："食物一般会送到我的房间，不会送到她那儿。然后，我再把饭送到她的屋子。"

———————

在白宫工作还需要在异常情况下保持一定程度的镇定，即便是那些不一定和第一家庭有直接接触的员工也一样。水暖工领班红子·阿灵顿和他的弟弟、木匠领班邦纳就被他们的叔叔——他俩的工作是他介绍的——警告过保守秘密的重要性。

红子的遗孀玛格丽特·阿灵顿说："他们的嘴都把得很严。"不过现在时过境迁，她觉得可以分享一些丈夫在那些紧闭的大门之后目睹的事情了。

"当第一家庭在的时候"，她回忆道，她丈夫和他弟弟一般都会"消失"，退到一边去。但是"他们会听从安排，做任何工作。有一次，要做的事是为杰奎琳·肯尼迪挪些椅子。他们下了电梯后，她正坐在走廊尽头打电话，一条腿支着，两只脚交叉，而且还在摆弄脚指头。"第一夫人当时穿的是裤子，随性的举止也让二人猝不及防。"看到她坐在那里，姿势还一点都不淑女，他们特别惊讶，抬着椅子直接撞到了墙上！"由于撞得太猛，他们还担心把这些无价的老古董给弄坏了。

如果第一夫人或者总统临时决定下去看一看，员工们还会互相照应，提前捎个口信儿，以防同事被搞得措手不及。据雷吉·洛夫说，特工处或者总统秘书会给招待办公室打电话，通知他们总统什么时候会前往官邸或者到楼下的各个店视察。

克里特斯·克拉克回忆说，在福特总统离任前，贝蒂·福特曾到地下室来感谢他，招待办公室提前几分钟给他打了个电话："第一夫人要下去了，注意言谈举止。"

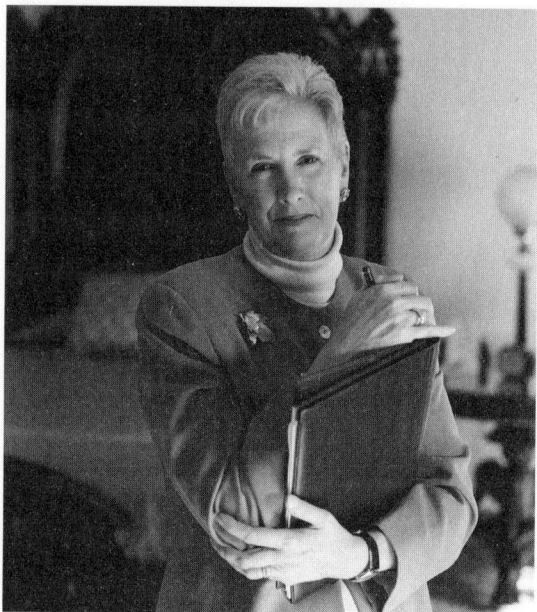

克里斯汀·利默里克

　　行政管家克里斯汀·利默里克在白宫工作了三十四年，到 2008 年才退休。和其他同事的家不同，她在特拉华州的那幢黄色的农场平房，并没有成为纪念自己白宫岁月的圣殿。（其中有一间屋子全献给了她收藏的泰迪熊。）她那有趣的职业生涯所剩的唯一线索，是餐厅里挂着的一张克林顿夫妇寄来的圣诞贺卡。一头银色短发的利默里克性格和善友好，和丈夫罗伯特开始交往时，他正在白宫担任维修工。虽然与全世界最有名的第一家庭有着十分亲密的关系，但她仍然保持着朴实、真挚的性格，备受与她共事多年的员工的爱戴。

　　利默里克"是我的老板，也是我的朋友"，1993—2007 年间在白宫担任女佣的贝蒂·芬尼说，"如果你需要帮助，她会想尽办法去帮你"。

利默里克抵达宾夕法尼亚大街 1600 号的路途有些不太寻常。1972 年，她从华盛顿特区著名的乔治华盛顿大学中国史硕士专业退学，在康涅狄格大道那家高雅讲究的五月花酒店（Mayflower Hotel）当起了鸡尾酒侍应生。这让她父亲很不高兴。后来，她参加了酒店的客房服务培训项目，不过，这也没有让父亲开心起来。他说："我养大你，不是让你去清洁马桶的。"

但这一切都会改变。

"我得到白宫的工作后，给他打了个电话，我说：'你女儿现在是白宫的马桶清洁工了。你现在感觉如何啊？'"

在担任行政管家时，利默里克主要负责招聘和辞退女佣（要和总招待商量）。她回忆道，在自己任职期间，有几个女佣干了几周就离开了——要么是因为与世界上最有权势的夫妇如此之近，让她们像追星族一样大惊小怪，做不好工作，要么就是她们缺乏必要的谨慎。

"你得在服务第一家庭和知道什么时候闪到一边之间有个平衡，"她说，"一些人或许不是世界上铺床铺得最好的，也没有因为铺得好拿过奖，但是他们知道什么时候第一家庭需要他们，什么时候他们应该退出去。"

在她服务过的家庭中，克林顿一家是她最喜欢的。她说，这两人是情感表达最为激烈的第一夫妇，在私人居住区里上演着他们之间那些尽人皆知的起起伏伏。利默里克回忆说，在克林顿时代，在白宫上班就像坐过山车。夫妇二人时常会吵得不可开交，恶毒的咒骂把员工们惊得一愣一愣的，但有时候两个人又会打起冷战。不过，在相处愉快的时光里，两个人又会在深夜无法入眠时，信步于官邸之中，不亦乐乎地聊着，对白宫赞不绝口。

伊凡妮丝·希尔瓦曾经是利默里克在"五月花"的同事，1985年时，被利默里克聘来担任白宫的清洁工。伊凡妮丝于2008年退休，现在和妹妹西尔维娅住在霍华德大学附近（妹妹仍在白宫做女佣）。在白宫工作期间，为了赶7点半的早班，她每天凌晨5点半便要起床，换两趟公交车才能到达官邸。她回忆说："如果遇上下雪天，我还得走着去。"早班每三周轮一次，从早上7点半到下午4点，然后是一周的晚班，从中午12点到晚上8点。

她在工作上总是有求必应。如果客人需要她干点超出工作职责的事情，比如给衣服扦边，她也会做。克林顿夫妇和劳拉·布什的衣服多数都由她缝制。

利默里克形容道，女佣们想不打扰第一家庭，就要会跳一支微妙的舞蹈。"我们工作时，会慢他们两步，"她说，"如果他们走进屋子，看到你，然后说：'你可以继续干完，不用离开。'如果他们叫你留下，那你就留下来，干你该干的，但要有置身事外的能力。如果他们在开会或者总统夫妇在谈话——也许争得热火朝天，也许不是，也许吵得面红耳赤，也许不是——你就问，'我可以留下吗？我可以做完吗？'你置身事外就好，要么干脆忘了，要么放在心里。"即便第一家庭想单独待着，官邸员工也通常会离开那个房间后，到隔壁屋子继续干活儿。"如果他们不希望被打扰，就关上连着卫生间的门，我们不用离开。"

利默里克说，女佣们遵循的原则和男仆们一样：视而不见，充耳不闻。她们不会主动和第一家庭的成员或客人讲话，除非是别人先开口，而且她们也从不会向这些人提出私人方面的请求。

　　有时候，对于第一家庭的子女们年少轻狂的举动——包括有些未成年人饮酒的情况——女佣们还要睁一只眼闭一只眼。官邸员工通常都很同情这些白宫长大、没有多少隐私的孩子。"我二十一二岁时，也不是什么天使，"利默里克对于孩子们的境遇深有同感，"他们喜欢派对，喜欢请朋友来玩，这些你都能看得到。"大多数员工都认为，在白宫的大门里喝酒总比在外面强，不会威胁到他们的人身安全，也不会玷污父母的名声。

　　苏珊·福特搬进白宫时还是个少女，她记得每当自己行为不太端正时，员工们都会"温柔地推推她"。不过，她说，他们的劝导远不如她父母的有分量。她和朋友们之所以干一些事，比如独立日时在白宫的庭园里放烟花，是因为他们知道自己可以逃过惩罚。"谁敢闯进白宫来抓你？"福特说，未成年人在白宫里饮酒还更容易些：日光浴室的冰箱里装满了给客人喝的苏打水和啤酒。"如果有啤酒摆在面前，哪个青少年会不去喝？"

　　卡特当总统期间，他的三个成年的儿子经常在白宫里待着。从尼克松时期一直干到克林顿时期的花匠朗恩·佩恩说，卡特的儿子们住在三楼，但他在那些房间里的工作，可远不止更换花卉摆设那么简单。他说："我经常要收拾水烟筒。"（另一位不愿透露姓名的员工也证实了这种在总统官邸里明目张胆抽大麻的行为。）如果卡特的儿子在街上被抓到持有毒品，肯定会被抓起来，但是他们在白宫里却可以有恃无恐地抽个够。

　　卡特总统的母亲莉莲和弟弟比利也是白宫的常客，而且都不是

"省油的灯"：当时已经八十高龄的莉莲嗜好波旁酒，众人皆知（总统曾告诉员工别让她沾酒，结果她竟然派男仆到康涅狄格大道的酒水店买了一瓶杰克丹尼威士忌，然后送到她房间去），比利则在他哥哥担任总统期间卷入过几桩丑闻。由于比利曾经给"比利啤酒"[1]大做广告，官邸员工后来干脆就用这四个字来称呼他，每当他喝得酩酊大醉时，员工们还要确保他"不会跑到街上去"。男仆赫尔曼·汤普森说："如果大家知道你醉得不省人事，而且还和总统关系很亲，比如弟弟或者表弟这种，那你哪里都休想去。"

在小布什担任总统期间的某个独立日，他和夫人去了戴维营，把女儿们留在了白宫，因为那时他们的女儿珍娜和芭芭拉都已经成年，可以合法饮酒了。

"他们准许珍娜和芭芭拉在二楼举办派对，我们就把所有的家具都从黄色椭圆厅搬了出去，结果，一群人在里面跳了一晚上舞，"利默里克回忆起这些来，还面带笑容，"我们锁上了林肯和女王卧房的门——他们进不去——但是可以到其他想去的地方玩。他们闹了一晚，第二天早上，我们还准备了早午餐。有些人一夜没合眼，有些还有点儿宿醉，不过，这总比他们在街上喝多强。"

官邸员工经常要为第一家庭解围，努力庇护他们，避开公众挑剔的目光，免于让他们当众出糗。招待斯基普·艾伦记得，他曾被叫到特工处值班台，因为白宫楼顶的狙击手注意到了一些异常。小布什的

1　1977年，美国瀑布城酿酒公司推出了"比利啤酒"，希望借用比利·卡特在哥哥竞选总统期间为自己打造的那种爱喝啤酒的南部好男人形象大赚一笔。可惜仅一年之后，瀑布城酿酒公司便关门了。

两个女儿正在日光浴室开派对，但是有些人跑到了外面的走道，并上了房顶。天气好的时候，这种事经常会发生。很显然，某个客人在挑战另一个客人摸旗杆。"即便在白天，那里也不是个安全的地方。你会被很多障碍物绊倒，"艾伦说，"那儿只有一条很窄的走道可以安全通往房顶，刺眼的光直接照着旗子，你要是没有习惯在上面待着，会被晃得什么都看不见。"

狙击手认为，这种令人难堪而且也很危险的情况，还是由某个官邸员工来处理比较好。但当艾伦到了房顶时，那个醉醺醺的客人已经在往下走了。

艾伦什么话都没说。

———

在这座再琐碎的闲话都能变成全国特大新闻的房子里，比尔和希拉里·克林顿在学着信任员工方面颇费周折。他们更换白宫电话系统的原因，是为了保证没人可以偷听他们的私人通话——这个变化让招待们十分恼火，因为他们原本已经有一个很可靠的电话转接系统。

当电话打进来要找某位第一家庭成员时，接线员会拨通招待办公室的电话箱。"如果是打给第一夫人的，我们就往属于第一夫人的插孔里插把小钥匙，转接箱用给她的编码发出响铃，这样她便可以拿起离她最近的一部电话，让接线员为她接通了。"艾伦解释道，"这是卡特政府期间开始使用的，因为当时住在白宫里的人太多，所以每个人都有自己特定的铃声。总统的是响一声，第一夫人的是两声，切尔西是三声短铃。"

每天早晨，总统都会被白宫接线员的叫早电话叫醒。大多数总统都是早上 5 点半或 6 点起床，所以招待最早在 5 点半也要开始上班，以防总统有什么需要。

不过，在克林顿总统就职典礼后的第二天，叫醒他的人却吃了一惊。克林顿夫妇当天凌晨 2 点才从就职舞会回来，但招待像往常叫醒他的前任时一样，凌晨 5 点打了叫早电话，结果克林顿大发雷霆："到底让不让人睡了？"（和约翰逊总统一样，克林顿也是出了名的夜猫子，他的很多习惯让员工们抓狂。有些晚上，招待们直到第二天凌晨 2 点才能下班。）

艾伦说，克林顿夫妇认为在旧的电话系统之下，"太多人都可以听到他们的电话"，所以把白宫的所有电话全都换成了内线，这样如果第一夫人在卧室、总统在书房的话，她就可以绕过接线员，直接从自己的房间打到他的房间去。"这有点抹杀了电话系统的安全性。那样任何人都可以随便在楼上的某间屋子里拿起电话了。"艾伦对这一改变仍然感到懊恼。

艾伦说，在八年的总统任期中，克林顿夫妇对保密的过度关注，使他们与员工的关系"混乱不堪"。不过，至少有一位员工，花匠温迪·埃尔萨瑟，把他们的焦虑归结为了做父母的忧虑："我觉得，他们与员工的这种不太友好——姑且用这个词吧——和为了保护切尔西有很大关系。"

不过很明显，克林顿夫妇其实没有多少理由担心员工会泄露天机。即便是这么多年过后，在被问到紧闭的大门之后发生过什么时，大多数员工也会守口如瓶。谨慎已经嵌入了他们多数人的 DNA 之中，他们很清楚自己的克制对保护总统一职有多么重要——没有了这种谨慎，总统官邸的生活将令人不堪忍受。

III

Devotion **赤胆忠心**

卡森：唐顿是座了不起的庄园，贝茨先生，卡劳利一家又是名门望族。我们的日常生活有一定的规矩，而且这些规矩刚开始也许会让你望而生畏。

贝茨：当然……

卡森：如果你发现自己在伯爵大人面前笨口拙舌，那么我可以向你保证，他的彬彬有礼和温文尔雅，会很快帮你卸下担子，让你在工作上大显身手的。

——《唐顿庄园》，第一季第一集

厄尔文·"艾克"·胡夫从 1913 年起开始担任总招待，一直干到 1933 年去世。在他眼中，对白宫的招待而言，"星期天和节日仅仅是普通的字眼儿而已"。

官邸员工对工作的投入程度非比寻常，以至于有时候让他们回家都不回。也正因如此，约翰逊夫人才对丈夫的夜猫子习惯感到坐立不安。某天一大早，她把总招待韦斯特叫到了自己的更衣间来，因为在前一晚，男仆们直到午夜过后才回家。

"仆人们总是待到那么晚，让我很有压力，"她说，"我早就对我丈夫正点吃饭不抱希望了。但我们不能让泽弗尔（约翰逊家的厨师）做些能一直热着的饭——或者我去厨房给他热也行——再或者，要是我睡了，他可以方便地自己热了吃？这样男仆们总可以每晚 8 点下班回家了吧，因为他们那时候本来就该走了。"

韦斯特把她的话递给了领班查尔斯·费科林之后，对方气坏了。只要总统叫他们待着，待多久都是他们的荣幸。"美国总统还得自己热晚饭吃？绝对不行！"费科林如此回应道。

男仆约翰·费科林是查尔斯的亲兄弟，他也同意这一点。"反正在我的印象里，总统和第一夫人们的每顿饭，都是我们毕恭毕敬端上去的。就算只是做个奶酪三明治，端一碗辣椒或者拿个煮鸡蛋，也一样。这是老规矩。"

韦斯特告诉约翰逊夫人，如果要求男仆们早点下班回家的话，他们会全体抗议。听罢后，她说："这房子真是让我开眼了。先是需要两个维修工才能把壁炉点着——他们不许我动手。现在仆人们到了晚上又都不想回家。"

从里根时期到小布什时代一直担任总招待的盖里·沃特斯，主要负责招聘和辞退员工。在面试时，他总会先跟他们提个醒："这肯定不会是一份朝九晚五的工作。"因为他自己便对此深有感触，而他退休的原因之一，正是为了能安排自己的时间，可以和家人真正地去度个假。

"我给大家分配了计划好的工作时间，但他们都很清楚，某一天总统做什么，取决于当天的世界局势，而他们则可能在任何时间被安排留下来加班或者早点到班，或者在最后一刻被突然叫来，一连几天都留下来工作。这一切都要围绕总统的日程安排。"

对沃特斯来说，他的家庭生活被打乱实在是家常便饭。1991年的一天，就在他准备开车驶离白宫，去马里兰大学看棒球赛时，突然听到消息说，美国及其盟友已经开始轰炸在科威特的伊拉克势力。"所以我从一扇门开出去，还没在宾夕法尼亚大街走多远，就从另一扇门又开回来了。"

油漆工克里特斯·克拉克从1969年到2008年一直在白宫工作，他说在那些年里，为了工作，他基本放弃了私人生活，平时总是开着对讲机，而且因为第一家庭有时心血来潮，在周末也会把他从家里叫去工作。"如果第一夫人想挪一幅画，在墙上打个洞，他们就会追着找到我，让我去解决处理。"

运营主管托尼·萨沃伊与克拉克是朋友，也是工作上的好伙伴。如果第一夫人决定要换一种油漆颜色，这两个人可以把原本浩大的工程办得像探囊取物般毫不费力。"我们把房子清空，家具搬走。他们周五或周六把房子漆了，我们周日过来再把家具搬回去，"萨沃伊说，"当（第一家庭）周日晚上或周一回来时，一切看起来就像他们从没离开过一样。"

从来不会有人拒绝总统或者第一夫人，但每位第一夫人又的确很没耐性。"大家都怕她们，没人会对她们讲实话，"克拉克说，"她也许会说：'你能在一天内把白宫整个漆一遍吗？'他们会答：'是的，夫人。'他们不会说不。没人愿意因为讲实话而威胁到自己的工作。"

克拉克说，他的时间从来都不够多，就连在一些困难重重的项目上，比如找到特定的黄色调把黄色椭圆厅粉刷一新，也是一样。白宫上一次粉刷时使用的颜色已经无据可查，而他的办公室在地下室，没有自然光，所以他不得不拿着色样进进出出好多次，到外面看它们在阳光下的真实色调。他的奉献精神没有被人忽视，劳拉·布什曾称赞他"天生就是个油漆匠"。忆及此事时，他骄傲地抬起了下巴。

世界大事经常会使一切都要围着总统的工作转，所以官邸员工需要所有人手来帮忙。全国两位数的通胀率，加油站看不到头的队伍，还有能源危机，几乎让吉米·卡特一直处于一种焦灼状态。（罗莎琳说，她丈夫把官邸弄得特别冷——要求白宫的温度保持在18℃——结果有个女佣可怜她，给她买了套保暖内衣！）

据卡特夫人回忆，在人质危机期间，员工们尤为贴心周到。"他们很担心我们。"罗莎琳充满感激地说。而且，员工们还留给了夫妇二人迫切需要的私人空间。在一些安静的下午，卡特总统会和夫人坐在杜鲁门露台上休息放松。"对我们来说，那些安静的时间真是再好不过。"

不过，时隔三十五年之后，卡特输给罗纳德·里根一事仍然叫她感到刺痛，卡特夫人回忆说，落选后还在白宫里住了两个多月，简直不堪忍受。"11月4号输了选举之后，他们就准备好卷铺盖回家了。"花匠朗恩·佩恩回忆起了卡特一家所受的打击，"他们哭了两个星期，根本停不下来。你要是上二楼去，总会听到哭声。"

———

在白宫工作，会变成一种生活方式。库房长比尔·汉密尔顿在官邸工作五十五年后才退休。离职后不久，他终于带着妻子特蕾西亚去伦敦和巴黎庆祝了他们结婚五十八周年的纪念日。夫妇二人一共有七个子女、十三个孙子女和四个曾孙子女，但他们在这之前从未去过欧洲，因为他们总是找不到时间去旅行。

"我妻子是我这辈子唯一约会过的女人。我们初次相识是在五年级。"他用刚好能让隔壁屋子的妻子听见的声音说道，"当我跟我母亲说，我将来会娶她为妻时，我母亲转过身来，一巴掌把我从椅子上扇了下来……她说，我连个屁都不懂。"

二十岁时，汉密尔顿受雇成为白宫的勤杂工。和其他员工一样，他得到这份工作也是因为他认识在那里工作的人——在华盛顿沃德曼公园酒店工作时结识的好友威尔逊·杰曼为他做了引荐。二人现在每隔几个星期还会电话联络一次，了解对方近况，开玩笑地争论到底谁在白宫服务的时间更长。

另一名官邸员工对于这份工作中那些不寻常的要求也颇为熟悉，他就是现年七十二岁的木匠弥尔顿·弗雷姆。1961 年，弗雷姆开始了他的白宫生涯，帮助特拉菲斯·布莱恩特照顾肯尼迪一家的狗，并且在接下来的三十六年里，每天都要从他在弗吉尼亚州乡下的家中赶一个半小时的路到白宫的木工店。当他在 1997 年以木匠领班的身份退休时，最叫他开心的事，便是再也不用为了赶在 6 点半时到岗工作，凌晨 4 点就得起床。

弥尔顿的父亲威尔福德·弗雷姆也是白宫的木匠，所以比起那些没有家庭联系的人，这层关系让弥尔顿的整个面试过程轻松了许多。一个星期天早上，他和总招待 J. B. 韦斯特见了面。

“你想来白宫工作吗？”韦斯特问他。

“嗯，先生，我正在找工作。”弗雷姆回答道。当时，他只是在各处打零工。

“如果我雇了你，你什么时候可以开始上班？”

“您说什么时候都可以，先生。”

弗雷姆第二天就正式上岗了，而且从一开始，他便日夜没休地投入到了工作中。为了尽快让他的手下跟上肯尼迪夫妇频繁招待客人的节奏，韦斯特会搞临时演习。“一天晚上，我们排练了一次，”弗雷姆笑着说起这段难以置信的回忆，“我们花了整晚时间在东大厅搭起来一个舞台，结果刚搭好，韦斯特先生就说：‘把它再拆了。’”韦斯特则站在一旁计时，算着搭好舞台要花多长时间。（弗雷姆说，大概用四个小时搭，一个半小时拆。）

很多员工因为要往返于白宫和市中心，所以对他们而言，一天会显得更加漫长。虽然运营主管托尼·萨沃伊的工作班次要到6点半才开始，但很多时候天都还没亮，他便已经开着车在5点时到达了白宫的停车场，等着特工处的人员让他进入，因为他希望避开环城高速的拥堵。通常情况下，萨沃伊一年的加班时间会超过一千个小时，有时会整整一个月一天也不休息地连轴转。2013年退休后，他说他计划做点"任何自己想做的事"，然后他又加了一句——包括"什么也不做"。

————

在被问到是否可以罗列一下他们为工作所做的牺牲时，没有几个员工会提到钱。官邸的工作人员虽是联邦雇员，但他们的薪酬是"由行政决定的"，而不是按政府服务的工资等级标准来发放。他们的收入多寡与经验水平和工作难度有关。有些员工一年可以挣三万美元，但在工资等级顶端的人，比如总招待、行政主厨、糕点主厨、行政管家和领班等，则可以拿到超过十万美元的薪酬。

执行糕点主厨罗兰·梅斯尼埃为了在白宫工作，曾经拒绝过拉斯维加斯的某些餐厅和巴黎丽思卡尔顿酒店提供的收入高达几十万美元的工作。"我本可以赚到的钱，是我在白宫收入的三四倍。"

梅斯尼埃在员工中是个传奇人物。1979年开始在白宫工作、2006年才离职的他，对待工作极为严肃认真，不但把自己的甜点比作艺术品，还会煞费苦心地给它们起各种好听的名字。谁能拒绝"澳洲黑珍珠"的诱惑呢？这是他为澳大利亚国宴专门准备的甜点，白巧克力做的贝壳外加黑巧克力做的海草和小鱼。又有谁能对"甜蜜、宁静的盆栽花园"无动于衷？这是他专门为日本国宴制作的甜点，包括酸樱桃冰沙、杏仁慕斯、微型马卡龙和几片果仁糖，再辅以新鲜的桃子和填满了金橘酱的樱桃来提味。梅斯尼埃与行政主厨、助理主厨共用三楼的一间办公室，在那里，他每天都会花很长时间来设计新的甜点式样。偶尔加班到太晚的话，他还会住在隔壁的房间，里面有专门为过夜准备的床和沙发。梅斯尼埃对工作的热爱，很有感染力。退休七年之后，他告诉我说他仍然会为第一家庭担心。即便是现在，每当听到即将举办国宴时，他仍会在梦里制作那些精致复杂的甜点。

　　不过，即便是对工作热情极高的员工也承认，在白宫工作是要付出生活代价的。梅斯尼埃说，他错过的生日和家庭聚餐多到连自己都懒得数了。他经常会计划和妻子、儿子一起在周末吃饭，但在周五下班回家的路上，却不得不打电话取消，因为第一家庭决定要在星期天举办个生日宴会或者泳池派对，而他知道自己必须到场。梅斯尼埃说，他就是这样才能保住自己的工作：要记住，第一家庭永远都是第一位的。他说，那些把个人生活看得比工作重的员工，最终都被解雇了，因为第一家庭有权决定在任何时候解雇某个员工，而且不需要给出解雇的理由。

　　"人家知道发生了什么，相信我，"他说，"他们或许没有在白宫里事必躬亲，但是有人会向他们递话。"特别值得一提的是，社交秘书通常会担任官邸员工和第一家庭间的传话筒。

对梅斯尼埃这位有完美主义倾向的主厨而言，为克林顿一家工作给他的身体造成的压力是最大的。小布什当总统时只举办过六次国宴，但是克林顿夫妇在白宫时，却举办了二十九场。光是千禧年新年庆祝活动那次，他们就请来了一千五百名宾客。梅斯尼埃直到第二天早晨7点才下班。

"克林顿夫妇差点儿把我累死。我的腿都快断了，真是累坏了。我都没空坐——根本坐不下来，就是不停走来走去。一天工作十六个小时，我可能只有二十分钟是坐着的，就这么长。我连吃饭都站着吃。"

在他真正退休前，梅斯尼埃和妻子提前四年先选好他退休的日子。但即便在他最终退休后，也无法割断自己与白宫的联系，先后两次被劳拉·布什亲自请了回去。"我给小布什做了个生日蛋糕，然后又退休。可过了两个星期，她又打来电话叫我回去，我回去后，又一直干到了2006年12月。这从来没有在以前的员工身上发生过。"

要让第一家庭满意，员工们压力很大，而其中给人最大压力的，还要数里根一家。南希·里根甚至会亲自来摆放上菜的大浅盘，要求员工不要做"灰色食物"，只准备颜色鲜艳的菜肴。每场国宴前，行政主厨都会和第一夫人商量好要上的每道菜，然后正式活动的几周前，里根夫妇会请来一群朋友试吃，询问他们对每道菜的意见。第一夫人会检查上菜的浅盘，然后对主厨下命令。招待斯基普·艾伦回忆说："'不行，我觉得烤牛肉应该放在这儿'——她指着说——'而且我觉得如果豌豆放在这边，会更好看。'"要是晚宴没有顺她的心，那就要"千万小心"了，艾伦说，有时候，南希·里根会给招待办公室打电话，叫他们告诉主厨到二楼去一趟。"如果情况的确很糟，如果她想要的是芦笋，结果得到的是青豆，那你最好有充足的理由才行。"梅斯尼埃回忆说，为了某次国宴，他制作了一份又一份的甜点，一直到南希·里根满意为止。

不过有一件事仍叫他心有余悸。1982 年 4 月的某日，还差几天就是为荷兰女王贝娅特丽克丝和克劳斯亲王举办国宴的星期二了，南希·里根正坐在她钟爱的日光浴室里和总统吃午饭，两个人各自坐在长桌的一头。里根夫人拒绝了两个甜点样式后，罗兰·梅斯尼埃给她呈上了第三个选择。每个员工都知道，南希·里根要是不高兴了，准会有个提醒动作：她会把头向右一歪，然后微微一笑。这次，她又歪了。

"罗兰，非常抱歉，这个恐怕也不合适。"

"好的，夫人。"

坐在桌子另一头的里根总统插话说："亲爱的，别给厨师添麻烦了。这个甜点挺漂亮的，就这个吧，多好看。"

"罗尼，喝你的汤吧，这不关你的事。"她说。

里根低下头看着碗，直到喝完汤也没有再说一句话。

梅斯尼埃差点儿疯掉。"我回到厨房后——那天是星期天，我记得——在里面一直来回转圈。我当时想，干脆自杀算了。"梅斯尼埃说，"我能怎么办？我还要再这么干多少年才算完？再干八年吗？当时真的绝望了，万念俱灰。我说我不知道做什么好，也不知道怎么做。然后电话响了，她叫我上楼去见她。"

南希·里根告诉梅斯尼埃，她已经想好要他做什么了：精巧的糖制花篮，每个篮里放三朵糖做的郁金香。这就意味着，梅斯尼埃要为国宴制作十五个这样的篮子，而每个都要花几个小时才能做好——还有装饰篮子的郁金香、其他甜点以及曲奇饼。

"我想要你做的就是这个。"她平静地说，显然对自己的好主意十分欣慰。

"里根夫人，这的确很不错，很漂亮，我也觉得它们会很棒，但是我只有两天时间来准备国宴了。"

她微微一笑，又把头歪到了右边："罗兰，在国宴前，你有两个白天，还有两个黑夜呢。"

罗兰别无选择。"你只能说：'谢谢您，夫人，谢谢您的好主意。'然后立正、转身，回去继续工作。"

他没日没夜开始埋头苦干起来。国宴之后，当他得知第一夫人对结果很满意时，才在深夜里高高兴兴地开着车回到家。他完成了挑战。

无论当时有多么痛苦，现在回想起来，梅斯尼埃却很感激南希·里根的逼迫。那晚开车回家的路上，他回忆说："我就在想，我真的可以做到。这才是你衡量一个人的方式，尤其是陷入这种困境的时候：这个人会怎么去做呢？不惜一切代价。"1987 年 12 月 8 日，里根夫妇举办了一场备受瞩目的国宴，宴请的贵宾是米哈伊尔·戈尔巴乔夫和妻子赖莎。这是自尼基塔·赫鲁晓夫 1959 年的访问之后，苏联领导人第二次来到华盛顿。而保证这次具有重大意义的访问顺利进行的重担，有一部分就落到了官邸员工的肩上。

"南希·里根和她的社交秘书来到花卉店告诉我们，她想让赖莎目瞪口呆，"花匠朗恩·佩恩说，"我们就照做了。一天之内，我们把白宫里的每一朵花更换了三次：早上到达时，下午茶时，还有国宴时。

每朵花换三次，每一朵都换。"

————

有些官邸员工会刻意扮出一副忠诚勤恳的样子，但这种人通常都干不久。身高一米八八、体重达一百八十千克的沃辛顿·怀特，曾是弗吉尼亚理工学院橄榄球队的阻截球员，1980 年到 2012 年间，他一直在白宫担任招待。他说自己之所以能干这么久，是因为他知道什么时候该闭嘴。怀特说，如果员工"听到不好笑的笑话"还要假笑，或者争着想"露脸——想方设法让自己的脸出现在总统和第一夫人的脸前"，从来都不会奏效。

"他们特别讨厌这样，"他说，"我以前就是这么跟新员工讲的：你最不能做的就是假惺惺。那些人可是世界上最自信的政客，所以你必须做你自己。他们要么喜欢你，要么不喜欢，但你骗不了他们。"

————

虽然男仆、女佣、花匠和厨师这种工作看起来普通，但官邸员工却十分清楚，在"9·11"之后威胁不断的世界里，他们还要保护总统和家人的安全。据《华盛顿邮报》报道，最先发现有人向第一家庭居住区域开枪的人，并不是特工处的特工，而是一位女佣。2011 年 11 月 11 日，在这个宁静的周五晚上 8 点 50 分左右，一位名叫奥斯卡·奥尔特加 - 赫尔南德斯的二十一岁年轻人将他的 1998 年款黑色本田雅阁停在宪法大道上后，摇下副驾那边的车窗，拿起半自动步枪，隔着南草坪向六百多米外的白宫射击，其中至少有七枪击中了第一家庭在二三楼的私人区域，并打碎了他们的正式会客厅，也就是黄色椭圆厅外的一扇窗户。枪击发生时，奥巴马总统和第一夫人恰巧在外地，大女儿玛莉亚也和朋友在外面玩，不过，小女儿萨莎和第一夫人的母亲玛丽安·罗宾逊却在白宫里。几名特工虽然听到了枪声，但后来却被告知可以下班了，因为相关人员错误地认为，只是敌对帮派发生交火，目标并非白宫。

四天之后，也就是 11 月 15 日星期二中午，一位女佣请求助理招待雷金纳德·迪克逊来杜鲁门阳台一趟，因为她发现了一扇破损的窗户，还有一大块白色的水泥块掉在了地上。迪克逊到了之后，注意到了弹孔和窗沿上的凹痕，于是立即将女佣的发现报告给了特工处。FBI随即展开调查，并在窗框里找到了一枚子弹，在窗台上找到了金属碎片（窗户外层是仿古玻璃，内层是防弹玻璃）。这个时候总统还在外地，不过第一夫人在当天早晨已经回到白宫，正在午睡。迪克逊想去看看第一夫人，并且错误地以为她已被告知她的家遭到了枪击——但实际上并没有，因为奥巴马的高级顾问决定，他们要先向总统报告，再由总统将这件骇人的事情告诉他妻子。瞒着第一夫人，是一个非常糟糕的决定。

从迪克逊口中得知消息后，第一夫人当即火冒三丈。据称，当特工处前主任马克·沙利文被召到白宫商议枪击事件时，米歇尔·奥巴马由于太过愤怒，声音连关着门都能听得到。要不是因为眼尖心细的女佣和认真负责的招待，这些子弹可能要过很久或者根本不会被发现。

枪击发生几个月前，总招待斯蒂芬·罗尚刚刚退休，而聘用迪克逊担任助理招待的人正是他。罗尚说，迪克逊和第一家庭的关系特别亲近，所以他和那位不知名的女佣在让枪击事件大白于天下这件事中扮演了重要角色，一点都不令人感到意外。"员工们接受的训练就是睁大眼睛，把任何异常情况——无论是窗户破了，还是参观后有人留下的包裹——报告给招待，然后招待会去找特工处的人。"他补充说，"我们在那儿可不只是打扫房间和端盘子上菜那么简单。"

另一次叫人后怕的安全疏忽发生在 2014 年 9 月 19 日。当时一名持刀男子翻过北草坪的护栏，闪躲过多名特工后，闯入了白宫内部。进去后，他又打倒一名特工，飞奔着经过通向二楼的楼梯，径直冲入了东大厅。（据称，官邸主入口处原本有一个警铃，但是招待办公室说铃声太吵，所以将它静音了。假如警铃照常工作的话，本可以将有人擅闯白宫的事情通知所有特工。）那位名叫奥马尔·冈萨雷斯的闯入者，最终在绿厅门口被一名已经下班的特工制服。

在 1979 年成为招待前，斯基普·艾伦曾在特工处的制服警察部工作过八年，这些安全漏洞让他吃惊不小。"在招待办公室的时候，我曾经看到有人翻越护栏，"他回忆说，"这个人一直跑到北庭院中央时，才被特工们包围。我想不通为什么有人能从大门一直跑到东大厅，但周围的人却无动于衷。"

其他对于总统及其家人的威胁或许没有如此明目张胆，但是同样危险重重。行政主厨沃尔特·沙伊伯说，他的工作目标不仅是保证第一家庭的健康，还包括保住他们的性命。"这可不是什么鸡毛蒜皮的小事，尤其是考虑到有些人十分仇视总统。且不说是外国人还是本国人，或者因为什么而恨他。"

沙伊伯曾经为克林顿和小布什两家服务过，他说："在总统的人身安全方面，没有比糕点厨师和主厨更重要的人了。"梅斯尼埃也同意这一点，他说，即便在"9·11"事件之后，厨房里也没有试吃员。"我们就是试吃的。他们完全信任我们，相信什么都不会发生。"

林登·约翰逊总是有办法绕过白宫的食品递送规定（20世纪60年代时，还没那么严）。约翰逊总统特别喜欢国防部长罗伯特·麦克纳马拉的夫人玛格丽特做的薄卷饼，所以她时不时也会托丈夫给白宫工作人员带一些过去，叫他们交给总统。可有一次，麦克纳马拉把薄卷饼交给了一位警察，结果这人把饼交给特工处销毁了。后来，当麦克纳马拉问起约翰逊喜不喜欢吃他太太新做的薄卷饼时，了解事情经过后的总统大发雷霆。

"你们不要乱动我的吃的！"一位不走运的特工那天正好撞到了枪口上，约翰逊冲着他大吼道，"用用你脖子上那个本来应该装着脑子的东西吧。你们是觉得国防部长想害死我吗？"

梅斯尼埃曾经钻过一次制度的漏洞。在里根款待戈尔巴乔夫的国宴上，梅斯尼埃在他制作的精致甜点中使用了山莓——因为山莓在苏联"非常昂贵，堪比黄金或者鱼子酱"。过了几天，当这位苏联总书记回国后，正在厨房的梅斯尼埃和另一位厨师收到了戈尔巴乔夫不知道怎么送来的一个棕色大纸箱。梅斯尼埃很清楚，不管箱子里装的是什么，都会被立即销毁——但是首先，他打算开箱一看。

打开箱子后，他兴奋地发现里面有两个装着上好俄罗斯鱼子酱的大金属罐，每个重达六千克。"我不管你怎么处理你的，"他跟同事说，

"但我要把我这罐带回家去。为它死都值！"

官邸员工的长时间投入和无比的忠诚，第一家庭不会视而不见。福特总统知道弗莱德里克·"弗莱迪"·梅菲尔德喜欢游泳后，有一天叫他带着泳裤过来，两人一起游了好几圈泳，裹着浴巾回到房子里时，还有说有笑的。

第一夫人和她们最喜爱的官邸员工也有一种心照不宣的默契，时常会帮她们走出困境。1986年，南希·里根的女佣阿妮塔·卡斯特洛被控涉嫌协助两名乌拉圭同乡将三十五万发22毫米口径的子弹私运回巴拉圭。于是，第一夫人便提供了一份宣誓书，力证卡斯特洛的清白。只是，针对卡斯特洛的指控虽被撤销，但当时涉及更大规模武器走私的伊朗门事件却成了全国的大新闻。里根总统被控批准向伊朗出售军火以换取人质释放和资助尼加拉瓜的反政府武装，毫无疑问，随着伊朗门事件的持续发酵，白宫希望能把对卡斯特洛的指控压下来。但是，南希·里根太想让卡斯特洛留下来，竟然甘冒公开丢丑的危险保全了她。

————

官邸员工对老布什总统及其家人的格外忠诚，似乎植根于他们平易近人的态度，大家在这家人周围大可轻松自在地做事。芭芭拉·布什还记得海湾战争期间发生的一幕。当时她一边心急如焚地看新闻，一边等着丈夫回来，白宫领班乔治·汉尼问她："您想喝点什么？还有，您觉得老爹想喝点儿什么吗？"（虽然小布什当选总统后，有些媒体会用"布什老爸"[Poppy Bush]来称呼老布什,不过"老爹"[Pops]这个昵称却是他年轻时得来的。在他担任总统期间,除了家人之外,没人会用这个词称呼他。)

芭芭拉想起这件事,禁不住笑起来。"我跟他说:'乔治,你怎么能这么称呼美利坚合众国的总统呢?'——他知道我在逗他,我也知道他在逗我。我们就是这么亲近。"

汉尼也毫不示弱,直接回了一句:"相信我,布什太太,在白宫里,铁打的是汉尼,流水的是总统。"

"我们的关系就是这样的,可以互相嘲弄、取笑。不过,要是有什么伤心事发生了,不管发生在谁身上,我们都会互相支持。"芭芭拉·布什说道。

勤杂工林赛·里特尔说,老布什是所有总统中(包括小布什)最平易近人的。"老布什这个人没什么架子。另一个布什,只会和你讲句话,然后就走了。不会有什么交谈。但是老布什很可爱——他和他夫人都是。"

出生于北卡罗来纳州罗宾维尔——一个只有一千多人的小镇——的里特尔因为要照顾六个弟弟妹妹,不得不在七年级时辍学回家。他的父亲是位佃农,但是里特尔逃离了种花生、棉花和烟草这种累断腰的苦工,在20世纪50年代初北上来到了华盛顿。

1979年时,他开始在白宫工作,每天早上5点就要从自己住的排房——这里离联邦快递体育场(FedEx Field)非常近,在比赛日时,他经常可以听到观众欢呼的声音——出发,赶在6点前到达。为接待游客,他要在7点半前把房子打理好,拉起护绳,擦干净地板,再把地

林赛·里特尔

毯铺好。游客参观结束后，他又会把这些收拾起来，次日早上再来一遍。在快速吃完早饭后，行政管家克里斯汀·利默里克会打电话给他，告诉他和同事们第一家庭已经起床，他们现在可以趁着女佣们打扫和收拾床铺，去二层拿吸尘器清理了。

里特尔与老布什总统的关系，远不止于打扫房子这么简单。他是官邸员工中为数不多的几个每月和总统玩几次马蹄铁游戏的人，有时甚至一周玩两三次。

老布什和小儿子马文会兴高采烈地到泳池边上的马蹄铁场地，在里特尔和他的主管下班后和他们玩几局。这几个人对游戏特别上心，里特尔甚至还定制了一件印着"勤杂工的骄傲"的 T 恤。

"我们总会打赢他，除了最后那次。"里特尔笑着说，"我们在那儿的最后一年，他和马文夺得了冠军。"芭芭拉·布什说，她和总统离开的时候，特别难过，因为他们知道克林顿一家是不大可能把这个传统继续下去的。

有一次，老布什总统甚至邀请里特尔到二楼的家庭餐厅来陪他。"他叫我坐在餐桌边上，我们就坐着开始聊天，"里特尔边说边摇头，"坐在桌边和一位总统闲聊。其他那些总统，是不会干这种事情的。"

老布什有些事情可能会比别的总统易动怒，但是他总是会很快就原谅了他们。某年夏天的一个周末，正在玩马蹄铁的老布什派一个员工去拿点杀虫喷雾。可这个员工把总统从头到脚喷了一遍后，才意识到他不小心使用了工业级别的杀虫剂。招待沃辛顿·怀特说，过了几分钟发现喷错之后，那个员工赶紧跑去叫来了总在附近待命的医生。

怀特说："等他们到的时候，总统的脸已经红成一片了。"布什总统得去淋浴"净化消毒"。"布什总统本性不改，说了一句：'好了，好了，好了，我们还得回去继续扔马蹄铁比赛呢！'"最终，并没有人因此被解雇。

布什一家似乎是发自内心地感激员工们所做的牺牲，而员工们也投桃报李，尽力让他们过得开心。厨房的员工知道芭芭拉·布什不喜欢别人冲她唱《祝你生日快乐》。"在竞选的一路上，我经常一天之内收到四个生日蛋糕，但是那些送蛋糕的人，其实根本不在乎我。"她像往常那样直来直去地告诉我。

"可是有一天我回家来吃午饭的时候，盘子里放着一块甜点——顺便说一句，白宫的伙食真的很不错——是一块四方形的小蛋糕，上面写着《祝你生日快乐》的乐谱。他们没有说，也没有唱，就是这么几个音符而已。"这个蛋糕是梅斯尼埃专门为她做的，好让她在午饭时边看书，边安静地享用。

芭芭拉·布什差不多每天早晨都会去花卉店和大家打个招呼，有时候在晨泳前里面穿着泳衣、外面披件浴袍就去了。在走廊里碰到梅斯尼埃时，她还会打趣他，拿个文件夹开玩笑地敲敲他："你在这儿干吗呢？不是有饼干什么的等着你去烘焙吗？"

运营主管托尼·萨沃伊说，她对待所有员工就像他们的奶奶。"如果你在电梯里，她会进去和你站在一起，然后说：'哎呀，小伙子们，不用下电梯，我也要去楼上呢。'"

1992 年，飓风伊尼基（Iniki）横扫夏威夷，花匠温迪·埃尔萨瑟心急火燎地想联系上在那里退休养老的双亲。虽然好几天都杳无音讯，但是她却拒绝因为私人问题去惊扰布什一家。某个星期天，正当她在更换居住区的花卉时，芭芭拉·布什过来向她问好。

"我很好，布什夫人，谢谢您。"她如此回答，一边极力地掩饰着自己的忧虑，一边继续工作。几分钟后，芭芭拉·布什又站到了她边上。"到底发生什么事了？"她问，"你听起来可不像我熟悉的温迪啊。"

她的眼里已经满是泪花："布什夫人，我父母遭遇了飓风，已经几天没有消息了。我真的好担心，脑子里一直在想这事。"

芭芭拉一点儿都没犹豫，对她说："温迪，要是你觉得我在哪里能帮到你，我一定做到。"当然，第一夫人对此是无能为力的，但是她的关切却让埃尔萨瑟感动不已。（几天后，她终于接通了父母的电话。）

招待克里斯·艾莫里记得，在他父亲去世那天接到布什打来的电话时，他都"愣住了"。当时正是感恩节，布什全家正在戴维营欢度节日。在打电话告知老板盖里·沃特斯自己的父亲去世后不到三十分钟，他便接到了戴维营军事接线员的电话，对方说："请等待与总统通话。"

老布什总统"说听到我父亲的消息，他很难过"，艾莫里回忆说："然后他又问我有没有什么是他可以帮得上的。"艾莫里向他表示了谢意，并说没有什么事。总统停了一会儿，没有说话。

"你等下，克里斯，芭（芭拉·布什）在边上，她也想和你讲几句。"

"你能想象那种感觉吗？"现在回想起来，艾莫里仍然有些惊诧。

布什一家还格外用心地让官邸员工多有一些时间和各自的家人相处。上夜班的时候，按规定要等到总统和第一夫人允许，艾莫里才能下班回家。"里根夫妇会在9点或者10点的时候按两次铃，这就意味着我可以上去关灯，然后打电话给管理人员，告诉他们我走了。但到布什夫妇这儿却不一样了，布什夫人有时候会打电话说：'你怎么还在这儿？快回家去！'可那会儿才8点刚过。"

即便是现在，芭芭拉·布什和艾莫里每年还会用电子邮件交流几次。这位前第一夫人在邮件末尾的落款是："您亲爱的，芭芭拉·皮尔斯·布什。"

IV

Extraordinary Demands　强人所难

水量足、力度够的淋浴，是人生为数不多的享受之一。

——露西·贝恩斯·约翰逊

与对付世界上最难缠的酒店客人相比，为第一家庭服务有过之而无不及：如果他们想吃水门饭店（Watergate Hotel）的糕点房做的拿破仑蛋糕（特蕾西亚·尼克松便经常如此），那他们就会吃到；如果需要有个人不加评判地听他们讲述自己日日都要做的那些艰难痛苦的决定，那同情的耳朵就要凑过来听。不过，要满足某些总统提出的要求，最后证明其实比登天还难。

林登·约翰逊总统是个有点粗鲁、暴躁的人，基本上对什么都不满意。（"快去啊！妈的，赶紧给我去，"在担任总统期间，他经常会这样大喊大叫，"要在你屁股后面烧把火才行吗？"）男仆威尔逊·杰曼记得，有一次在杜鲁门阳台上，他把克里奥尔烩虾和米饭端给总统，放米饭的盘子里有两个分菜叉。"他抬头看了我一眼，说——我不想引用他的原话——'你觉得我用两个叉子怎么把米饭弄出来？'我说：'对不起，总统先生，我马上去拿勺子。'"

约翰逊的强势以及那种公然的威吓，让许多员工避之不及。"他和别的总统最明显的不同是，陪其他总统从椭圆形办公室回官邸的幕僚和随从一般有六七个，"前总招待莱克斯·斯卡尔顿说，"但到了约翰逊总统这儿，只有特工会陪他走回家。"

约翰逊一家搬进白宫的第一天，门卫普莱斯顿·布鲁斯就和约翰逊起了冲突。那天，总统邀请了二百多人到白宫的私人居住区参加招待会，把肯尼迪总统的顾问和他自己的幕僚聚到了一起。布鲁斯一人值守电梯本已手忙脚乱了，却突然间看到指示灯灭了又亮，这只意味着一件事，那就是总统要用电梯，而且他很不高兴。

等到布鲁斯到达二楼时，约翰逊已经气得冒烟了。"你去哪了？我等来等去一直在等电梯呢！"身形高大的总统立在布鲁斯面前，胸口还一鼓一鼓地大声吼道——叫布鲁斯尝了尝后来所谓的"特殊待遇"，约翰逊经常用这招来恐吓国会议员。

"总统先生，"布鲁斯也毫不让步，"我一直在忙着送您的客人离开。我知道我的职责，但是我也得有时间才行。"

可约翰逊仍然对着布鲁斯大吼大叫，而且还是当着肯尼迪的顾问泰德·索伦森和肯·奥唐纳的面。布鲁斯受到了羞辱。"我不能继续在这里工作了，竟然会受到这样的对待！"当晚晚些时候，他告诉招待纳尔逊·皮尔斯："我永远都无法接受肯尼迪总统的死。"

可第二天，约翰逊却是一副若无其事、什么都没发生过的样子——布鲁斯认定，对付这位难以取悦的总统的唯一方式，就是毫不退缩。"在我看来，显而易见的一点是，如果他一发脾气，我就低三下四地点头哈腰，那我就完了。"布鲁斯一开始就知道约翰逊是个霸道之人，但他也尊重他的强势。"如果我是对的，而且坚守住了自己的立场，那我将得到一位终生的朋友。"结果证明，布鲁斯是正确的：在离任前，约翰逊曾赞扬布鲁斯是帮助自己挺过这份工作的人之一。第三十六任总统还真有些复杂不好懂。

约翰逊很喜欢厕所幽默，一讲起来就大笑不止。电工兼养狗人特拉菲斯·布莱恩特说，有一天，约翰逊把一个马桶座坐坏后，"一下子全乱套了"。很快，一个加大的木质马桶座圈就订好了，但约翰逊一点都不觉得尴尬，反而向他那些男性友人炫耀这个新定制的宝座，并自诩在这个问题上还算是个专家。"他了解所有选择的优缺点：塑料的、非塑料的、竹制的、雕花的、希腊式的，或者美国早期式的。"

约翰逊和朋友说："不许你们说那个新座圈是为了配上本国的头号屁股[1]。"

以前当过高中老师的约翰逊，还爱在白宫的走廊里一边溜达，一边给每个人——包括他的家人——的表现用字母打分。他会把头伸进地下室各个不同的店里，对着每个员工喊一个分数。

有一次，他把头探进电工店，告诉比尔·克莱伯："你今天得的是F。"克莱伯现在已经记不得到底是为什么了。

男仆赫尔曼·汤普森说："可是，有时候我们办晚宴，酒足饭饱、客人也离开之后，他又会进来说一句：'嗯，大家今天表现得很不错。'"

因为一头亮红色的秀发而被大家昵称为"红子"的水暖工领班阿灵顿，或许刚开始还觉得约翰逊挺有趣的，但很快，他就被这位总统的各种古怪要求折磨惨了。阿灵顿从1946年开始在白宫工作，到1979年退休，在2007年去世，不过他的妻子玛格丽特记下了他的很多故事。

1　"头号屁股"的原文为 Number One ass of the nation，其中的 ass 一语双关，既可以指屁股，也可以被理解为混蛋。

玛格丽特回忆说，约翰逊恣意妄为的计划安排，曾影响到了他们与三个女儿的生活。"有一次我们在安纳波利斯的一家饭店吃饭，店内突然传来了声音说：'请阿灵顿先生回复白宫的电话，请阿灵顿先生回复白宫的电话。'我觉得好有意思。原来是约翰逊总统想在他的坐式马桶上鼓捣点儿什么东西。"

吹毛求疵的约翰逊还因为淋浴的水压和水温问题把红子折磨了个够。不管员工们怎么做，在约翰逊看来，淋浴的水总是不够猛、不够热。每当他有心情打分的时候，淋浴每次都会得 F（不及格）。

其实从一开始，约翰逊纠结淋浴的事情，心情沉痛的员工们就已经领教过了。1963 年 12 月 9 日，肯尼迪总统遇刺身亡后，刚休息了一天又回来工作的总招待韦斯特就被约翰逊总统召见，叫他去底楼电梯平台那里，有急事要商讨。此时，约翰逊一家搬进白宫才两天。

"韦斯特先生，你要是没法把我的淋浴弄好的话，我就搬回榆树庄园去。"约翰逊声色俱厉地说完之后，扭头走了。榆树庄园是约翰逊家位于华盛顿特区的官邸，里面配备的淋浴让员工们大开眼界：从多个方向不同的喷头里喷射出的水流，强度超大，好像针扎一般。其中一个喷嘴正对着总统的隐私部位——被他昵称为"大象"——另一个喷嘴则朝上冲着他的臀部。现在听来或许很可笑，不过约翰逊在淋浴问题上的死磕态度，却最终定义了他与一些官邸员工间的关系。

约翰逊想让白宫的水压和自家淋浴的一模一样——要相当于消防水龙头喷出的那种——而且还要有个简单的开关，可以瞬间让热水变成冷水。不要温水。

韦斯特被总统训完话之后过了一会儿，又被约翰逊夫人叫到了二楼那间不大的女王客厅（Queens'Sitting Room）问话。

"我猜他跟你讲淋浴的事情了吧。"她说。

"是的，夫人。"

"不管在这儿做什么，或者有什么需要去做，记住这个：我丈夫是第一位的，姑娘们第二，剩下的留给我即可，我都会满意。"（她对行政主厨亨利·豪勒也如是交代过："你的主要任务，就是让总统高兴。"）

肯尼迪一家从来没有抱怨过淋浴，所以维修工们颇有些摸不着头脑，于是，他们派遣了一队人马去榆树庄园研究了那里的水暖，红子甚至还被派到了约翰逊家位于得克萨斯州斯通维尔附近的农场（被昵称为"得州白宫"），去增加那里的水压，把水温提高到滚烫的温度。当红子发现为总统改装淋浴需要重新铺设水管、安装新水泵后，约翰逊转而要求由军方来埋单。最终，这项耗费数万美元的工程，花掉的是原本拨给安保方面的机密资金。"我们装了四个水泵，然后又不得不把水管换成更粗的，因为房子里其他地方都被抽干了。"阿灵顿这样告诉《生活》杂志。

玛格丽特·阿灵顿还记得红子坐在位于白宫和西翼西面的水暖店里，接到约翰逊电话时的情形。"如果我在一天内可以调动一万军队，那你也能按照我的意愿把洗手间搞定！"约翰逊咆哮的声音回荡在白宫的走廊里。

有五年多的时间，红子都耗在了那个淋浴上，而在此期间，他还一度因为精神崩溃而住了好几天医院。约翰逊在淋浴的问题上简直斤斤计较，连出门在外都会带着特别的喷头，当然，还有十几箱子的顺风威士忌。约翰逊希望他的浴室能异常明亮，所以叫人在天花板上装了很多镜子。但由于装的灯太多，红子和他的团队不得不安装电扇来降温，只是淋浴极高的温度还是时不时会触发火灾警报器。

玛格丽特说，有一天红子看了一眼约翰逊的刮脸镜子后，大叫了一声。"他能看见自己脸上的所有血管。他说太吓人了。"

更多的人，包括公园管理处的员工，被召唤到宾夕法尼亚大街1600 号解决淋浴危机。招待莱克斯·斯卡尔顿甚至还穿着泳衣，跳到淋浴下面亲自体验了一番。"水流直接把他撞到了墙上，力度真的很大。"玛格丽特说，"红子说，他出来的时候，全身红得像只大龙虾。"

然而，更换了五个淋浴设备——其中包括从设计榆树庄园淋浴设备的同一家制造商那里专门定制的——之后，还是不行。水暖工甚至安装了一个自带水泵特别的水箱来增加水压，又多装了六个高度不同的喷嘴，方便水流喷遍全身各部位。水泵每分钟喷出的水高达几百升——比消防栓还多。可还是不够好。

从二十岁起在白宫工作了四十一年的克莱伯说，有一次，约翰逊把他叫到了浴室，看他亲自测试淋浴。

"你准备好接受男子汉的考验了吗？"赤条条的总统站在这位电工面前说道。官邸员工中，有十几个人都被叫来参与解决这一生活危机，克莱伯是其中之一。

"这个重任还是交给您吧。"克莱伯回答。

"好，那你有能耐就尽管使出来。"约翰逊说完，跳到了淋浴下面。

克莱伯把淋浴的水阀拧开后，约翰逊痛苦地尖叫起来——水压太大了。"喂，你想把我怎么样啊！"但没过一会儿，他又兴奋地尖叫起来："等一下，这种感觉好棒啊！哇！"水压把他猛冲到了墙上，出来时，他已经红得好像甜菜根。

可是，还是不对劲。

红子·阿灵顿最后一天在白宫见到约翰逊总统时，对方正坐在马桶上。总统的卫生间有东西需要修理，他只好站在外面，等着总统方便完。

"你进来。"约翰逊喊了一声。

红子像绵羊似的走了进去。

"我就想告诉你，这个淋浴真是享受，很感谢你为我做的一切。"

对红子而言，这份小小的感谢让他在回忆压力无数的那些年时，少了些许痛苦。玛格丽特说，约翰逊去世后，约翰逊夫人还请他们去得州的农场"又热闹了一次"。"一切都很美好。我们参加了室外晚餐会，身边都是各路电影明星和一些大将军。天哪，那才是玩了个痛快。"

约翰逊的大女儿琳达后来亲自向红子和他的太太致谢说："爸爸高兴了，我们才能都高兴，在这一点上，我们要感谢阿灵顿先生！"

后来我采访妹妹露西时，她谈到父亲在淋浴问题上的纠结，则多了些沉思的味道。她告诉我："水量足、力度够的淋浴，是人生为数不多的享受之一。"露西十分清楚父亲留下的政治遗产，也明白越战给这份遗产抹了多少黑。"我觉得，他可能讲过非常苛刻的要求和期许，而且在表达的时候或许也很强硬。但是，当你身为自由世界的领袖，想获得那么点慰藉和物质享受，也不算是太过分的要求吧。"

不过，林登·约翰逊人一走，他的淋浴也被抛弃了。理查德·尼克松看了一眼那套错综复杂的洗浴装备后，说了一句："把这玩意儿给我拆了。"

————

尽管林登·约翰逊提出过各种过分的要求，但幕僚们对他却是百分百的忠诚。喜欢亲切地把约翰逊称为"大老板"的社交秘书贝丝·阿贝尔，就曾领教过总统施加的强大压力。阿贝尔生下大儿子之后，约翰逊打电话到医院，问她："你给孩子起名了吗？"听她说孩子叫"丹尼尔"之后，约翰逊回答道："真是可惜。你要是给他起名叫林登的话，我还准备送他一头母牛犊呢。"

这之后，她当然要给二儿子起名叫"林登"了。"他想让每个人都以他的名字为孩子命名。"阿贝尔说。

琳达·波得·约翰逊·罗伯说，她父亲认为别人以他的名字为孩子命名，"是对他的无比赞誉"。所以他也从不怯于把这个想法强加给别人。琳达的一位朋友向她复述了儿子出生前，她和琳达的父亲间发生的一段对话。"你会给孩子起名叫林登吧，是不是？"身材魁伟、身高近一米九的约翰逊站在她面前问道。

"不是啊，我们已经选好名字了。"她结结巴巴地回答说。

可看到约翰逊脸上的失望表情后，她赶紧补充了一句："不过，你知道我们有多喜欢你们一家，所以我们要把儿子的中间名定为约翰逊。"

琳达回忆到此，笑了起来。"我也不知道她这么做是因为真的喜欢我们全家，还是仅仅为了逗我爸爸开心。"

刚就任总统时，约翰逊曾下令各管理部门减少预算。所以，坚信白宫用电存在巨大浪费的他，经常把那些离开房间但忘记关灯的人骂个狗血喷头。艾森豪威尔时期有个惯例，国事楼各房间的灯一直要亮到午夜过后，但是约翰逊却要求终止这一行为。他会亲自在走廊巡视，查看有无违规，如果看到哪里的灯还亮着，但自己又不想去调查时，就会给招待办公室打个电话，叫他们查查谁在那里。如果查出来屋子里空无一人，他必定大发雷霆。

一天深夜，木匠艾萨克·艾弗里正在木工店加班，突然间屋子全黑了。"他奶奶的，谁把灯给关了？"艾弗里吼道。对方似乎迟疑了一下。

"我关的。"一个低沉的声音在走廊里气冲冲地回答。

艾弗里打开灯，走到走廊里想看看怎么回事，结果看到总统站在那里，两旁还各有一名特工。

"没想到你们这么晚了还在工作。"意识到自己犯了个错误之后，约翰逊的声音缓和了一些。

"我正在给您送过来的那些照片做相框呢，快弄完了。"惊呆在原地的艾弗里回答说。

又有一次，一位不太走运的员工正在木工店里给日光灯装拉绳开关，结果却被约翰逊抓了个正着，因为他工作时亮着灯——在大白天。

"总统把那个人教训了个够。"比尔·克莱伯回想起来，还有些不寒而栗。

克莱伯说，后来员工们无论走到哪里，都会随身携带手电筒，生怕被困在一片漆黑当中。

后来，约翰逊的一个要求终于有些过火了。为了安全，白宫里的楼梯都加装了台阶灯，但是总统却执意认为，这些灯耗电量特别大。

"你去把那些台阶灯关了。"约翰逊告诉克莱伯。

"总统先生，台阶灯不能关。这个楼这么大，虽然大家都以为它只有三层——但是里面实际有八层（包括两个小的夹楼层）。这些都是大理石台阶，我的天，要是在哪里滑倒，您会受伤的。"

"哦，你确定？"约翰逊太想把那些灯关掉了。

"是的，先生，我确定。"

"好吧，那台阶灯就留着好了。"约翰逊罕见地让了一步。不过，他还是会隔三差五地跑到克莱伯在地下室的办公室里哀求："那些灯还要亮着是吧？"

唯一真正反抗过约翰逊的人（就连门卫普莱斯顿·布鲁斯也都会小心翼翼地和他这位老板讲话），是他从得克萨斯带过来的家庭厨师泽弗尔·莱特。早在约翰逊当上总统以前，泽弗尔就意识到自己要"敢于和他争辩"。

一天晚上，约翰逊 11 点半回到家后，叫人准备夜宵——虽然他是夜猫子，但这会儿回家也已经算很晚，而且，此时的泽弗尔早已上楼躺下休息了——泽弗尔给约翰逊做完夜宵便回了楼上，但忘了关灯。结果，约翰逊看到楼下的灯还亮着后，威胁说电费要从她的薪水里扣。

她被激怒了。"行，那你扣吧，反正我住在自己家里时，电费都是我自己出。从没人跟我说要关什么灯。但是如果你准时回来的话，还犯得着担心我关没关灯吗？如果你按时到家的话，现在灯根本就不用亮着！"

她这一招奏效了："当然，这之后他再没跟我多说什么。"

———

林登·约翰逊并不是白宫里唯一一个挑战员工神经的人。朗恩·佩恩记得，有一天，南希·里根叫他到二楼的西会客厅来一趟。到了之后，他发现里根夫人正坐在半月形的大窗户前。

"朗恩，灯，"她动作夸张地指了指头顶，"都没亮着。"

佩恩是花匠，不是电工，环顾一周后，他注意到墙上有个灯的开关。

"我心想，开关就在那儿。我去开灯？那肯定会让她显得很愚蠢吧。还是我该说：'我这就给电工打电话？'"

他决定去摁开关，把屋里所有的灯都打开。第一夫人像女王似的抬起头，看了他一眼后，说了句"谢谢"，丝毫没有尴尬的迹象。

"她真是被惯坏了。"佩恩做着鬼脸说，"如果她现在想要什么东西，那你上个月就该未卜先知地准备好，如果你想劝她把白色小苍兰换成白色金鱼草，因为白色小苍兰现在哪里都买不到，她会说：'你们会有办法的。'"事实也的确如此：花匠会把花连夜从欧洲空运过来，只为让她满意。

不过，同主厨梅斯尼埃一样，佩恩也说他很欣赏里根夫人的直截了当，想要什么就会直说，而且如果你照吩咐去做了，她会很高兴。

同为花匠的温迪·埃尔萨瑟说："我记得有一天曾听到她大声呼叫她的贴身女佣，那口气把我吓了个半死。我是永远不敢和她唱对台戏的。"

克里特斯·克拉克回忆说,他以前的工作时间是早上 7 点半到下午 4 点,但是当里根夫人决定要重新装修二楼和三楼后,他的工作安排简直让人痛不欲生。

"她根本不想叫我回家!我们每天工作十小时,一周七天都是。晚上 8 点我碰到她时,她会问:'你要去哪儿?'我说:'我要回家去。'"克拉克说,后来情况变得很可悲,他看到里根夫人在西会客厅后,会绕到官邸东侧的楼梯,这样她就没法发现自己离开了。"我必须要回家。一周连续工作七天之后,我的身体已经累垮了。"

南希·里根有些怪癖几乎与林登·约翰逊不相上下。比如,她受不了女人留长发,或者让家政人员在她的衣服上贴上购买及最近一次穿的日期。

她还想把自己好几件收藏品骄傲地在白宫里展示出来,其中包括要精心摆放在桌子上的二十五个利摩日手绘小瓷盒,以及一组瓷蛋和一套盘子。("他们之所以有一大堆东西,是因为他们不用亲手去清洗打扫。"行政管家克里斯汀·利默里克苦笑道。)假如有人把这些玩意儿移动了哪怕是一厘米,南希·里根也会注意到。不仅如此,她还要求把她所有的银色相框和昂贵香水都完美地摆放在浴室的台子上——清理完后,还要分毫不差地放回原处,否则……

虽然利默里克通常都会有意不去讲以前老板的坏话,但是在"很难缠"的南希·里根这儿,她却破了个例。对于那些导致她最终离开白宫达五年之久的所谓过失,利默里克仍然记忆犹新。"里根政府初期时,有好几件东西被弄坏了:一次是被家政人员,一次是特工人员,还有一次是被运营部。"但里根夫人把这些都怪到了利默里克头上。"她把我狠狠训了一顿，差点儿把我吃了。"

第一夫人恶狠狠地数落了她很久，最后，总招待莱克斯·斯卡尔顿不得不来到二楼，出面干涉。斯卡尔顿转身告诉利默里克："克里斯汀，你去吧。"然后顶了她的位置，继续听里根夫人的训斥。（过后，他告诉了利默里克自己救她的理由："你听的已经够多了。"）南希·里根随即将怒火撒到了斯卡尔顿头上。虽然她一直非常喜爱斯卡尔顿，甚至还给自己的骑士查理王小猎犬取名叫莱克斯，并称他是"我生命中第二重要的男人"，但这都没能让斯卡尔顿幸免于她骂不绝口的狮吼。

即便是二十几年后，此事仍然让利默里克心绪难平。她还清清楚楚地记得打碎的东西有哪些："有个利摩日的盘子，有个烛台，再有一个特工撞到了桌子上，什么东西摔下去了。"这些全都是偶然事件，但是第一夫人哪管这些。"她特别生气，甚至叫我把她好多放在私人居住区壁炉台子上的个人物品都装到了箱子里。这些东西在箱子里放了好几个月，等事情平静下来之后，才又拿出来。"

在南希·里根这次勃然大怒之后，为了掌握任何潜在问题的情况，利默里克决定采取新措施。官邸的女佣每天都要打扫、整理，但每个月她们还会为每个房间做一次深度清洁。所以从那儿以后，利默里克决定在每月清洁之前，都要给第一家庭的卧室、浴室、客厅和办公室拍照，这样的话，如果她说一切都已放归原处，也好有记录对照。

但对利默里克来说，最大的问题还是她和第一夫人之间有着十分紧密的工作联系。她甚至还替第一夫人包过各种送朋友的私人礼物。

不过，在受里根夫人的气时，她并不能为自己辩护，只能低眉顺眼，不住地道歉。

"我干了一辈子，还从来没收到过有关床单或床的抱怨，"她说，"我在铺床方面已经算在行了，而我手下那些女员工铺的床简直叫我无地自容。"

1986年，在白宫工作七年后，利默里克辞职去了五月花酒店。之后，她又在夏威夷待了几年，直到1991年才回到白宫。她坦承，离开白宫部分是因为满足第一夫人要求的挣扎与努力，已经让她筋疲力尽。"倒不是因为里根夫人是个什么样的人，而是因为我意识到再那么下去，就离回嘴不远了。"这在白宫是头等大忌，她自己也深知这一点。

在利默里克离开的五年间，她的继任者把白宫闹了个底朝天。那位新任行政管家在应对工作压力方面问题频出，有关她那些古怪行为的消息最终也传到过利默里克的耳朵里。据梅斯尼埃说，新管家"有一天跑到储藏室，要求购买一万只泰迪熊，送给全世界的小朋友"。梅斯尼埃说，她真的填了一张购买这些玩偶的订单。还有一次，据花匠朗恩·佩恩和温迪·埃尔萨瑟说，这位主管眼皮上画着亮绿色的三角形就来上班了。而且，她还经常在地下室的走廊里走来走去，一边拿着空气清新剂到处喷，一边在员工办公室外面大喊："这地方臭死了！"

员工说，发生这些令人不安的事情后，特工处建议解雇这个女人，但她还是被允许留了下来。利默里克认为，她能继续在白宫待着，主要是因为非常有同情心的芭芭拉·布什。埃尔萨瑟也同意，认为老布什夫人之所以给了这位麻烦多多的员工那么多机会，是因为希望看她好起来。"布什夫人有颗金子般的心。"梅斯尼埃说。（在为本书所做的采访中，芭芭拉·布什不愿讨论利默里克的继任者，不过承认此人在处理工作压力方面的确有些问题。）

最后，这位行政管家的行为连布什夫人都受不了了。有一天，负责管理整个家政部门的招待斯基普·艾伦突然被叫到了楼上。原来，温迪·埃尔萨瑟当时正在更换中厅（Center Hall）入口处的花 —— 从这里再往过走便是珍娜和芭芭拉的卧房 —— 但家政主管却突然抓起一个枕头（第一夫人亲手缝制的）朝埃尔萨瑟扔了过去，还厉声尖叫道："这他妈就是屎！"珍娜和芭芭拉站在一边，被眼前的情景吓呆了。

到底是什么刺激了她并不清楚，但这已经影响到了她的两个孙女，所以第一夫人决定利默里克的继任者必须要被辞退了。不过，艾伦护送她离开白宫时，她还在大喊大叫。艾伦说："她离开的时候，可不是悄无声息的那种。"

———

再次回到白宫后，利默里克发现接下来服务的这两个政府要轻松许多 —— 先是老布什夫人，接着是希拉里·克林顿。有些员工认为，与克林顿夫人工作很考验人，不过利默里克却觉得，她是官邸中的一股正面力量。

"希拉里非常同情职业女性。她和家政人员相处得很好，也会和她们所有人交流。"利默里克知道有些男性员工可能会不认同她的评价，不过她觉得在这点上，原因是多方面的。谈到这些男性同事时，她说：

"有些时候是他们自己的问题。"不过，她也认为这反映了第一夫人对于女性员工的特殊关照。"在我看来，她对待男员工时，要比对待女员工更严厉。如果我们做错了什么，她一般不会深究。"

利默里克回忆说，有一次，希拉里叫她把一件青绿色的套装染个别的颜色。"一般来说，我在衣服方面是很在行的。"她咯咯地笑着说，"那套衣服的料子本来是可水洗的，但染之前是 10 号大小，染完却变成 2 号了。她还觉得很好笑呢。"

相比之下，比尔·克林顿就没有那么善解人意了。克林顿总统对松树过敏，但第一夫人希望圣诞节期间的那几日，能在二层的黄色椭圆厅里摆一棵真正的树 —— 原计划是 12 月 19 号把树装饰好，12 月 28号再搬走。

利默里克的工作是把第一家庭的全部私人装饰摆出来，然后花卉店和电工店再上来把灯装好。她知道总统很喜欢和切尔西一起装饰圣诞树，因为这可以让他觉得自己能和其他父亲一样，与家人共度圣诞，即便这种感觉只有几个小时。

但是那一年，第一夫人想早点动手。"总统今晚有事，你能把除这边这二十几个外的其他都挂好吗？"希拉里指着一箱子装饰，对利默里克说。她照做了。结果，处理完事情的总统回到二楼，看见一些装饰已经挂在树上后，立即火冒三丈。

"谁干的？"他吼道。

"克里斯汀，行政管家。"一个男仆告诉他。

后来，这个男仆告诉利默里克，当时总统嘟囔了几句话，意思差不多是说："呵，她最好担心一下自己还能不能继续干下去。"

午夜的时候，某个男仆给利默里克打电话，告诉了她发生的事。利默里克有些担心，不过仍然相信希拉里会维护她。星期六早晨，也就是第二天，她来到三楼为第一家庭包装礼物。

克林顿夫人有些恼火地走进门来："真是好心当成驴肝肺。我和比尔聊过了，你别担心了。"

"谢谢您。"克里斯汀终于舒了一口气。

还有一次，利默里克在家里接到了克林顿总统某位贴身男仆的电话，说总统不喜欢她推荐的某位裁缝。她给的名单上一共有四位。"当时是凌晨2点啊。"利默里克惊叹道，"这个男仆还唧唧歪歪说什么总统很生气，我最好当心点儿。"

第二天早上上班后，她给总统办公室打了个电话，因为她实在受不了老是听到二手消息，而且也怀疑男仆们小题大做，过度解读总统说的话，甚至还有故意夸大其词之嫌。

"我听说我好像惹了点麻烦，因为总统不喜欢那个裁缝。"她对克林顿的秘书贝蒂·卡瑞说。

"稍等，总统就在边上。"卡瑞说完便把电话给了总统。

"总统先生，非常抱歉。"

"没事啦。"他告诉她，一笑而过。

真是虚惊一场，她心里说道。

据斯基普·艾伦说，克林顿夫妇提要求时并不总是能始终如一。"他们想要某个东西，你给了他们，可那又不是他们真正想要的。"艾伦说，"他们不知道怎么说清楚自己想要什么，所以会一直要那些他们自以为喜欢但实际上却不喜欢的东西。"

艾伦记得希拉里·克林顿曾给他打过的一个电话。她在电话里说，厨房总是给他们做某个鸡肉菜肴，告诉厨师以后不要再上那个菜了。"所以我就给厨师打电话，告诉他把那个菜从菜单上撤了，因为他们不想吃这个。结果过了几个月，我又接到了第一夫人打来的电话：'去问问厨师，他怎么不做那道我们特别喜欢吃的鸡肉了？'"他大声地呼了一口气，"那八年就是这么过来的。"

员工们说，克林顿一家和里根一家截然相反，如果半夜一两点钟还醒着睡不着觉，他们会开始挪动家具。斯基普·艾伦还兼管着藏品监理办公室，据他说，他们这么乱挪家具成了藏品监理的一个噩梦，因为办公室每年都要把白宫里的家具藏品登记在册。"他们会自作主张，把这盏灯或者这个桌子、那把椅子挪到别的房间。然后，当监理们上来盘点时，（记录）显示某个椅子在书房里，但他们只能满白宫找，因为克林顿夫妇把椅子搬到了三楼的某间客房里……把事情搞得很复杂。"

同样，克林顿一家人似乎对在几点吃饭这样的礼节上也置若罔闻——但大家又不敢告诉他们。从 1992 年到 2005 年一直在厨房工作的厨师约翰·穆勒，从来都不知道第一家庭打算几点吃饭，或者要做多少人的饭。"布什那家人总会提前来个电话打招呼，比如'准备两个人的午餐，12 点半'，可到了克林顿夫妇这儿，在事情真正发生前，我们根本不知道将会发生什么。"

克林顿搬进白宫一周后的某天，男仆巴迪·卡特慌慌张张地跑到厨房告诉穆勒说，第一家庭已经坐下来，准备吃晚餐了——现在。"我已经做好了，但得热一下，给我一分钟。"穆勒告诉他。从那以后，在午饭或晚饭点时，他手边都会有随时可以端出去的饭菜。

　　克林顿的朋友和政治助理喜欢给员工们提建议，不过有时却会帮倒忙。"他们跟我们说，克林顿夫人喜欢某个牌子的洗发水和体香剂，所以我们买了二十几瓶回来。"利默里克大笑着回忆道，"我后来才意识到这是个多么愚蠢的错误，因为（希拉里·克林顿）后来跟我讲：'克里斯汀，我不喜欢这个东西。'"

　　有时，为了取悦第一家庭所做的努力，还会将白宫的客人们置于危险境地。每年的节日季期间，员工内部都会为如何把国事楼装扮得最好看而大吵一番。花卉主管南希·克拉克喜欢在自助餐台上摆放很多祈愿蜡烛。主厨梅斯尼埃坚持认为，这是火灾隐患，但克拉克寸步不让，说这是克林顿夫人想要放的。

　　"有一年，一位脖子上围着狐皮的女士站在桌前，俯身去拿饼干，结果当然是蜡烛把狐皮点着了，因为她离得太近了嘛。谢天谢地，还好有个反应快的男仆一把把狐皮拽下来，又赶紧往上泼水，这才把火灭了。"梅斯尼埃回忆说，"当然啦，从此以后，我的桌子上就再也没有出现过祈愿蜡烛啦！"

1976 年，为法国总统瓦勒里·季斯卡·德斯坦举办的国宴上。男仆们在上菜空当合影留念。

1952年，水暖工红子·阿灵顿（右前）正在白宫地下室的水暖店工作。由于林登·约翰逊总统永无止休地要求他改进白宫的淋浴设施，阿灵顿曾精神崩溃。有一次生气时，约翰逊总统曾对着阿灵顿大吼大叫道："如果我在一天内可以调动一万军队，那你也能按照我的意愿把洗手间搞定！"

1970年7月29日，男仆林伍德·韦斯特雷（右二）在白宫的一次户外野餐会上服务。现在已经九十三岁的韦斯特雷谈起那个夜晚时，仍然情绪激动。当时，某位英国王室的成员坚持要为他上一杯酒水。那天晚上，是他三十二年职业生涯中的亮点，再次回想起时，他说："想想都不可思议。"

1961 年 1 月 20 日，年轻又帅气的当选总统约翰·菲茨杰拉德·肯尼迪总统和艾森豪威尔总统准备离开白宫，前去参加就职典礼。为他们开门的，是穿戴得无可挑剔的白宫门卫普莱斯顿·布鲁斯，后来他成了肯尼迪一家的密友。

小约翰·肯尼迪站在南草坪的树屋的台阶上，在一旁看着的是他的保姆莫德·肖和领班查尔斯·费科林。在台阶下面欢乐玩耍的，是肯尼迪家的九条狗中的威尔士梗查理。

在白宫的最后一天，杰奎琳·肯尼迪和约翰·约翰与官邸员工泪眼婆娑地话别。站在杰奎琳左边的是门卫普莱斯顿·布鲁斯。

卡罗琳·肯尼迪（左）在三楼日光浴室中专为她设立的幼儿园教室里。这张照片拍摄于他父亲遇刺后不到一个月的时候。

1983 年 6 月，曾长期担任约翰逊一家厨师的泽弗尔·莱特在官邸员工聚会上。举办地是华盛顿特区郊外的斯莫基·格伦农场。莱特是为数不多的几个敢于直接对抗林登·约翰逊的人之一。她说，早在约翰逊当总统前，她就知道必须要"敢于和他争辩"。

1964 年 12 月 16 日的节日招待会上，林伍德·韦斯特雷（最左）和同事兼朋友、男仆萨缪尔·华盛顿（左三）与约翰逊总统在一起。

尼克松总统和厨房员工弗兰基·布莱尔。一天晚上，他们打保龄球一直打到夜里2点。一位员工说："（他们）还可能干掉了一瓶苏格兰威士忌。"

斯蒂夫·福特和男仆强尼·约翰逊（右）、行政主厨亨利·豪勒、男仆尤金·艾伦、男仆阿尔弗雷多·萨恩斯（左）在官邸二楼的家庭厨房外聊天。

1977 年 2 月，艾米·卡特和保姆玛丽·普林斯在南草坪上玩耍。和卡特一家结识前，普林斯正因谋杀罪在监狱服刑。艾米和普林斯一见如故，难舍难分。

在 1976 年 3 月 30 日为约旦国王侯赛因一世和王后阿利亚举办的国宴结束后，门卫弗莱德里克·"弗莱迪"·梅菲尔德与传奇人物穆罕默德·阿里在蓝厅握手。梅菲尔德对于工作极为投入，由于不想误工，他甚至一再推迟做心脏搭桥手术的时间。但他延误了太久——1984 年，梅菲尔德因心脏病发作去世，年仅五十八岁。

1977 年 11 月 15 日，吉米·卡特总统和第一夫人罗莎琳·卡特与官邸员工在为伊朗国王、王后举办的国宴上合影留念。左上起顺时针方向依次为：女仆维尔拉·维斯、男仆兼门卫威尔逊·杰曼、门卫弗莱德里克·"弗莱迪"·梅菲尔德和厨房员工弗兰基·布莱尔。

1987 年，里根总统在南草坪上欢迎苏联领导人米哈伊尔·戈尔巴乔夫对白宫的历史性访问。当时突降暴雨，招待克里斯·艾莫里被要求顶替一位黑人男仆为总统遮雨。艾莫里说，总招待盖里·沃特斯不想让白宫看起来像"最后一个种植园"。

1987 年 12 月，南希·里根检查白宫的圣诞节布置工作，在一旁注视的有里根总统、白宫花匠南希·克拉克（右三）和朗恩·佩恩（右二）。里根夫人是位完美主义者，想要取悦她简直难于登天，某次事件后，一位备受爱戴的员工甚至因此而辞职。

摄于 1986 年。那天是尤金·艾伦在白宫的最后一天，里根夫妇在椭圆形办公室与他道别。这位长期在白宫工作的男仆及领班是 2013 年电影《白宫管家》的故事原型。

1990 年 6 月 24 日，老布什总统和勤杂工林赛·里特尔在白宫的草坪上玩掷马蹄铁游戏。布什总统在白宫泳池边上整修出了一块马蹄铁比赛场地，每周都会和官邸员工比赛几次。芭芭拉·布什说，她离开白宫时尤其难过，因为她知道克林顿夫妇不会将这个传统保持下去。

1989 年，芭芭拉·布什和花匠朗恩·佩恩在花卉店欣赏插花。布什夫人每天早上都会到白宫的泳池游泳。在去的路上，她通常只在泳衣外披一件浴袍，还会顺路到每个店里去看看。

1996 年的全国州长协会晚宴前，希拉里·克林顿在蓝厅最后补妆，边上站着的是已经在白宫工作很久的男仆詹姆斯·杰弗里斯。克林顿夫妇和他们之前的肯尼迪、约翰逊夫妇一样，十分喜欢社交，这给官邸员工带来了不小影响。杰弗里斯记得，他曾对筋疲力尽的比尔·克林顿说："您还是休息一下吧。"

克林顿夫妇与官邸员工间的关系尤为复杂。图为1993年1月20日，也就是就职典礼当天，克林顿总统在三楼的被褥间外见到了行政管家克里斯汀·利默里克。在一旁注视的是女佣阿妮塔·卡斯特洛。

1996年3月8日，执行糕点主厨罗兰·梅斯尼埃与希拉里·克林顿在一起。他在工作期间正好经历了莱温斯基丑闻，所以明白第一夫人如果哪天特别不顺的话，会打电话要求他做她最喜欢吃的甜点。

2006 年 12 月 19 日，男仆詹姆斯·杰弗里斯和他的母亲艾斯特尔与布什夫妇在白宫的圣诞宴会上合影留念。艾斯特尔的哥哥是颇具传奇色彩的白宫男仆约翰·费科林和查尔斯·费科林。

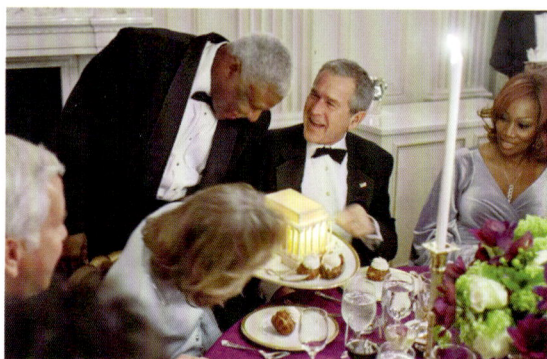

乔治·沃克·布什总统与家人非常喜欢男仆詹姆斯·拉姆齐。拉姆齐也报之以李。他说："即使我活到一百岁，也不会忘记那家人。"

2009 年 5 月 6 日，奥巴马总统和总招待斯蒂芬·罗尚在他们每天从官邸到椭圆形办公室的路上交谈。总统会利用这段时间来了解任何与家居有关的问题。"如果水压有问题，或者 Wi-Fi 坏了的话，你肯定得找人来解决，对吧？"奥巴马总统的前个人助理雷吉·洛夫如是说。

男仆詹姆斯·拉姆齐与萨莎和玛莉亚·奥巴马在国宴厅交谈，在一旁注视的是孩子们的外婆玛丽安·罗宾逊。奥巴马一家同多数都是黑人的官邸员工有着某种特别的关系。

门卫威尔逊·杰曼自第一天在白宫上班开始，到现在已经五十多年。图为 2009 年 5 月 4 日，他护送奥巴马夫妇回到官邸。杰曼仍记得站在白宫的北门廊下，听着马蹄的嗒嗒声，看着肯尼迪总统被国旗覆盖的灵柩从白宫运到国会大厦的圆形大厅供公众瞻仰。

V

Dark Days **黑暗岁月**

他说是他夜里起来撞到厕所门上了。但我们敢肯定，其实是她拿书砸了他。

——官邸员工谈克林顿与莱温斯基性丑闻期间的白宫生活

总统和第一夫人的床上到处都是血。发现这个混乱场面的女佣，发狂似的打电话给一名官邸员工说，快来个人看看总统的伤势。

血是比尔·克林顿的，他的脑袋上还因此缝了好几针。虽然他坚称受伤是因为夜里撞到了卫生间的门上，但是大家都不太相信。

一个员工说："我们敢肯定是她拿书砸了他。"是啊，有谁能比官邸的员工更清楚呢？这一冲突发生在总统与一名白宫实习生有染的事件被曝光后不久——很显然，当时夫妇二人的婚姻陷入了危机。而且，床边的桌子上至少有二十本书可供他的妻子选择，包括《圣经》。

1995 年 11 月，克林顿与二十二岁的白宫实习生莫妮卡·莱温斯基第一次发生了关系。在接下来的一年半时间里，他与莱温斯基又发生了十几次性关系，且多数都是在椭圆形办公室里。两年多后，这段关系被曝光，媒体风暴随即席卷了他剩余的总统任期。而曝光的起因，实际上源于独立检察官肯尼思·斯塔尔对其他一些指控为期四年的调查，其中包括白水（Whitewater）土地交易和白宫旅行办公室多名老员工被解雇的丑闻，也就是所谓的"旅行门"（Travelgate）。虽然这些人并不属于官邸员工，但招待斯基普·艾伦却记得，旅行办公室解聘事件让一些同事非常心烦意乱。毕竟，不少官邸员工把全部生涯都献给了白宫，当然担心自己也会朝不保夕。"白宫里当时的气氛有些紧张，因为大家都是长期雇员，但如果真要发生同样的事，谁也说不清有多少人或者哪些人会被炒鱿鱼。"他说，政府长期雇员和终身教授一样，要解雇很难，所以看到那些人如此草率地就被打发了，大家都很吃惊。同时，克林顿夫妇还被指利用林肯卧房拉拢有钱的捐款人，向其示好。

1998 年 8 月 17 日，克林顿成为历史上首位向大陪审团调查质询作证的总统。通过闭路电视，他进行了长达四个半小时的马拉松听证。电工领班比尔·克莱伯协助为这次取证排布电力，他回忆说，总统那天"情绪极差"。当晚晚些时候，克林顿在全国性的电视讲话中，承认了自己与莱温斯基有"不正当关系"。四个月后的 12 月，由共和党控制的国会发起了弹劾克林顿的投票，又经过参议院五周的审判，他最终被宣布无罪。

虽然公众直到 1998 年 1 月才对莫妮卡·莱温斯基有所耳闻，但有些官邸员工在外遇发生期间——1995 年 11 月到 1997 年 3 月——就已经知道二人的关系了，比如男仆们就曾目睹克林顿与莱温斯基一起在家庭电影院里看电影，后来因为二人在一起被看到的频率过高，员工们甚至会在看到莱温斯基时，互相知会一下。最接近第一家庭的男仆们，都极力保守着这类秘密，但时不时地，他们也会与同事分享一些——因为这样的信息很可能派上用场，也或许有时只是为了证明他们有本事接触到这些信息。

一位不愿透露姓名的员工回忆说，有一天，她正站在厨房后面那条东西翼幕僚常走的走廊里，正巧莱温斯基走过，一位男仆推了推她说:"就是那个女的——她就是情人。对,是她,她那晚在影院里来着。"

很多员工都目睹过克林顿夫妇间的争吵,但即便近二十年后谈起这些时,他们还是很谨慎。在这类争吵延绵不断的 1998 年,他们都感受到了笼罩在二三楼之上的那团阴云。

外遇事件的后果以及对希拉里·克林顿造成的伤害,官邸员工们都看在眼里,不过西翼的幕僚们很早就对官邸二层发生的事情有所猜疑了。弗吉尼亚大学的米勒中心(Miller Center)曾收集过记录克林顿总统任期的口述史,在一次采访中,希拉里的密友兼政治顾问苏珊·托马西斯说:"如果给她个煎锅的话,她肯定拿过来就朝他砸了。不过,我觉得她从没想过要离开他,或者和他离婚。"

现在已经七十八岁的贝蒂·芬尼,从 1993 年开始在白宫当女佣,由于她大部分工作时间都是在第一家庭的私人区,所以对于最后几年的变化感受尤为深切。"情势绝对是剑拔弩张。你会替他们全家都感到惋惜,为他们经历的事情难过。"她说,"你能感受到那种悲伤。连他们的笑声都听不到了。"

花匠鲍勃·斯坎伦并不太忌讳谈当时的气氛:"上二楼之后,感觉像到了太平间。根本没有克林顿夫人的影子。"

而且,当时的官邸里要么安静得吓人,要么就是发生各种让人疑惑的事和激烈的争吵。比如,1996 年圣诞节期间的一件事——当时总统和莱温斯基的偷情还在进行中。

圣诞期间的家务店,按照安排要为第一家庭包装礼物。有时他们会被要求包装四百多件,全是送给朋友、亲戚和员工的。包装礼物的惯例沿袭自里根政府（当时的包装规矩更为苛刻），整个包装过程相当复杂，每件被包好的礼物还要被详细记录在案。（新的第一家庭到来之后，这些记录会被销毁。）包礼物的员工一般都会放一个礼物牌进去，上面写着包装里的东西，然后再把包好的礼物放在西会客厅或黄色椭圆厅的指定桌子上。

那年的节日期间，一位员工注意到一件不寻常的礼物：沃尔特·惠特曼的《草叶集》[1]。按照要求包好后，她把礼物放到了桌子上，便没再多想。一两个月后，也就是1997年2月，克林顿送给了莱温斯基一本《草叶集》。直到后来，这位员工才意识到，她包好的那本书很可能就是总统的情人收到的那本。

这位员工说，圣诞过后的一天，总统急着想让人从夫妇二人的卧室拿一本书出来，但是第一夫人当时还没换好衣服，所以没人敢去打扰。（第一夫妇的卧室门关着的时候，基本上相当于酒店房间的门上挂着"请勿打扰"的牌子。）她回忆说："贝蒂·卡瑞（总统的秘书）给贴身男仆打了个电话，结果他就来找我，问我能不能进去拿，我说：'绝对不行。'后来，应该是贝蒂·卡瑞直接给克林顿夫人打了电话。"

几分钟后，一本书从二人的卧房飞了出来——希拉里直接把它扔到了走廊里。总统的贴身男仆捡起来给了卡瑞。虽然无法确定第一夫人扔出来的书是不是总统送给莱温斯基的那本，但当时的气氛有多紧张，还是可以从这位员工的回忆中略窥一二。

---

1 《草叶集》（*Leaves of Grass*）是美国伟大诗人沃尔特·惠特曼（1819—1892）的浪漫主义诗集，由于其中不少诗歌涉及对性的大胆描写——连爱默生都劝他淡化一下这类意象——所以在19世纪50年代刚刚出版时，曾被视作淫秽诗歌。

花匠朗恩·佩恩说，有一天他坐货梯上来后，准备拉着小推车去把旧花收回去，却瞧见两个男仆正站在西会客厅外偷听克林顿夫妇的激烈争吵。男仆们示意他过去，然后把手指放在嘴唇前面，意思是叫他别出声，突然间，他听到第一夫人冲着总统大声骂道："你个老王八蛋！"——然后又听到有人把一个重物从房间一头扔到了另一头。员工间的传言是，希拉里扔了一盏台灯。佩恩说，男仆们后来被叫去把杂乱的现场清理了一下。在接受芭芭拉·沃尔特斯的采访时，克林顿夫人曾试图对这件成了八卦专栏谈资的事情轻描淡写，她说："我的胳膊力气很大的，如果我真的朝别人扔过台灯的话，我想你一定不会只是有所耳闻。"

对于这类发飙，佩恩见怪不怪。"克林顿在白宫时，你总是能听到很多脏话，"他说，"在别人家里干活，是肯定会知道些事情的。"

在白宫工作期间，佩恩被检测出 HIV 呈阳性，有一阵子因为病情恶化，瘦了四十几斤。他本想休息一段时间，但却被告知只能有两个选择：辞职或者提前退休。他选择了退休，不过他还期待身体好转之后，可以继续回来工作，毕竟有好些退休员工都被返聘过。"你可以想象一下我当时的模样。他们都不许我上楼。"佩恩说，"所以我想赶紧把体力恢复起来，长点肉。"但是，当他真的有了力气回去时，又被告知他是因无工作能力退休，所以无法返聘。而且，也从没有人挑明说他提前退休是因为 HIV 阳性，他也不知道这决定最终是谁做的——基本可以肯定的是，克林顿夫妇并未关注此事——所以他也没有再提出什么异议。不过，多年以来都有不成文的规定，被检测出 HIV 的员工不能与第一家庭有接触，之前的政府便是如此。"我见过他们怎么对待那些 HIV 呈阳性的员工，"佩恩说，"有些被安排到了洗衣房，有些被派去打理草坪了。"花匠需要出入官邸的所有房间，所以他回到以前工作岗位的希望几乎完全落空。以如此悲惨的方式结束了自己的白宫生涯，佩恩非常心痛，不过他走后，很多以前的同事还会深情地回忆起他。

————

丑闻闹得最凶的那段时间，希拉里经常会爽约不参加下午安排的各种会面。官邸细枝末节的管理事宜，自然退居到了拯救丈夫的总统职位和二人的婚姻之后。1998 年，克林顿有三四个月的时间都睡在二人卧室边上那间私人书房的沙发上。官邸员工中的大多数女性都认为他这是罪有应得。

就连詹姆斯·拉姆齐这位自封为情圣的男仆，谈及此事时也面红耳赤。他说，虽然克林顿是他的"哥们儿，但是……不说也罢"。同以往一样，在莱温斯基丑闻期间，拉姆齐说他同样把"嘴闭得紧紧的"。

有些员工说，早在事情暴露前，希拉里便已经知道莱温斯基的存在，但真正让她难过的并非偷情本身，而是这事被揭了出来，还被疯狂的媒体大肆渲染。

在最难挨的那几个月里，第一夫人的脾气出了名的暴躁。有一次在蓝厅为某国领导人举办的招待会上，男仆詹姆斯·豪尔负责咖啡和茶水，但突然间，第一夫人朝正站在吧台后面的他走了过来。

"你发什么呆呢！"她斥责道，"我还得亲自接过首相夫人的杯

子……她喝完了之后在找地方放！"豪尔惊得目瞪口呆——参加招待
会的其他员工正在端着托盘收空杯子，他自己的工作只是负责上饮品
而已——不过他很清楚，为自己辩护毫无用处。后来，克林顿夫人向
招待办公室投诉了豪尔，导致他有一个月的时间都没被叫来工作。

前库房长比尔·汉密尔顿说，"弹劾期间在白宫工作并没有多糟"，
但他也同意，在最艰难的几个月里，和克林顿夫人共事很考验人。"一
切对她来说都是那么难以承受，如果你跟她说句什么话，她有可能情
绪突然失控，开始破口大骂。"汉密尔顿边摇头边回忆道。不过，他说
自己还是很喜欢为克林顿夫妇工作，虽然他已经在 2013 年退休，但有
时会希望自己还没有离开，因为希拉里或许有一天会以美国首位女总
统的身份重返白宫。他说，即便经历了她在白宫纷纷扰扰的八年，自
己还是愿意为她效力。

对于那时正经历着最黑暗时光的第一夫人，汉密尔顿有着毫无保
留的同情。他说："事情已经发生，她也知道生米已成熟饭，而所有人
的目光都在盯着她看。"

糕点主厨罗兰·梅斯尼埃回忆说，当时特别想为希拉里做点力所
能及之事，让她好受一点。他笑着说："希拉里最喜欢的点心是摩卡蛋
糕，所以在丑闻闹得最凶的那段时间里，我做了好多好多摩卡蛋糕。
你一定得信我。"希拉里经常在快到傍晚的时候，给点心店打个电话，
用和平时她那种强硬、自信的语调完全不同的口吻，谦卑地小声问：
"罗兰，晚上能给我个摩卡蛋糕吗？"

1998 年 8 月的一个周末，也就是总统向全国承认他与莱温斯基的
关系前，第一夫人给招待沃辛顿·怀特打电话，提出了一个不同寻常

的要求。

"沃辛顿，我想去泳池，但除了你之外，我谁都不想看到。"她说。

"好的，夫人，我知道了。"他同情地回答。

怀特十分清楚她的意思。她不想看到随行的特工，不想看到打理白宫庭院的人，而且更不想看到那些参观西翼的游客。"这些她都受不了，"他说，"她只想清静几个小时。"

怀特告诉她，给他五分钟时间清场。然后他跑到领头的特工那里，说他们必须一起合作来完成这件事，而且要快。

"虽然说话时间不过二十秒，但我知道她的意思。'如果有人看到她，或者她看到了别的人，那我就被炒了，这点我敢肯定。'我告诉那个特工，'而且你很可能也会丢工作。'"

于是，被派保护她的特工们只好远远地跟着她，虽然按规定必须要有一个特工在她前面，一个在她后面。

"她是不会转过身专门找你们的，"怀特对他们讲，"她不想看到你们的脸，也不想你们看到她的脸。"

他在电梯口接了克林顿夫人，护送她往泳池走，特工们在后面跟着，前面空无一人。希拉里戴着红色的老花镜，抱着几本书，没有化妆，也没有做头发。怀特说，她看起来伤心至极。

到泳池的一路上，他们都没有说话。

"夫人，您需要男仆过来服务吗？"一切都安排停当后，他问希拉里。

"不用。"

"那您还有什么需要吗？"

"没有了。天气这么美好，我只想在这儿坐着晒晒太阳。我准备好回去的时候，再叫你。"

"好的，夫人，"怀特回答，"现在已经 12 点了，我 1 点下班，到时候会有人来接替我。"

克林顿夫人目不转睛地看着他说："我完事了，会打电话叫你的。"

"好的，夫人。"怀特回道。他明白，这意味着她选择几点离开，他就要一直待到几点。结果，那天一直到下午 3 点半，他才接到电话。

到了之后，他又默默地陪着第一夫人从泳池走回到二楼。在下电梯之前，这位孤立无援的第一夫人，向怀特表示了她对他所做的一切有多么感激。

"她握住我的手，用力捏了捏，然后直视着我的眼睛，说了声'谢谢你'。"

"一下子就戳到我的心窝子里了。"怀特说起她的感恩，"对我而言，这胜过了一切。"

有几位官邸的员工甚至也被牵连进了这出不断上演的戏码中。有一次，勤杂工林赛·里特尔被叫到了二楼回答有关偷情的问题。上楼后，一位有些吓人的联邦探员询问他以前有没有见过莱温斯基。他紧张地回答说，没有。

"他们想叫你以为他们知道你知道一些事。"里特尔坚称他从没看到过什么不正当的事，不过他也承认，即便看到过，也不愿意冒这个险，因为这不但会危及工作，还可能让自己也上了新闻。"他们会把你的名字用最惹眼的色彩登出来的。"

梅斯尼埃将 1998 年描述为"一段非常令人难过的时期"，眼睁睁地看着两个杰出之人被丑闻吞噬掉。而且和很多人一样，他也替克林顿夫妇的女儿切尔西感到痛心。

在那张拍摄于 1998 年 8 月 18 日（也就是她父亲尴尬地向全国承认丑闻后的第二天）的标志性照片中，切尔西拉着父母的手，和他们一起走向了停在南草坪上的直升机。回想起这个小姑娘经历的事情，梅斯尼埃连连摇头。"切尔西绝对是你见过的最讨人喜欢的小女孩，可你却只能看着他们经历这种蠢事，真是太愚蠢了。磨难重重。"

————

招待斯基普·艾伦坦言说，为自己真心喜欢的一家人服务，要比为假装喜欢的那种容易多了，"但是我们伪装得很好"。

比如，对于克林顿夫妇，他就持有保留意见。他在宾夕法尼亚州的郊区有栋大房子，我们在泳池边上共进午餐时，他温柔地回忆说，克林顿夫人曾请他帮忙把蝴蝶结系在礼服上，因为她有时候够不到。但是他又说，克林顿夫妇从未真正信任过官邸的员工，而且对招待办公室尤为怀疑。"他们大概是我这辈子见过的所有人里最爱疑神疑鬼的。"

在克林顿的白宫里，艾伦并不是唯一一个有苦涩回忆的人。曾与布什一家十分亲近的招待克里斯·艾莫里记得，当时克林顿夫妇对他有些吹毛求疵。他说，在为他们工作的十四个月中，他被要求接受了三次毒品检测和一次背景调查，但实际上，他还有好几年才到检测期限，而且被问到的一些问题还非常私人——比如属于哪个教堂——所

以他都拒绝回答。"我认为他们只是想找个把柄，好把我辞掉。"他叹
着气说。而事实也正是如此，1994 年，艾莫里被白宫辞退，其中的一
条理由是他给前第一夫人芭芭拉·布什帮了个忙。

在老布什当总统时，艾莫里就曾帮过布什夫人很多忙。芭芭拉告
诉我："我们关系很近，电脑还是克里斯教我学会的呢。"离开白宫后，
她开始写回忆录时，不小心弄丢了一章的内容，于是便打电话向艾莫
里求助。他当然愿意效劳——但这个小忙却加重了克林顿夫妇对员工
们的怀疑，认为他们仍对布什一家念念不忘。艾莫里说："克林顿夫妇
看到招待的通话记录后，得出结论认为，我是在跟远在波士顿的布什
一家分享什么不可告人的秘密。可我并没有。"

没过多久，总招待盖里·沃特斯把艾莫里叫到了他的办公室。

"克林顿夫人对你不太满意。"沃特斯告诉他。

"这是什么意思？"艾莫里惊讶地问了一句。

"意思就是，明天是你最后一天上班。"

芭芭拉·布什也承认，她给克里斯打的那个电话给他"惹了麻
烦"。艾莫里遭到了公开谴责，用希拉里的发言人尼尔·拉提莫的话讲
就是："他严重缺乏判断力。我们认为，作为一名官邸员工，在他那样
的位置上，本应对第一家庭的隐私给予最大限度的尊重。"艾莫里说，
失去工作和五万美元的薪水，对他的打击很大。"我有一年时间都没工
作，"他说，"他们直接斩断了我的后路。我很好奇，要是对付某个很
有权势的人，他们又会怎么做。"那晚回家后，他接到的第一个电话来
自芭芭拉·布什的助理，对方说布什夫妇刚刚听到消息，如果能帮得
上忙，他们会尽力帮。"第二个电话来自麦吉·威廉姆斯的办公室（希

拉里的办公室主任），她说要是接到媒体打来的任何电话，我应该叫他们去找白宫。我心里立即说：'嗯，当然，我们一直都是这么做的。'挂完电话，我才想起来：'等下，他们刚刚炒了我的鱿鱼啊！'"

这么多年过去之后，艾莫里悲伤地告诉我，他明白了自己被解雇的理由。"她面对的压力太多太多了，"他这么评价克林顿夫人，"很不幸的是，我成了牺牲品。"

但是，至少有一名员工对艾莫里的说法表示怀疑。这名不愿透露姓名的员工说，克林顿夫妇疑神疑鬼实在情有可原，毕竟很多官邸员工曾为共和党总统服务了十二年。这名消息人士称，"第四十一任总统老布什未能连任时，招待办公室的人都很气恼……而且他们当着克林顿夫妇时也这样"，尤其是艾莫里，"是个彻头彻尾的共和党人"，此外，他自己还说如果里根卸任后邀请他的话，他早就跟着他们去加利福尼亚了。

艾莫里可能并没有总是把自己的情绪掩饰好。据他的同事说，有一天，克林顿从二楼下来去参加一个活动，艾莫里说了一句："我就想不明白为什么他一出现大家就像要高潮了一样。"同事说，他说这些话时还故意抬高了声音，刚巧能让克林顿的助手听到。

同样，克林顿夫妇也有充分理由不信任他们的安全人员，因为他们当时还没有从所谓的"州警门"（Troopergate）[1] 中回过神来：克林顿

---

[1] 1994 年 1 月，保守派杂志《美国观察家》（*American Spectator*）报道说，阿肯色州的州警声称他们曾为时任州长的克林顿安排过私通行为。后经调查发现，这一指控毫无根据，而且这些州警在接受采访后，还收受了一位保守派募捐人的酬金。此事对后来克林顿被弹劾一案产生了一定影响。

担任州长期间，几名负责保护他的州警察向媒体透露说，他们曾为克林顿的婚外情提供过方便。

还有一件事，也格外让克林顿夫妇感到不安。1994 年的一个深夜，他们全家去了戴维营庆祝复活节，只有切尔西以前的保姆、在白宫当助理的海伦·狄基留在白宫。但突然，她在三楼的房间里听到楼下的第一家庭居住区传来了嘈杂声。她下去查看时，发现一群带着武器的黑衣男子正在乱翻总统一家的东西。

"你们在干什么？你们根本没有权利在这儿。"她喊道。

"我们是特工，在例行公事。你出去。"他们告诉她。

希拉里回来后，要求总招待盖里·沃特斯做出解释。他道歉说，自己忘了告诉她特工要搜查二楼，看看是否有窃听设备。希拉里听完勃然大怒。

克林顿一家很看重他们的独处时光。在 1993 年的一次采访中，希拉里说她很喜欢白宫的二楼，因为只有在那里才不会有特工一直跟着她的家人。"我们可以叫那些全职员工下班后便离开，这样那里就没什么人了。那种感觉很棒，因为其他地方一直都有人围着我们转。"

据大多数人的说法，切尔西十分尊重官邸的员工，不过朗恩·佩恩却认为，她实际上受到了父母对特工那种敌视态度潜移默化的影响。克林顿政府初期，二楼电梯口靠近总统电梯的地方会有特工值守，同一层的条约厅对面的大楼梯尽头也安排了一名特工。（在克林顿的要求下，这些岗位后来都被挪到了国事楼。）佩恩说，有一天他经过二楼的私人厨房时，一名特工也跟在他后面走了进来，准备护送切尔西去华盛顿西北部的西德威尔友谊私立学校[1]上学。切尔西当时正在打电话。

"哎,我要挂了。"她和朋友说,"那群猪来了。"

佩恩记得那位特工脸涨得通红:"克林顿小姐,我得跟您说句话,我的工作是替您和您的家人挡子弹,明白吗?"

"呵呵,可我爸爸妈妈就是这么叫你的呀。"她回道。

————

门卫普莱斯顿·布鲁斯说,他曾有过一种不祥的预感,觉得尼克松的两名亲信有一天会背叛他。当时的时间是 1968 年 11 月,布鲁斯已经在白宫当了十五年的门卫。尼克松赢得大选三四天之后,一名政治助理开始频繁地出现在白宫,布鲁斯感到有些不对劲。"我听说这个人事无巨细地询问了白宫如何运作的问题,似乎细枝末节也逃不过他的好奇。"

那个人就是尼克松的顾问及国内事务助理约翰·厄里克曼。总招待韦斯特带着他参观白宫时,被他连珠炮似的问了很多问题。

布鲁斯还从没见过这种事。"我们这些官邸员工知道怎么保证第一家庭的安全和舒适——这是我们的本职工作。这个人到底想干什么呢?"

尼克松一家花时间记住了每个人的名字,这让布鲁斯很欣慰——

1　西德威尔友谊学校(Sidwell Friends School)是华盛顿特区一所著名的贵格教派私立学校,被誉为"华盛顿私立学校中的哈佛",该校校友都是各行各业的精英,其中不乏很多政治家及其子女,比如奥巴马总统的两个女儿目前便在此读书。此外,罗斯福的儿子、尼克松的女儿和阿尔·戈尔的儿子等也都毕业于这所学校。

一共有八十个名字——但他却非常厌恶厄里克曼和尼克松的新任办公厅主任 H. R."鲍勃"·豪德曼对待他的方式。"他们好几百次地需要坐电梯，但每次他们都是唐突地命令我说'带我上二楼'，连个请或谢谢都没有。他们对我完全视而不见，好像我是空气一样。"

尼克松和布鲁斯之间总是有说有笑，但豪德曼做的一些事，却摆明了是要所有人知道官邸的员工只是用人，别的什么也不是。他的办公室发出一份备忘录，里面说任何向总统或第一家庭成员索要签名或寻求帮助的员工会立即被解雇。"我们觉得这么做太卑鄙了，"布鲁斯说，"我们怎么也不至于愚蠢到向总统提这种要求的。"

在举办国宴时，豪德曼不让任何人站在国宴厅外，连特工都不行。但是，对男仆们来说，站在走廊里听里面的祝酒词，一直都是传统，也是特殊待遇。

男仆赫尔曼·汤普森说："豪德曼和厄里克曼这俩人不对劲儿，你看他们一眼就知道他们绝对不会尊敬我这类人。"

大多数总统的顾问非常维护总统，但不会涉入官邸的日常运作。"就连我们铺桌子的时候，也能看到豪德曼和厄里克曼走来走去，"汤普森摇头说，"他们那副做派，就好像一切都归他们管似的。"

水门事件之前，尼克松本人很受大家的爱戴，不过员工们也承认，比起他们的前任，尼克松一家要更一本正经，更拘谨生硬些。厨师弗兰克·鲁塔讲了一个故事。洗碗工弗兰基·布莱尔是个令人愉快的非洲裔美国人，堪称厨房一景。一天晚上，和家人吃过饭后，尼克松踱着步来到了楼上的厨房，不知怎的，和正在洗碗的布莱尔聊起了保龄球——尼克松是狂热的保龄球爱好者，他还专门在北门廊下面的地下室装了一条保龄球道。尼克松问布莱尔愿不愿意和他打保龄球，结果这俩人一直玩到凌晨 2 点。"还可能干掉了一瓶苏格兰威士忌。"鲁塔补充说。

等到结束后，布莱尔转身对总统说："我太太是绝对不会相信我和您打保龄球到这么晚的。"

"那你跟我来。"尼克松说。

两个人一起走回了椭圆形办公室，然后总统给布莱尔的太太写了张字条说，很抱歉把他留到这么晚。

招待纳尔逊·皮尔斯也记得在水门事件毁了尼克松的总统职位前他与这家人度过的快乐时光。有一次，他听说总统和第一夫人要去他出生的西雅图某地，便和尼克松夫人说他最怀念的就是西北地区白雪皑皑的大山。没过多久，他就接到了第一夫人一起同行的邀请。

"总统的秘书给了我一份飞行路线图。"皮尔斯回忆说，他很仔细地研究了一下，"想弄清楚自己会看到什么，认出什么。但离华盛顿州越近，我却越什么也看不到"。突然间，就在他想平复一下心绪的时候，"飞机朝右猛地一转，亚当斯山、圣海伦山、贝可山、雷尼尔山出现在了我的眼前……我知道，肯定是有人要求飞行员改走这条路线，好让我看看这些山"。

1941 年时，皮尔斯年仅十六岁，从那以后他便再没有回过家乡。"他们朝右猛转的时候，我才知道发生了什么，我的情绪当时特别激动，还哭了起来。"

回到白宫后，皮尔斯问第一夫人是不是为了他才让飞行员飞那条路线。她回答说："我也想看看那些山呢。"然后，调皮地冲他眨了眨眼。

尼克松一家虽然和员工们一本正经，但却很和善——也正因为这种和善，看着总统慢慢垮掉时，大家才更觉痛苦。水门事件的调查持续了两年之久，而每过一天，总统似乎就更憔悴几分。每天早上他来回于椭圆形办公室时，都耷拉着肩膀，一副被打败的样子。后来当上电工长的比尔·克莱伯记得尼克松在第一个任期时，有着极为严格的日程安排，每天很早就会到椭圆形办公室。但是水门事件让他陷入了深深的抑郁之中，他的所有例行安排"随之土崩瓦解"。

丑闻最波涛汹涌的那段时间里，帕特·尼克松和她的两个女儿似乎也陷入了绝望。"哎，布鲁斯先生，"尼克松的女儿朱莉满眼噙着泪水和这个门卫哭诉道，"他们怎么能用那么难听的话说我爸爸！"尼克松的另一个女儿特蕾西亚告诉我，官邸员工的支持给了她很大安慰。"你会感到周围全是正面的力量——那种我们知道你们是什么样的人，我们知道你父亲是什么样的人，我们很爱你，也会一直敬仰你父亲。"她说，在官邸工作的人，目光能"超越政治，超越事件本身，看到真正的人"。

但是在这一切的背后，侵扰着尼克松政府的紧张气氛也影响到了官邸员工。尼克松或许扔掉了约翰逊那个工业级别的淋浴，但也带来了他自己的一些浴室怪癖，要求在原来的淋浴那里装个能让人感到平静的漩涡浴缸。特拉菲斯·布莱恩特说："寻找各种方式放松自己占据了总统在白宫的大部分时间。"由于尼克松太过疑神疑鬼——比如他那份著名的政敌名单——员工们后来都不知道该怎么做才好。对包括纳尔逊·皮尔斯在内的很多员工而言，水门事件甚至比肯尼迪遇刺还叫

比尔·克莱伯

人不堪忍受。"你只能眼睁睁地看着一个人一天一天地垮掉，但却什么忙都帮不上。"

1974 年 8 月 8 日晚上 9 点，尼克松宣布辞去总统一职。宣布这个消息前，他坐在椭圆形办公室的桌子后面，要求屋子里尽可能人少一些，甚至连特工都不能待着。"只有一个摄像师、一个电视公司的技术人员、两个军队的人，还有我。因为为了声音和图像，我们必须在里面。"现在住在马里兰州洛克威尔的克莱伯，坐在他家厨房的台子后面，回忆起了这些恍如昨日的往事："屋子里一片死寂。说真的，安静得吓人。"

尼克松发表完压抑又克制的讲话后，克莱伯便离开了椭圆形办公室，沿着柱廊往外走。尼克松在后面跟着一言不发。克莱伯停下来等了会儿，让这位大势已去的总统走在了他前面。

"你要去哪儿，比尔？"尼克松问。这大概是他一生中最难熬的一天。

"回白宫去。"克莱伯局促不安地告诉他。

"那跟我一起走走吧。"总统说道。

两个人肩并肩，沿着玫瑰园边上的柱廊往白宫走。克莱伯突然停了下来，转身看着尼克松。

"您应该感到自豪的。您刚才做得很好，已经尽力了。"

"是吗？我希望大家也都能这么想。"尼克松回答说。他的眼中泛起了亮光，克莱伯觉得他似乎是在努力把眼泪忍回去。

"他们总有一天会这么想的。"克莱伯告诉他。

在官邸的底楼分别时，两个人谁都没有说话。尼克松向总统电梯走去了，克莱伯下了地下室的楼梯，回到了电工店。

那晚，尼克松到凌晨 2 点还没睡，一直在他最喜欢的林肯客厅里打电话。白宫外面则有人群在呼喊："总统蹲大牢！总统蹲大牢！"后来他终于躺到床上后，却一直辗转反侧，难以安睡。又一次醒来时，尼克松看了看表，发现时间才 4 点，但由于没法重新入睡。他就想起来找点吃的。可到厨房时，他惊讶地发现男仆强尼·约翰逊已经站在了那里。

"强尼，你这么早起来做什么？"

"不早了，总统先生，"约翰逊说，"快 6 点了。"

在 1983 年的一次采访中，尼克松解释了这件小事的原委："（手表）没电了，耗尽了，正好在我最后一天任职的凌晨 4 点，"他说，"到那会儿，我也一样耗尽了。"

布鲁斯还记得最后一天在白宫的电梯里看到尼克松的情景。他对尼克松说："总统先生，此时此刻，我真希望在我一生中从未发生过。"两个人在电梯的隐秘空间里拥抱在一起，泪流满面——就像十多年前肯尼迪遇刺后，肯尼迪总统的夫人、弟弟和他拥抱痛哭一样。

尼克松对布鲁斯说："你是一个真正的朋友。"

————

里根总统是个友好到过分的人，以至于在他入主白宫一段时间后，女佣、男仆和招待们都学会了经过官邸的中厅时，怎么偷偷躲进某道门里，因为他们不太想被里根总统拉住聊个没完。里根尤其喜欢聊加利福尼亚州，他在那里曾当过八年的州长。克里特斯·克拉克记得他在粉刷总统的健身房时，里根几乎每晚都会过来看看。"某一天他又过来的时候，有个油漆工恰巧站在他的跑步机上。我被吓了个半死，以为他会发飙。但是他没有，反而说：'我给你示范下这东西怎么用吧。'然后他站到上面，走了起来。"

南希·里根不太认可丈夫这种和员工们闲聊的习惯。"她会按照自己认为他该有的样子来调教他，"克拉克说，"不想他和员工们往来。"

1981 年 3 月 30 日下午 2 点 25 分，履职仅六十九天的里根在华盛顿的希尔顿酒店发表完演讲后，遭遇枪击，小约翰·辛克利拿着左轮手枪朝他开了六枪。这次刺杀行动震惊了那些还在和这位好脾气的总统慢慢熟悉的员工们。

里根遇刺当天，克拉克正在日光浴室里，南希·里根、她的室内设计师泰德·格瑞博和总招待莱克斯·斯卡尔顿也在一边。"我一辈子都忘不了那天。"克拉克回忆说，"有人进来，和他们耳语了几句后，他们就走了。我还留在那儿调油漆，好搭配某种布料的颜色。"

第二天，正当丈夫在医院里养伤的时候，南希·里根自己也受了伤。她回到官邸后，到了三楼的娱乐厅（Game Room）——一个很舒服的小空间，里面还有张台球桌——取丈夫最喜欢的相片，想拿到医院给他个惊喜。由于楼下有车在等，所以她自己踩了把椅子去拿，结果摔了下来，导致多根肋骨骨折。知道这件事的官邸员工只有几个人，她自己也从未向外界透露过，直到现在才有人说出来。

几十年后听到此事时，里根的儿子罗恩甚至都记不得这件事有没有发生过，不过他对此并不感到惊讶："她那会儿绝对是一心扑在他身上，根本不会让几根断掉的肋骨妨碍她。"在那个时刻，就像官邸员工日日所践行的那样，南希·里根也表现出了同样的百折不挠。

VI

Sacrifice **自我牺牲**

第一天的时候，我觉得招待办公室就是个十几平方米的疯人院。大家一整天都跑进跑出，电话铃尖叫个不停，蜂鸣器也一直在嗡嗡响。

——J. B. 韦斯特，1941—1969 年间担任招待及总招待

《白宫楼上：我的人生与第一夫人们》[1]

1　韦斯特回忆录：*Upstairs at the White House: My Life with the First Ladies*, New York: Warner Books, 1973。

招待纳尔逊·皮尔斯和妻子卡罗琳住在弗吉尼亚州阿灵顿郡一幢美国早期殖民地风格的白色小房子里，距离白宫大概 6.5 千米。皮尔斯生前（他在 2014 年 11 月 27 日去世）很喜欢和卡罗琳坐在门廊的秋千椅上享受夏日时光。有一次采访时，我问他结婚多久了，他瞅了妻子一眼，想让她提示一下。但卡罗琳似乎一点都不介意丈夫的记忆临时出了岔子，事实上，她似乎已经习惯了在夫妻二人的关系中扮演那个拿主意的人，而且，由于丈夫异常辛苦劳累的工作安排，在他们六十六年的婚姻中，卡罗琳几乎是自己一个人带大了四个孩子（两男两女）。

有一个日子皮尔斯倒是记得很清楚，那就是他开始在白宫上班的时间：1961 年 10 月 16 日。在他二十多年的白宫生涯中，皮尔斯的工作时间又长又没有规律，以至于他真的在家时，妻子反而会觉得奇怪。由于招待们的班经常倒换，皮尔斯只好在家里的电话旁放了一张日程表，好方便妻子了解他的工作时间。卡罗琳说，她的孩子们"过的也是白宫式生活"。她要一遍又一遍地告诉他们："'我们今天不能干这个了，因为爸爸要上班。我们今天去不了了，因为爸爸要上班。'你的生活要围着白宫转。"（她曾经取笑丈夫说，孩子们的朋友从来不明白皮尔斯是干什么的。听了他的头衔，他们都以为他是电影院的招待员。她开玩笑道："这个把他的气焰打击了一下。"）

但皮尔斯从来都没有忘记在白宫工作是一种荣幸。有一天，尼克松的助理斯蒂夫·布尔离开西翼的时候，皮尔斯正从台阶上来准备接班。布尔取笑他说，怎么还没到需要出示证件的时候，就在行车道上把白宫通行证戴到了脖子上。皮尔斯认真地回答道："这个国家有两亿一千万人，可有多少人能有幸戴上它呢？"

布尔愣了一下，回道："我从来没这么考虑过。"皮尔斯在白宫的那些年中，为了竭力满足林登·约翰逊的要求，让自己的婚姻承受了极大的压力。作为一只夜猫子，约翰逊经常是晚上 10 点才吃饭，睡几个小时，凌晨 4 点又起来。（从 1930 年就开始在白宫工作的木匠艾萨克·艾弗里，从来没见过这样的事情。"肯尼迪一家活得就挺急急忙忙的，"他说，"可约翰逊总统的生活简直就是一场赛跑。"）

约翰逊总统的女儿琳达记得他父亲的"工作是两天一班"。她说，父亲会"很早就起来工作"，到下午两三点或者有空休息的时候，再回官邸吃点午饭——有时候已经到了下午三四点了。吃完饭，他回到卧室换上睡衣，睡半个或一个钟头，然后，第二天就开始了。

官邸员工为了适应约翰逊的需要，不得不调整工作安排、轮班工作，一组招待、女佣、男仆和厨师早上七八点开始，工作到下午四五点，另一组在午饭后上班，工作到深夜或者凌晨。

每天晚上，海军总司令会在总统的居住区向他汇报消息。皮尔斯在夜里当班时，一般会在楼下等着，到海军司令下来告诉他总统已经就寝后，他才会离开。皮尔斯回忆说，时不时地，总统会趴在桌上睡着，总司令就得坐到一边，等着他醒过来后，再接着把消息汇报完。

皮尔斯说："那会儿我们都是凌晨 3 点、4 点，甚至是 5 点，才下班。"他的口气中没有一丝的不满。

约翰逊并不是唯一一个喜欢熬夜的人。皮尔斯回忆说，有几次，肯尼迪夫妇举行的派对一直持续到了深夜，他只好给妻子打电话，让她告诉大儿子要等着他回去后，再一起完成十千米长的华盛顿邮报送报路线。下班后，他会急着赶回家，再开车和他去送报纸。很多时候，这是他一天中唯一可以见到儿子的时间。

招待们的工作强度之大，连一些西翼的高级幕僚都感到惊讶。2010 年 3 月 21 日，奥巴马那份具有历史性意义的医保法案获得通过后，白宫决定当晚为参与这项法案的工作人员举行庆祝会。结果，最后一刻才得到通知的官邸员工仍然高效地完成了组织协调工作。这让奥巴马的前私人秘书凯蒂·约翰逊大为吃惊。

"我们都不确定医保是否会通过，直到下午 4 点才知道，而且，参与医保方案的人员数量远远超过了我们原先的预计。所以，我下午 4 点半才把电话打到了官邸，告诉他们要在晚上 8 点前准备好一百人的酒水和食物。"她本以为这个要求会被挡回去，"结果他们说：'好，没问题，包在我们身上。'"仅用了几个小时，官邸员工们就办到了。最后，西翼的工作人员在杜鲁门阳台上喝着庆祝香槟，度过了一个令人难忘的夜晚。

那天，是前白宫发言人里德·切尔林唯一一次踏足白宫的居住区。（奥巴马夫妇尤其注重隐私，经常出现在楼上的只有包括瓦莱里·杰拉特在内的几名密友。）切尔林说，他至今"记忆犹新，因为知道自己再也不会有机会上那里去了"。

大家喝香槟的时候，奥巴马的演讲撰稿人亚当·弗兰克尔问雷吉·洛夫，能不能去参观一下林肯卧房。没过一会儿，所有人都想要加入这个自导自游的参观团了。

"那就随便转吧。"奥巴马总统告诉这群好像过节一样喜庆的人。

有他这句话就够了。"从高官到最普通的员工，每个人都在二层卧房里逛来逛去，笑逐颜开，"切尔林回忆道，"总统那天心情很不错。"

奥巴马说："我今天胆敢让你们上这里来，是因为米歇尔在外地。"对自己的书法水平十分自豪的总统，还指着林肯卧室里一份葛底斯堡演说的复制品，告诉年轻的工作人员们，他非常羡慕林肯的字能写得这么漂亮。

奥巴马时常会被认为是一名有些疏远、冷淡的政客，但他在说起白宫时，又像个小男孩一样调皮。就职典礼后不久，弗兰克尔曾领着一个新的撰稿人到了椭圆形办公室。

"这是你第一次到白宫吧？"奥巴马问。

"是的，总统先生。"弗兰克尔的同事回答。

"怎么样，很酷吧？"

————

行政主厨沃尔特·沙伊伯很乐意承认的一点是，他很荣幸也很感激有机会在白宫工作——虽然他把在这里工作比作蹲监狱。

"你每天都为同样的人工作，私生活、家庭生活、社交生活统统都没有，而工作时间以前曾被我们称为'白宫弹性工时'——意思就是，你可以选择一周的任意八十五个小时来工作。你会失去家人，失去社交，失去私生活，在很多情况下，甚至还会丧失你的职业生活，因为你每天都在跟同一群人工作，天天如此。所以，你得想办法找到新的方式来保持活力。"

我采访过的很多男仆都已经离异，部分便是因为他们的工作。男仆詹姆斯·拉姆齐虽然在1995年离婚时把房子和车子都赔了出去，但他却坚持说那之后才是自己这辈子过得最开心的人生。"我现在的生活，想来就来，想走就走，想干什么都可以，没人指使我干这干那。我很喜欢这样的生活。"不需要对谁负责，在工作时间飘忽不定的情况下，其实很方便。比如，拉姆齐有时候清晨五六点就已经出门，要是有国宴的话，次日凌晨2点才回家。

男仆詹姆斯·豪尔（被南希·里根昵称为"大个儿"）1963年起在白宫工作，九年之后离了婚。如果国宴的时候正式员工人手不够，他会被叫去帮忙服务。豪尔平时在国家档案馆做图书馆技术员，所以他经常是工作一整天之后，才在最后一刻被叫过去。

豪尔去世的时间和他的朋友詹姆斯·拉姆齐差不多。去世前，我在马里兰州苏特兰的养老院采访了他。豪尔的公寓干净整洁，其中一间卧室就像一个献给他白宫生涯的圣殿，摆满了各种纪念品，比如总招待莱克斯·斯卡尔顿给他写的信，感谢他在纪念越战战俘的宴会上的服务，还有在特蕾西亚·尼克松的婚宴上提供的协助。在这些信的旁边，挂着他父亲在1995年去世时克林顿总统发来的唁电。

豪尔的心里没有藏着任何怨怒，无论是对于离婚还是在白宫加班的那些深夜。他很怀念尼克松当总统时男仆们穿着晚礼服和白马甲的时光："他们让我们把白马甲脱了，穿上了黑马甲，因为他们说我们看起来'比那些宾客还要帅气'。"

当然，在白宫工作并没有危及每个人的婚姻。事实上，有些夫妻就是在那里相知相爱的。被撮合了很久之后，行政管家克里斯汀·克朗斯终于腾出时间，在1980年和维修工罗伯特·利默里克坠入了爱河。两人第一次见面，是在克里斯汀给罗伯特量尺寸，为他定做工作服的时候。克里斯汀回忆说，罗伯特的老板，也就是维修工领班，一直逗他们俩——后来，他们干脆决定："行，那我们就去约会，满足他。"结果，没到一年，二人便喜结连理了。

当她把订婚的消息告诉南希·里根时，这位第一夫人兴奋极了。"我觉得她好像是担心我会变成老处女。"克里斯汀大笑着说。她之前的那位管家嫁给了糕点主厨，所以打那儿以后，"大家就开玩笑说，管家们到白宫来是为了钓老公。"他们在马里兰州的迪尔举办了一个小型婚礼，出席的六十五位宾客中，有四十位是官邸员工及家属，包括盖里·沃特斯和莱克斯·斯卡尔顿。

不过，他们忙碌的工作安排仍然很有挑战性。克林顿在白宫时，利默里克每个圣诞节都要加班，最终她和罗伯特决定，在如此累人的工作节奏之下，还是他辞去白宫维修工会对两人更好些。而且，除了协调工作安排让人懊恼外，夫妻二人也不能过多谈论他们在工作时听到或看到的那些不可思议之事——虽然他们都在白宫上班。只是，利默里克坚持说："我们并没有总是回到家就开始乱说。"

————

　　招待斯基普·艾伦 1979 年起开始在白宫工作，一直干到了 2004 年，而他认识的一位同事，甚至还为工作献出了自己的生命。弗莱迪·梅菲尔德在 1962 年时当上了官邸的勤杂工，负责吸尘打扫和搬运大家具。被提拔为门卫后，他那一头白发和白领带、黑礼服，让他成了白宫的标志性人物（他和同事普莱斯顿·布鲁斯一样有着一种冷静威严的气质）。作为门卫，他每晚都要在电梯口等着把总统送回官邸。"弗莱迪·梅菲尔德有着最灿烂的笑容，"露西·贝恩斯·约翰逊说，"每天都像在过圣诞。"

　　一天，梅菲尔德偷偷告诉艾伦，他的医生说他需要心脏搭桥手术——而且立即就要。梅菲尔德说："我知道一定要做，医生说我得马上做，但我还是等到总统下次出行的时候再做吧。"可等下次出行到来时，一切已经晚了。梅菲尔德在上班路上突发心脏病去世，年仅五十八岁。"他没有做心脏手术，是因为他一直在说，'总统现在需要我，我还是等到他下次出行的时候，再去医院吧。'可他没有挺到那一天。"艾伦说，"并不是梅菲尔德认为他是唯一能干好他那份工作的人，而是对这份工作的自豪，是'我想尽力为总统做到最好'，所以他们会不惜一切去这么做。"

　　1984 年 5 月 17 日，南希·里根出席了梅菲尔德的葬礼。因为他的离世而异常悲痛的第一夫人在葬礼上说道："没有他，都觉得不对劲了。"男仆赫尔曼·汤普森看到坐在观众席中的南希·里根后，深受感动："我觉得这是对逝者的一种尊重。"几十年后，南希·里根仍然记得在电话中得知梅菲尔德去世的消息时，有多么"震惊和悲痛"，她立刻意识到，"一切都变了，电梯里再也无法看到他的笑容"。

白宫的员工之间充满了家人般的感情。在弗莱迪·梅菲尔德那个年代，他们经常一起打高尔夫球，而每个周五晚上，一群人还会聚到艾森豪威尔行政办公楼[1]那个小保龄球馆，与特工和警察们一决高下。纳尔逊·皮尔斯的妻子卡罗琳听到老朋友弗莱迪的名字后，脸上顿时神采飞扬："他很喜欢吃火鸡的脖子。每个感恩节我都会把火鸡脖子留着，寄给弗莱迪。"

这种同伴情谊一直绵延至今。如果某个员工家里有人去世，或者付不起医药费，同事们就会凑点钱，放到一楼配膳室的罐子里，在经济上帮衬一下。

"你某天可能过得很糟糕，有个男仆早上来上班时，和你打个招呼寒暄一下，就把你逗得前仰后合了，"招待南希·米切尔回忆说，"总会有人过来，让你打起精神，感觉好受些。"

男仆詹姆斯·杰弗里斯的家人好多都在白宫工作过。事实上，他有九位家庭成员都是官邸员工。他的舅舅查尔斯·费科林是领班，另一个舅舅约翰·费科林刚开始是男仆，后来也当上了领班。

2012 年，杰弗里斯的母亲去世，他泪眼模糊地回忆说："除了总统外，基本上所有人都出席了我母亲的葬礼。"他的母亲从来没有在白宫工作过，但是男仆巴迪·卡特、詹姆斯·拉姆齐和库房长比尔·汉密

1　艾森豪威尔行政办公楼（Eisenhower Executive Office Building）即前文提到的老行政办公大楼。1999 年 11 月，克林顿总统签署法令，批准为这座楼更名，以纪念艾森豪威尔总统。

尔顿都前来参加葬礼，以示对费科林一家的支持。而且，他的同事们虽然并不富有，却贡献了近四百美元的纪念捐款。更让杰弗里斯惊讶的是，他的另一位舅舅去世时，也发生了同样的情形。"我这个舅舅没有在白宫工作过，不过他也是费科林家的人。他在弗吉尼亚州阿米斯维尔去世后，我们在那里举行了葬礼。可就在葬礼进行的时候，我听到教堂的门开了，接着韦斯特先生、男仆们和其他一些白宫的人走了进来。我记得有人还在教堂读了他们带来的总统的一封信。"他顿了顿，继续说，"我当时就哭了，大家竟然心里还惦记着我们，专程赶来，让我特别感动。"

杰弗里斯现在一周仍然会有几天在白宫做男仆，他说："等到两条腿站不起来的时候，我再退休。"他到达白宫后，要做的第一件事是去配膳室的储藏柜里查看当天的任务清单，比如有可能是在一楼的配膳室当班，负责酒水或收拾工作（拿着托盘去收用过的玻璃器皿）。他说，他更喜欢在后面当当酒保、洗洗盘子，因为对于一个患有关节炎的七十岁老人来说，端着满是玻璃杯的托盘还是有些吃力。他说，最近主管还问过他身体是不是吃得消，因为他一次端着两个盘子在配膳室和东大厅来回跑的时候，有些喘不过气来。不过，他对于这类担心一概轻描淡写——他说："我不想抱怨。"——现在，他的同事都不让他干太重的活儿。他1959年开始上班时，也以这样的方式照顾过那些年纪大的男仆。

"我记得以前的时候，有些男仆年纪太大了，端着满是酒水的托盘，你会突然听到这些酒杯咣当作响，因为他们胳膊没力气了，"他说，"然后我出去把盘子接过来，顶了他的班，这样他就能去后面休息一下了。"

男仆们经常都能给第一家庭和他们的助理留下长久的印象。德斯蕾·罗杰斯回忆说，2009年时，曾长期在白宫工作的男仆斯迈尔·"笑脸儿"·圣欧班突然去世，他的死"是我工作期间，我们团队在工作期间，遇到的最令人感到沉痛的事情之一"。她说这些时，好像是在谈论自己家中去世的亲人一样。她说，为了纪念圣欧班，奥巴马夫妇还请他的家人来到白宫，举行了一个悼念仪式。

"他是个特别特别亲切的人，在工作方面无可挑剔。所以大家才叫他'笑脸儿'——因为他总是笑嘻嘻的，随时都准备好服务他人，乐于帮忙，不管是我们办公室需要什么东西，还是同事有什么需要，"她补充说，"我觉得，他的死对我们而言是个巨大的损失，尤其是在刚来到白宫，一切都还在摸索学习中的时候。那段时间很艰难。"

员工们的牺牲并非无人知晓。查尔斯·艾伦的父亲是男仆、领班尤金·艾伦，他曾经给查尔斯讲过一个故事，显示了第一家庭和员工间那种相互的忠诚。一个男仆的妻子罹患了癌症，约翰逊夫人非常担心，一直追问她的治疗情况。听完男仆的回答后，她非常不满意，便打电话找来了两名全美声望最高的肿瘤学家。当天下午，他们从纽约飞到了华盛顿国家机场，来为男仆的妻子会诊。

另一件同样展示了爱与尊重的事，发生在电工比尔·克莱伯身上。他的儿子出生后，特工来找他。

"你妻子在哪儿？"对方问。

"在塔科马公园市的华盛顿基督复临安息日会医院（Washington Adventist Hospital）。"他对特工说，"问这个干什么？"

他们回答，约翰逊夫人想送一束花过去。"不会吧？"克莱伯简直不敢相信自己的耳朵。他顿了顿，多年之后想到这里，他的眼睛又湿润了起来，"第一夫人出去买了花，带着花去了医院，亲手送给了她。"

他回忆这些时，妻子碧就坐在他身旁。不过，当我要她详细讲讲那天的事情时，她却摇了摇头。看来有些记忆，她只想留给自己。

第二天，克莱伯向约翰逊夫人道谢时，她回答说，这是她当第一夫人以来，干过的最容易的一件事。

VII

Race and the Residence　　种族黑白

任何了解这个国家错综复杂历史的美国人，都能感受到这一点，尤其是当你看到描绘白宫修建的那些画，看到那么多建造这座官邸的黑奴却无权进入其中的时候。他们中的某些人，或许就是我的先人，所以，我们成为这么多年来第一个入主白宫的非洲裔美国人家庭，便具有了一种深刻的力量与意蕴。

——第一夫人米歇尔·奥巴马

奥巴马总统在 2008 年的历史性选举，标志着美国历史中的一个重要转折点，被很多人赞颂为民权运动的最辉煌成就。可就在四十多年前，非洲裔美国人在种族隔离的美国南部还遭受着法律的歧视对待；那之前再回数一百年，白宫对面的拉法叶广场上还设有奴隶窝棚[1]。而现在，一群基本上由非洲裔美国人组成的男仆队伍，正在为这个国家第一个非洲裔美国人第一家庭提供着服务。

刚搬进去时，奥巴马一家在员工面前十分小心翼翼。有些观察人士认为，他们可能并不完全习惯有男仆为他们跑前跑后。毋庸置疑的是，这对第一夫妇很清楚他们独特的历史地位。这不光是说奥巴马是第一位当选总统的非洲裔美国人，还包括——正如他在 2008 年初选阶段那次广受赞誉的演说中指出的——他还"娶了一位体内流淌着奴隶和奴隶主血液的美国黑人"。米歇尔·奥巴马的高祖父吉姆·罗宾逊是黑奴，她的曾祖父弗雷泽·罗宾逊年轻时是文盲，后来才自学识字。事实上，奥巴马夫人的一些亲属曾经从事的职业和官邸员工的就

1　奴隶窝棚（slave pens），指的是奴隶交易中，临时关押奴隶的地方。

很像——比如她的外公珀赛尔·希尔兹曾是芝加哥的一名杂物工，她的一个姑母则当过女佣。

当选之后，奥巴马总统一直刻意避免陷入种族关系的泥沼中，他的助手们也很少谈及第一家庭和官邸员工间的关系。不过，2011年退休的白宫首位黑人总招待斯蒂芬·罗尚注意到，那些黑人员工和奥巴马夫妇间有一种特殊的默契，因为"他们源自同一种文化"。他提到，官邸员工中有一种"自豪感"，因为"这个国家已经进步到了这种水平，选出了一位黑人当总统"。

对德斯蕾·罗杰斯（现任约翰逊出版公司的CEO、《喷气机》和《黑檀木》[1] 杂志的出版人）而言，作为第一位担任社交秘书的非洲裔美国人，服务的对象也是一个有些特别的第一家庭，有着更为特殊的意义。"就职典礼当天，最让我动容的是官邸那些准备迎接第一位非洲裔美国总统的绅士，我无法不被他们的样子吸引。坦白地说，他们让我想起了我的祖父，他也是我们家的顶梁柱。"罗杰斯说，要是祖父能看到这些该多好。

罗杰斯常听男仆们说，他们从来没想过自己有一天还能为第一位黑人总统服务。所以他们可能比平时还要更努力一些。"我能看到他们在为迎接第一家庭的入住做准备时的那种骄傲。看着大家为他们的到来收拾官邸，看着这些绅士不辞劳苦地确认每一个细节，力求把一切做到完美，静候他们从游行归来，对我而言，的确是令人感动

1　《喷气机》（*Jet*）和《黑檀木》（*Ebony*）是两本专门针对非洲裔美国人读者的综合类杂志。

的时刻。"

朗尼·邦奇是史密森尼国家非洲裔美国人历史与文化博物馆分馆的创建者、白宫保护委员会的成员之一。他说，如果米歇尔·奥巴马从没和那些黑人员工谈论过他们共有的特殊渊源的话，那才真的叫他吃惊。不过，他也很快补充说，奥巴马一家的种族因素本身并不一定意味着他们和黑人员工的关系会比他们的前任更密切或更私人。"但是，很显然，对于这些人是谁，他们有一种认同与欣赏，"他说，"我认为会有那么一种感觉，就像米歇尔说过的，这些在白宫服务的黑人，本来可能是我或者我的家人。"

不过，2014 年退休的运营主管托尼·萨沃伊却坚持说，奥巴马一家入主白宫并没有影响他处理工作的方式。"我会尽全力，竭尽所能为那个人服务，不管他是谁，"他说，"要是换成女总统或者白人总统，我付出的也不可能更多。不会有什么区别对待。我仍然会自始至终使出百分之一百一十的力气。"

————

奥巴马两次拿下白宫，是一场尤为引人注目的胜利，因为白宫曾与奴隶制有过荆棘丛生的过往。19 世纪时，虽然华盛顿地区也有很多有色的自由人，但这里的奴隶贸易仍然十分繁盛：人口普查数据显示，到南北战争时期，这一地区居住的黑人中有 9029 名自由人、1774 名奴隶。回溯至官邸开始修建的 1792 年时，这个新首都还是一片原始沼泽，远离东海岸的各大主要枢纽——华盛顿特区是从马里兰州和弗吉尼亚州这两个蓄奴州化分出来的。1800 年 11 月，当约翰·亚当斯搬进白宫时，华盛顿三分之一的人口是黑人，且多数都是奴隶。实际上，这个国家首都的绝大部分，都是由非洲裔美国人——自由人和奴隶都有——协助建造的，他们打磨出的一块块石头构筑起了白宫和国会大厦的柱子与四壁。这些工人被他们的主人出租到政府在弗吉尼亚阿奎亚的采石场工作，报酬只有食物（猪肉、面包）和酒水（每日每人可分到约五百毫升威士忌）。然而对于他们，除了政府文件中记录的那些名字外——杰瑞、查尔斯、比尔——我们一无所知。

现在的人们已经很难想象出白宫那片土地在刚开始建造时的样子了。当时，官邸东北部建起了一个石头院子，里面的十几个大窝棚中放着切割石头的工作台。官邸的新墙边上则矗立着两个高高的脚手架，用来把石块吊装到位。这些架子支撑着巨大的滑轮，其中一些的高度甚至超过十五米，令人生畏地悬在巨大的建筑工地上空。不过，尽管它的建筑恢弘壮观——可能是南北战争之前全美最大的房子——但在第一块基石被铺下之后的数十年间，白宫却仍是一个相对简陋的居住之所。

1860 年以前，每位来自南方的总统搬进官邸时，都会带着奴隶来为自己工作，比如托马斯·杰斐逊、詹姆斯·麦迪逊和安德鲁·杰克逊。1830 年，也就是杰克逊政府期间，根据美国全国人口普查数据，白宫里一共住着十四名奴隶，其中有五名是十岁以下的孩子。朗尼·邦奇指出：“实际上从破土动工开始，非洲裔美国人就在白宫留下了他们的印记。”由于美国早期的总统需要自己支付官邸员工的薪水，所以他们的人手比较少。例如，杰斐逊只有十几个仆人，其中三个是白人，剩下的都是他直接从弗吉尼亚的宅邸蒙蒂塞洛带来的黑人奴隶。

很多早期的南方总统为了削减开支，曾用自家的奴隶替换掉官邸中那些领薪的白人和黑人自由人。詹姆斯·麦迪逊总统同样用的是从弗吉尼亚州的蒙彼利埃家中带来的奴隶。他的贴身男仆是一位名叫保罗·詹宁斯的奴隶——他在最终赎回自由身之后，撰写了第一部有关白宫生活的回忆录。

安德鲁·杰克逊总统是来自田纳西州的奴隶主，搬进白宫后，为了省钱，他把几名白人仆人换成了田纳西家中的奴隶。其中那些要与外界接触的奴隶，还要穿缀着黄铜扣子、制作精美的蓝色外套以及黄色或者白色的七分裤。他们大多数人住在屋顶陡直、光线极差的阁楼上或者拥挤的地下室集体宿舍里，而地下室的房间边上还有一个十几米长、装着巨大壁炉的厨房。19世纪前半期时，领薪的仆人和奴隶睡的都是破旧的简易床和床垫。

到扎卡里·泰勒在1849年3月就职时，北方人已经开始表现出对奴隶制度的强烈愤慨。当时，泰勒在官邸只有四个仆人，为了补充人手，同时节省开支，他曾从路易斯安那州的家里带来了十五名奴隶（其中有几个还是儿童）。不过，由于畏惧公众的反应，他基本上不敢让奴隶被人看到。1862年，华盛顿地区最终废除了奴隶制度。

当然，官邸员工的角色一直在慢慢改变。1835年时，《联邦公报》（*Federal Register*）所列的官邸管理人员中，只有园艺负责人一人。1866年，国会设立了管家职位，安德鲁·约翰逊总统雇用了林肯总统的私人通讯员、黑人威廉·斯雷德，担任官邸的第一位正式管家。这个职位的工作内容在很多方面类似于现在的总招待，负责管理官邸所有员工、督导全部公开与非公开活动。由于斯雷德要对官邸内的全部政府资产负责，所以他的契约佣金达到了三万美元——这在 19 世纪时可算是天文数字了。斯雷德的办公室很狭小，位于地下室的两个厨房之间，里面又放满了银器、陶器的独立式橱柜和装着瓷器、盘碟的大皮箱，其中有些器皿甚至可以追溯到詹姆斯·门罗和安德鲁·杰克逊时期，而且在南北战争后还会在宴会上使用。斯雷德随身带着皮箱的钥匙，正式宴会结束后，他会一一清点核对这些被清洗干净并放回原处的器皿。不过自他之后，再也没有黑人担任过白宫的总招待，一直到 2007 年时，斯蒂芬·罗尚少将才成为第二位担任此职的黑人。

在杰斐逊为削减开支把白人仆人换成黑人奴隶的时代过去一个世纪之后，富兰克林·罗斯福从海德公园请来了亨丽埃塔·奈斯比特协助控制第一家庭的庞大支出。就职典礼后不久，奈斯比特帮助第一夫人重新调整了官邸员工的队伍。埃莉诺·罗斯福决定辞退（除奈斯比特外的）所有白人员工，只留下非洲裔美国人。但是，考虑到她在倡导民权方面的总体表现十分杰出，她给出的理由就让人有些吃惊了。"罗斯福夫人和我的共识是，"奈斯比特在回忆录中写道，"肤色单一的员工队伍在工作时更有默契，更能保证机构的平稳运行。"

在这些白人员工被解雇前，白人和黑人员工分别有各自的饭厅。根据当时的黑人男仆阿伦佐·菲尔兹回忆，当黑人员工陪同罗斯福总统到纽约海德公园的宅邸时，他们是不被允许在指定的仆人饭厅吃饭，而是被告知只能在厨房吃。也正因如此，菲尔兹才在他的回忆录中写道："在白宫作为全国表率这个问题上，我持有保留意见。"

———

随着时间的推移，非洲裔美国人员工开始利用起了他们卓有声望的职位：虽然他们是仆人，但却是全美最重要的家庭里的仆人。1962年，土生土长的华盛顿人林伍德·韦斯特雷从白宫的兼职男仆做起，开启了他三十二年的职业生涯。现在已经九十三岁高龄的韦斯特雷回忆说，他在1939年做杂货店店员时，周薪只有区区六美元，到1955年，也就是和妻子凯伊结婚几年之后，才花13 900美元买下了华盛顿东北部一幢有三间卧室的平房。现在，房子的门口上并排挂着亚伯拉罕·林肯和贝拉克·奥巴马的照片，边桌上摆着一个米歇尔·奥巴马的玩偶，厨房里悬挂的相框里还放着约翰逊和卡特两家人寄给他的圣诞贺卡。听着外面的四车道上呼啸而过的车流（"现在的人开车跟疯了似的，要把对方逼下马路。"），他坐在家中回忆了自己的白宫岁月。

韦斯特雷是"私享男仆公司"（Private Butlers Incorporated）的成员之一，这是一个由白宫的非洲裔美国人男仆组成的机构，其成员会互相帮忙寻找私宅兼职，当然，兼职时间都是晚上、"宫里"工作不忙的时候。韦斯特雷说，他们是在应时而起，满足一种不断增长的需求。很多政府工作人员经常会打电话给白宫的男仆领班，向他询问那些能在派对上服务的男仆的名字，好让自己能有机会在私人活动中享受一下世界级的服务（以及炫耀的权利）。所以，要是不用在邮局上全班（从普通职员一路做到了邮政领班）或在白宫做兼职时，韦斯特雷就会在乔治城[1]为国会议员、外国大使和其他华盛顿权力掮客的晚宴上提供服务。

"他们心里乐开了花，引介你时都不称呼你为萨姆、约翰或者查尔斯，而是叫先生。我是韦斯特雷先生。"

韦斯特雷说，男仆服务历来被认为是"黑人的工作"，他的朋友们"发现我们还能赚很多外快之后"，才意识到他的职位有多神气。韦斯特雷坦言，正因为有白宫这层关系，"男仆们才在华盛顿这座城市获得了成功"。

有一天，在某次前期采访时，看到妻子凯伊涂着大红唇彩，穿着蓝色套装，拄着拐杖慢慢走进屋子，韦斯特雷的眼神立马亮了起来。他们之间的感情让人十分动容，两人还时不时打趣对方。当被问及维持长久婚姻的秘诀时，凯伊说："你爱一点，骂几句，然后收拾心情，重新再来一遍。"

林伍德插嘴进来，眉飞色舞地说："前五十年是最难的。"

2013 年 5 月，凯伊去世。携手走过六十五年婚姻之路后，韦斯特雷说，没有了妻子，他现在基本上无所适从。他谈起在妻子临死前亲吻她的额头时，语气中并没有伤感，而是有一种惊奇。他说："死是生的一部分。"韦斯特雷把妻子的讣告塑封起来装在衬衣口袋里，家中的壁炉台上面摆着她的骨灰缸，下面则挂着她的圣诞袜 —— 她去世后第二年的春天时还没收起来。不过韦斯特雷说自己在努力往前看。他忧

1　华盛顿特区最富有的地区之一，许多政府官员都居住在这里，著名的乔治城大学也坐落于此。

伤地说："我在学着如何做个鳏夫，学着煮饭、洗衣服、打扫屋子，全是我以前没做过的事情。"自己做饭的时候，他选的食谱都是凯伊最喜欢的，比如煎苹果这种，他要向家人证明自己一个人能过好，不过，他不打算再找老伴儿了："我太老啦！"

在白宫的最初十年，林伍德·韦斯特雷做的是兼职，主要是为了贴补一下邮局工作的收入。1972 年从邮局退下来后，总招待邀请他转为官邸的全职员工。"我妻子不想让我干，因为工作时间的问题。"但是他们的独生女格洛丽亚说，父亲的工作"为他们打开了许多扇门"。她很乐意告诉别人自己的父亲在白宫上班——而且发现这还能给她增加自信。但现在来看，她说："这就给我提出了更高的要求，所以我是没法出去捣乱的。"

十几岁时的某一天，格洛丽亚放学回家后，发现 FBI 的特工来家里找她。"我妈要气坏了。原来是我交往的那个男生，他年纪比我大些，不学好，摊上了什么事儿，所以 FBI 来盘问我，我就说'我什么都不知道啊'。你可以想见我父亲回来之后是什么阵势。"最后，她向父亲保证，不再与那个男生见面，因为那会危及父亲的声誉——还有全家的生计。

她说，父亲下班的时候，她通常已经进入了梦乡，但是第二天吃早饭的时候，她会追着父亲讲他前一晚服务的豪华宴会，但多数时候，她能从父亲嘴里撬出来的只有菜单。

虽然韦斯特雷在职业生涯中一直守口如瓶，但随着年纪渐长，他也开始分享一些故事。在一次采访中，他到储物间拿出了一些纪念品，其中包括 1970 年他在南草坪端酒水的照片，与神父比利·格雷厄姆在白宫礼拜日祈祷会结束后的合照，以及一个首饰盒，里面装着特蕾西亚·尼克松婚礼上剩下的一小块已经硬化了的香草蛋糕。

韦斯特雷还愉快地回忆起了1976年某晚发生的一件不可思议的事情，而地点就在白宫的红厅（位于国事楼的蓝厅和国宴厅之间，里面摆满了豪华的木刻家具，墙上还挂着绣金的大红色斜纹缎子）。当晚，白宫邀请了女王伊丽莎白二世和菲利普亲王，庆祝独立战争胜利二百周年。但在深夜时，身着无尾礼服的韦斯特雷与朋友兼工作搭档萨姆·华盛顿却撞见菲利普亲王独自一人坐在红厅里。

"亲王殿下，您想喝一杯鸡尾酒吗？"韦斯特雷端着一托盘鸡尾酒问。

"来一杯吧……不过，你要让我来给你们上酒。"菲利普回答说。

韦斯特雷瞄了一眼华盛顿。"他也觉得难以置信。从来没有人提出过这种要求。"但是，韦斯特雷和华盛顿答应了他的请求，慌慌张张地拉了两把椅子坐下，让亲王给他们上酒水。他已经想不起来当时谈了些什么或者喝了什么酒，但是可以肯定的是，当天晚上，那位爱丁堡公爵（菲利普亲王的封号）想感受一下正常人的生活，哪怕只有那么一瞬。

"他想尝尝做个普通人的滋味。仅此而已。"韦斯特雷顿了顿，"可我却得到了王室成员的伺候。想想都不可思议。"

1994年，也就是他第一次走过官邸威严的大铁门三十多年后，韦斯特雷从白宫退休。他本可以再干一段时间，但知道自己需要做三次心脏搭桥手术之后，为了官邸的尊严，也为了维持它正常运行的同事，他做出了自认为最好的选择："要是把盘子不小心掉到别人身上，那可就给白宫的同事丢人了，"他说，"我退下来对大家会更好些。"

————————

韦斯特雷并不是唯一一个见过爱丁堡公爵更随和一面的男仆，1931 年到 1953 年间担任领班的阿伦佐·菲尔兹也描述了一次发生在二十五年前的类似事件。一天早上，他正在布莱尔大楼——多数外国贵宾都会住在这里——为这对王室夫妇和随行人员提供早餐服务。当时还是公主的伊丽莎白和工作人员落座后，没等她丈夫就开吃了。等到这群王室成员"快吃完西瓜时"，公爵才跑进来说："恐怕我有点来迟了。"

"他只穿了一件衬衫，领口大开着，还没等人给他安排座位，便自己抓了一把椅子坐下，"1994 年去世的菲尔兹曾在回忆录中写道，"正在吃西瓜的公主并没有停下，不过其他人倒是在他落座的时候都站了起来。看到公爵穿着衬衫，领口也没扣上，让我觉得只有普通人才会这么做，你怎么也不会料到这是王室的人。所以，我很钦佩他这种不拘小节的行为，因为我知道如果我穿着衬衫去看自己的妻子的话，会听到什么样的牢骚……所以，看到公爵显然也是个觉得穿衬衫更舒服的普通人，让我很欣慰。"

而菲利普亲王也并不是唯一一个以不拘礼节的亲切瞬间给官邸人员带来惊喜的王室成员。有一次，员工们目瞪口呆地看着伊丽莎白女王在国宴结束后卸下首饰，把她的那顶钻石头冠、一条很沉的钻石项链和其他一些价值连城的珠宝随意搁在了房间各处。

———

比菲尔兹小整整一代的赫尔曼·汤普森，命中注定了要在白宫工作。虽然他曾经在史密森尼印刷办公室担任全职主管，但是他的父亲却是"宫里"的兼职男仆（也是私享男仆公司的创建人之一），他的叔叔在那里当勤杂工，他和两位男仆领班查尔斯·费科林、尤金·艾伦（和他住得很近）是朋友，就连他的头发都是门卫普莱斯顿·布鲁斯理的——不用护送达官显贵面见总统的时候，布鲁斯会兼做理发师。正因如此，在谈到这个关系密切的黑人男仆群体时，汤普森才说："在我知道自己是谁之前，他们就已经知道我是谁了。"

无论生活里还是工作上，员工们都会互相照应，汤普森回忆说："大家很支持查尔斯的工作，后来则是约翰，接着是尤金，主要目标是给领班帮忙，因为我们的领班是黑人，要维护他的良好形象。"相应地，领班会留着那些可靠的兼职男仆的名片，而选择的理由便是没有他们不会做的事，不管是布置一张完美无缺的餐桌，还是调制出世界一流的马提尼鸡尾酒。

汤普森说："你根本不用教他们什么，也不用告诉他们该怎么做。"现年七十四岁的他从 1960 年开始在白宫工作，一直干到老布什卸任前才离职，而每天在家吃晚饭时，他还是要为妻子摆饭桌，五十年来从未间断过。

举办国宴时，汤普森负责红酒——根据每道菜的不同口味要选择不同的陈年佳酿。所以他必须要保证每瓶酒都是打开的，菜一上就可以倒。他说，"这听起来很简单"，可一桌子坐了十个人的时候就不是那么回事了，"你一晚上要倒个不停"。在他记忆里，圣诞节的宴会是最累人的——一部分原因是，把超大块的烤牛肉切成片的任务也会落到他身上。

不过，汤普森一直都认为，从事这份工作实在是三生有幸，虽然这种幸运可能会在一瞬间灰飞烟灭：如果某个男仆和客人闲聊太多——毕竟你根本不知道你可能是在和谁讲话——或者在隔壁的配膳室挂盘子的声音太大，就再也不会被请回来了。"客人们应该获得全美国所能提供的最优质服务，"汤普森说，"全世界的人都在盯着看呢。"

————

连玛丽·普林斯都无法相信自己能交上这么好的运气。因在佐治亚州朗普金杀害一名男子，她被判终身监禁，但不到一年，这位二十五六岁的黑人罪犯却从佐治亚监狱的牢房里搬到了州长官邸，负责照顾吉姆·卡特三岁的女儿艾米。

"我接到让我去州长官邸的电话时，完全不知道会发生什么，"玛丽·普林斯告诉我，"去了之后，艾米和我——我们第一天就一见如故。真的，第一天就很投缘。从那之后，我们就形影不离了。"

普林斯是监狱模范囚犯项目的一员，这个项目会把囚犯分配到州长官邸从事不同的工作：有些负责打理庭院，有些做饭，有些还能照顾州长的子女。当时的普林斯绝对不会想到，她与艾米的亲密关系会将她抛入一个更离奇的现实：在美国最著名的房子里生活和工作了四年。

普林斯的麻烦始于 1970 年 4 月的某夜。那天晚上，她的堂弟和一对男女在酒吧外发生了肢体冲突。据普林斯讲，在她试图把枪从他们手中夺过来时，枪却走火了。不过，另一名目击者说，是普林斯为了保护堂弟，拿着枪蓄意杀害了那名男子。普林斯坚持自己是清白的。"我只是在错误的时间出现在了错误的地点，卷入了一场我根本不理解的纷争。他们用了六年零十个月才洗清我的罪名。"

普林斯吃了司法制度的亏，因为她在出庭受审时，才第一次见到法庭为她指定的辩护律师。律师建议说，如果她服罪，可以请求法庭轻判。但这个计划没有奏效，玛丽·费茨帕特里克（她在当时的名字，她和丈夫正式离婚后，在 1979 年申请恢复了自己的姓）被判终身监禁。

但 1970 年还没结束，她便被罗莎琳·卡特选中，来到州长官邸照顾她的女儿。卡特夫人坚信这个年轻女人受到了不公正的判决，认为"她完全是无辜的"。卡特夫妇十分忠于这位保姆，甚至把她当成了自家人，以至于几十年后再次被问到时，罗莎琳仍会语气坚定但听着有些气恼地说："她与那件事完全无关。"

1976 年，吉米·卡特赢得总统大选后，普林斯的监外工作被终止，她又回到了监狱——好运气似乎到头了。但是卡特夫人仍然坚信普林斯是无辜的，于是便写信给假释裁决委员会，为她争取到了缓刑，好让艾米的保姆继续到白宫为他们工作。更令人惊叹的是，总统本人还亲自指定了普林斯的假释官。最终，委员会经过重新审核，赦免了普林斯的全部罪行。

在卡特总统卸任后，这位前第一夫人一直陪伴左右，支持他在卸任后仍然从事各种人道主义项目。她认为，普林斯被定罪完全是因为她的肤色："那是个艰难的时代，国内的情形很严峻。"杜鲁门总统废除了军队的种族隔离后，"我们曾回到已废除种族隔离的南方"，但发现那里的种族主义并没有灰飞烟灭。"人们对种族问题避而不谈。所以你很明白玛丽为什么会被捕。"担下了把普林斯带到白宫的责任的卡特总统也同意妻子的评价，他在回忆录中写道："在我国进行司法改革前，她的故事在穷人和黑人中太平常了。"

作为全美最有名的保姆，在白宫的前六个月中，普林斯说她每天都能收到五十封信，有些人还打电话，假装是她失散已久的亲人，求她找总统帮忙。"我成了世界的大新闻，"她似乎对当时的一举成名并不太苦恼，"从监狱到白宫。"不过，媒体却无法相信总统夫妇会让一个被判刑的杀人犯照顾他们的女儿，而且，并不是所有的关注都是善意的：由于此事太有吸引力，《周六夜现场》（*Saturday Night Live*）甚至专门编了一个幽默短剧，由茜茜·斯派塞克扮演年幼的艾米·卡特，喜剧演员加瑞特·莫里斯男扮女装，饰演玛丽。

当时的媒体风暴肯定很猛烈，但普林斯却在信仰中找到了安慰。"我是基督徒，什么都会祈祷，"她告诉我，"我问上帝，如果我做错了什么，请告诉我，然后宽恕我。我猜这就是为什么上帝保佑我从那之后过上了好日子吧。对于一个监狱犯人来说，能去州长官邸工作，和他们一家人亲密起来，的确是一种福气。"

但即便在白宫内部，情况也并不轻松。普林斯很难交到朋友，因为官邸员工认为她是个外来的闯入者——而且还有一段备受争议的过去。有些人痛恨她，是因为她是由总统带进来的，还在三楼有自己的房间。其他人则显然是嫉妒她的权力和地位：如果普林斯决定为第一家庭做一顿南方风味的晚餐，就会临时通知所有厨师下班回家。她不需要遵守别人的任何规则，只要保证卡特一家高兴就行——他们非常喜欢她。一天晚上，她沿着西翼南边的泳池散步，碰到了正在游泳的卡特夫人。"下来游！"卡特夫人喊道。普林斯没有穿泳装。"直接穿着工作服跳下来啊！"第一夫人大笑着说。结果，她真的脱了鞋，穿着硬挺挺的保姆制服跳进了泳池，并向第一夫人展示了她在游泳课上学到的东西（艾米很喜欢游泳，所以普林斯自己报了个游泳班）。她说，那天晚上"只有我和第一夫人在那儿游泳"，这是她在白宫生活期间最珍贵的记忆。

但闲话却在员工中间满天飞，有些以前的员工甚至认为她的确犯有谋杀罪。有个员工开玩笑说，"这是个除掉老公的好办法"，根本没有注意到普林斯其实从未被指控谋杀亲夫。

不过，在普林斯口中，她的白宫时光却是另一番景象。她说白宫的奢华生活从未让她心烦意乱过。"那些我都提不起兴趣来。"反之，她把精力都集中在了工作上，并努力把两个儿子从亚特兰大接过来，安顿他们住到了马里兰州的斯维特兰（华盛顿近郊的工薪阶层居住区）。

每晚照顾完艾米后，她会打车回家看自己的孩子——白天时孩子们由她的妹妹照看。普林斯和儿子一起做完作业，准备好他们第二天上学时要穿的衣服后，再连夜打车赶回白宫，以便次日一早就可以起来照看艾米。普林斯从来没有问过卡特夫妇她的孩子们是否可以搬到白宫，虽然她非常想念他们。

"我觉得这么做不太合适，让我的家人搬到白宫里，住在别人家里。那是我的工作。我有能力赚钱让他们住到身边，有他们自己的房间。"她很看重自己和儿子们的家庭生活与她的工作间的界限。她说，我把工作做完之后，"总是可以回家去，回到他们身边"。

普林斯之前从不觉得种族在白宫里是个什么大问题，但有一天，有个招待给她带来的口信却让她非常愤怒。她的儿子中有一个在乔治城网球俱乐部上班，偶尔来白宫看普林斯时，会穿着运动短裤。一天，一个招待来找她。"玛丽，我接到了一个电话，里面说你的孩子穿得破破烂烂的就来了，"招待说，"不过别担心，风言风语而已。我从来没见过你的孩子衣衫不整地到这里来。""我的孩子们从来都穿得很整洁，"她说，"因为我会确保做到这一点。"

在普林斯看来，这是双重侮辱：说她的黑人孩子衣冠不整，还暗示她没有尽到做家长的责任。她说："我猜他们觉得我是垃圾吧。"她从未找出是谁提出了那个恶毒的投诉。"我觉得应该是某个偏见很大的人，觉得卡特总统把我从监狱里弄出来，还带到了白宫。"

但是，普林斯克服了这一切，不但充满尊严地结束了在白宫的生活，还一直和把她从监狱里救出来的卡特一家保持了深情厚谊。现在，她住在佐治亚州的普雷恩斯，离卡特一家只有三个街区远。平时他们在家的时候，普林斯几乎每天都会和他们见面——而且还会照顾他们的孙子和孙女。

招待纳尔逊·皮尔斯意识到他遇到了一个问题——而且还必须立

即解决。

1961 年，还是个年轻小伙的他刚到招待办公室时，主要负责更新官邸员工的人事档案。这就意味着他可以看到每个员工的薪水。"那些数字让我非常惊讶。"他说，非洲裔美国人员工赚的钱要远远低于他们的白人同事。

这个真相发现得很不是时候。在他的第一份国情咨文中，约翰逊总统提出了要向"贫困无条件宣战"，而当时公认的贫困线为每年三千美元或以下（相当于今天的 23 550 美元）。1964 年 1 月 8 日，约翰逊在参众两院的联席会议上发表讲话称："联邦与地方必须联合起来，共同消除贫困。无论是在城市贫民区和小城市，在佃农棚屋或民工聚居地，在印第安人保留地，还是在白人和黑人、年轻人与老年人中间，抑或新兴城镇和经济萧条的地区，哪里有贫困，我们就打到哪里。"

可没想到，原来总统的眼皮子底下就存在着贫困。白宫的高薪职位——招待、花匠、行政主厨、行政管家、木匠和水暖工——被视为更具职业化，因而雇用的都是白人。而传统的服务工作，如男仆和女佣，则多数由非洲裔美国人充任，薪水也要少很多。（皮尔斯刚做招待时一年差不多可以赚六千美元，比那些低收入的新员工高出一倍。）虽然比起私营机构的同类工作，所有官邸员工都赚得要少些，但总体而言，白人员工的境遇还是好很多。

1 月 9 日，皮尔斯跟总招待韦斯特说，他们需要谈谈。当时，总统刚刚雇用的两名新员工就处在贫困线以下。"在媒体挖出白宫里有人员收入不达贫困线之前，"皮尔斯焦急地说，"你最好给那两名新来的女佣涨些钱，她们现在每年只有 2 900 美元。"

韦斯特知道她们的薪水——事实上，这些女佣就是他雇用的——但他之前并没有意识到媒体可能抓住这根小辫子，给总统贴上伪君子的标签。于是，他立即给这两个女佣提了工资。

皮尔斯当然明白，韦斯特是害怕公关危机才改变了主意。"官邸员工对他们服务的每个总统都无比忠诚，可他们的实际收入却比应得的要低很多，这让我很吃惊。"

藏品监理贝蒂·蒙克曼肯定不会对这样的收入差距感到惊讶。1967 年，她刚刚加入官邸员工的队伍时，就隐约感到了一股种族主义的暗流——她称之为"南方那种东西"——在白宫和善的表面之下涌动着。例如，她无法相信大家称呼门卫普莱斯顿·布鲁斯时，竟然直呼其姓。"他是个仪表出众的人，非常有气场，"她说，"我刚来的时候，大家都叫他布鲁斯，所以我以为这是他的名字。可过了一段时间，我发觉那其实是他的姓。我特别惶恐，竟然一直那么称呼他。"

————

库房长比尔·汉密尔顿说，他自己才是那个带领大家起来反抗，为报酬过低的非洲裔美国人员工争取同工同酬的人。这和李·丹尼尔斯的《白宫管家》给人们留下的印象恰好相反，在片中，故事的原型人物尤金·艾伦才是到招待办公室要求加薪的人。但根据大多数的说法，艾伦本人实际上非常腼腆，对机构层级太过尊重，根本不会那么胆大包天。

但汉密尔顿两者皆非。他出生的地方离白宫只有八个街区，母亲是家庭主妇，一共带大了十个子女。她在国会山附近住过之后，曾告诉他再也不想在白人区居住了。汉密尔顿在艾森豪威尔政府时当上了白宫的勤杂工，年仅二十岁。艾森豪威尔夫妇对白宫实行的是军事化管理。汉密尔顿回忆说，每天的游客参观结束后，他会拿着吸尘器把地毯上的脚印都清理掉，以防玛米·艾森豪威尔看到。如果有客人经过国事楼时，他得关掉吸尘器，面朝墙站着。(肯尼迪总统看到员工这么做之后，还曾问工作人员"他们这是怎么了"。)汉密尔顿为了抚养七个孩子（有段时间，他的四个孩子同时都在大学就读），每天要在库房从 9 点工作到 5 点，然后下班后开出租车一直到半夜 11 点。"我跟狗一样工作，"他说，"但是我总是会保证我周末会在家。"

汉密尔顿说，不管哪个新总统就职后，他的那些政治顾问和官邸员工打交道时总是一副不屑的样子。"西翼那些人觉得他们高你一等，来了之后，才学到教训：为总统把白宫这场秀办好，需要举全员之力。"但是，汉密尔顿可不喜欢被人欺负，所以他必须要想个办法来出这口气。

"我永远不会忘记我们去见韦斯特时的情景。"汉密尔顿在他位于弗吉尼亚州阿什本（距离华盛顿有一小时车程）一个安静的中产阶级养老社区的家中回忆了这段往事。20 世纪 60 年代末时，汉密尔顿决定反戈一击。1968 年 8 月，马丁·路德·金遇刺身亡，全国各地爆发了持续多日的骚乱。华盛顿地区陷入一片火海，被金的死以及身边的不平等遭遇激怒的示威者们投掷燃烧瓶，洗劫商店，有些示威者距离白宫仅有两个街区。

而在白宫的大门之内，汉密尔顿同样怒不可遏。他说，似乎除了黑人员工，其他人都涨了工资。受到民权运动示威者的启发之后，他集合了几位勤杂工同事——主要负责吸尘打扫和强力清洁的员工——向他们宣布了一件事。

"他们今晚要举办国宴，而我们要罢工。"

同事们琢磨着他的话，半天都没吭声。实际上，他们已经答应那晚要帮忙了。（不同商店的员工经常会被叫去在各种活动中帮忙，因为他们已经通过了安全检查。）

"我们罢工是什么意思？那样会丢工作的。"其中一个说。

"我这不是正在跟你们讲吗？如果我们聚成一团，他们就拿我们没办法了。"

"他们总不能到街上拉个人到活动上服务，"他争辩说，"因为这些人没有通过安全检查。"

最终，汉密尔顿说服了同事，一起去见总招待韦斯特。

韦斯特气得火冒三丈。"你是他们的总发言人吗？"他问汉密尔顿。

"可以这么说吧。"他回答。

汉密尔顿大笑着回忆说，韦斯特的脸"红成了甜菜"。终于有一次，他把老板逼到了束手无策。

"你们是想让我戴上黑色小领结、穿上白衬衫和西装？如果有人掉了什么东西，我还要过去捡起来？"韦斯特质问道。

汉密尔顿寸步不让："先生，我走了之后，你怎么做关我屁事。"

与《白宫管家》中描述的恰恰相反，男仆们并没有对工资差距提出质疑。汉密尔顿说，他们"根本不会兴风作浪"。事实上，让汉密尔顿很失望的正是男仆们没有支持他——白宫员工中，男仆们手中掌握着真正的权力，因为他们在工作时可以和第一家庭亲密接触。汉密尔顿认为，如果他们鼓起勇气告诉总统和第一夫人他们的报酬过低的话，肯定会有人来纠正这个问题。但是，男仆们不仅拒绝和他一起抗议，有些甚至还对他耿耿于怀，担心他的抗议会危及他们的饭碗。

"我们在民权运动中并不活跃。我们的角色就是服务总统和他的家人，再无其他。"曾经担任过男仆和领班的乔治·汉尼如此说道。1963年华盛顿游行时，马丁·路德·金在林肯纪念堂前发表了他那篇《我有一个梦想》的著名演讲。汉密尔顿说，他是官邸员工中唯一一个去现场听过的人，而且那次经历让他激动得浑身颤抖。但几年之后，当他凭着良心要求大家有所行动时，却激怒了他的同事们。要求加薪这件事，"让很多黑人同事大为光火"。"但我有孩子要养。我要保证他们将来比我有条更好的出路。无论如何，我都要做到这一点。有一天回家之后，我跟老婆说：'我真是烦死那些人了（不给黑人多发工资的白人管理层）。我或许会丢工作，但从现在开始，我再也不想受别人的气了。'"

最终，汉密尔顿和同事们起来反抗之后，正义得到了伸张。在国宴上罢工两天后，黑人员工得到了加薪。汉密尔顿觉得，这是因为韦斯特能看到白宫外面的墙上写的那些字。"他知道，当时外面发生了那么多事，他没法逃避我们的要求。我把他吃死了。这一点我心里毫无疑问。"

不过，虽然汉密尔顿对白宫里那种公然的种族歧视感到愤怒，但说起他在五十五年工作生涯中为十一位总统服务过时，他的语气中又有一种敬畏之感。他说："我到白宫去面试时，感觉那好像才是我生命的真正开始。"这之前，他连白宫都没有参观过。"我完全无法相信，我父母也觉得难以置信。这怎么可能发生！"

————

在惹是生非这方面，尤金·艾伦显然要比比尔·汉密尔顿更谨小慎微些。

艾伦的独子查尔斯在越南时，特别害怕自己会参加地面战斗。他回忆说："我唯一一次求我父亲让白宫帮个忙，是请他求约翰逊总统把我从这里弄出去。"

在信中，他绝望地向父亲乞求道："去找他，把我从步兵连弄出去吧。我仍然会参战，但不要让我待在步兵连了。我们每天都要走十五二十千米，我都快要饿死了。"他补充说，"我不是胆小鬼，爸爸，但你问问约翰逊先生能不能把我弄到航空兵部队，行吗？"

查尔斯收到父亲的回信时，答案并不是他期望的。"他回信的意思基本上就是，如果是肯尼迪总统掌权的话，或许还能想想办法。如果罗伯特·肯尼迪还活着的话，也行。"但是约翰逊总统就是另一回事了。"我跟这些人并不是很熟，"艾伦写道，"所以你只能硬着头皮撑一撑了。"

————

在 20 世纪六七十年代时，白宫的男仆、女佣、洗碗工和勤杂工在华盛顿的非洲裔美国人社区中，被认为拥有着体面、稳定的工作。朗尼·邦奇说："他们一直有一种高雅之感，有一种这是份特殊职业的认识。"他把员工对这些行当的自豪感以及他们的专业素质归结到了很多家庭会把工作一代一代往下传这点上。"老子教儿子，儿子教孙子。"

对于一代代的美国黑人而言，白宫的工作不仅仅是一份工作。"他们明白，他们提供的服务，意义已经超出了他们自身。他们感到自己肩负着两条重担。他们必须努力地工作，来保住自己的工作，但身上也背负了对他们这个种族的某些期许。他们想确保自己的表现一直都是最优秀的。"

白宫的男仆多数是非洲裔美国人这件事，有时会引发质疑。招待克里斯·艾莫里回忆说，1987 年，苏联领导人米哈伊尔·戈尔巴乔夫历史性地访问了白宫，但在南草坪举行仪式时，突然天降大雨，官邸员工只好慌慌张张地临时想办法来替两位世界领导人遮雨。

"总招待盖里·沃特斯看到全部男仆举着雨伞站在那儿之后，说：'给这两位世界领导人打伞的不能全是黑人啊，那样影响太不好了。'"于是，沃特斯便命令艾莫里和另一位白人男仆到外面去给里根和戈尔巴乔夫打伞，用艾莫里的话来说就是，这样白宫看起来才不会像"最后一个种植园"。

站在废除种族隔离第一线的男仆赫尔曼·汤普森，曾经是华盛顿公立学校中第一个种族融合高中班的学生。最近我们在华盛顿市中心离他长大的地方不太远的一家饭店共进午餐时，他告诉我，他在白人同学身上看到的歧视与公然的仇恨，让他成了一个"非常反叛的人"，"那种情形让人很不舒服"。

在白宫里，汤普森同样看到了城市其他地方存在的种族歧视，而且他也会试着反抗，不过比起比尔·汉密尔顿，他的手段要更隐蔽些。他说："很多时候，如果白宫邀请的客人中有非洲裔美国人，我们会有意地确保他们获得周到的照顾，他们得到的关注和其他人一样多。"直到尼克松时期，在国宴上服务的男仆仍然要穿晚礼服。然而，随着越来越多的黑人音乐家，如杜克·艾琳顿和诱惑乐队（The Temptations）开始到白宫表演，随着黑人宾客越来越多，男仆们却被告知不要再穿晚礼服了，以避免进一步加剧员工与宾客间存在社会差距的表象。

"我们曾经开玩笑说，他们把晚礼服换掉，是因为世界在改变。很多时候，来的客人会分不清谁是男仆谁是客人。"他笑着说，"有很多气质儒雅的绅士在宴会上服务，人们会对谁是谁做些预判。"汤普森说他有好几次就被当成了客人。

虽然他发现情况在慢慢好转，但在尤金·艾伦的葬礼上第一次见到新的总招待斯蒂芬·罗尚少将时，他还是大吃了一惊。"我还想，得等到太阳从西边出来之后，才会有黑人得到这份工作呢！"

在新奥尔良长大的罗尚出生于 1950 年，而那个时代，有十分之一的美国人仍然无法坐在伍尔沃斯百货公司的午餐柜台前吃东西[1]。罗尚仍然清楚地记得他十三岁时发生的一件事。当时，他正走路去参加童

1　伍尔沃斯（Woolworth's）是美国著名的百货公司。1961 年 2 月 1 日，四名黑人学生在北卡罗来纳州一家伍尔沃斯商店仅限白人使用的午餐柜台前坐下后，被拒绝提供服务，由此引发了长达六个月的静坐示威和经济抵制，成为美国民权运动中的标志性事件之一。

子军的会议，一辆后车窗上挂着邦联旗[1]的 1957 年产红色雪佛兰在他身边停了下来，车里的一群白人少年冲他大喊"黑鬼"，还朝他扔可乐瓶子。因为自己的这段痛苦经历，罗尚上任后曾告诉官邸的员工，他会随时倾听任何有关歧视的担忧。"我不想其他人像我那样受到伤害。"

他还真时不时听到了一些种族歧视的指控。所有店中唯一一名非洲裔美国人员工有一天来找罗尚，说他觉得因为他的肤色不同，所以别人对他讲话时，有些盛气凌人。罗尚立即把那个人的主管叫到了办公室，告诉他自己不会容忍这种事。"消息在白宫里传得很快，"他说，"如果某个店发生了什么，相信我，其他店也都会知道。"

员工中在对待种族歧视的问题时，有着明显的分歧。比尔·汉密尔顿和赫尔曼·汤普森这些人，看到白宫里出现公然的种族歧视时，会感到要义不容辞地反抗，而尤金·艾伦、林伍德·韦斯特雷和詹姆斯·拉姆齐这样的员工，则会选择安于现状，接受现实。

现年九十三岁的男仆阿尔维·帕斯卡尔和朋友林伍德·韦斯特雷很像。他开始在北卡罗来纳州的亨德森采棉花时，才刚刚四岁。他和六个兄弟姐妹勤恳工作，挺过了经济大萧条。他说，他的父母教育他们要尊重权威。同老一代非洲裔美国人一样，他也是个沉默寡言之人，他说，自己从小就被教导不要"多嘴"，因为那可能会让他丢工作。"你

1　美国南北战争期间，邦联旗是南方蓄奴州组成的"美利坚联盟国"（邦联）的旗帜。但内战结束后，这面旗帜仍在南方多个州悬挂。虽然一直有人认为邦联旗是种族主义和奴隶制的象征，呼吁禁止悬挂，但一直没有结果。2015 年 6 月，一名白人种族主义者在南卡罗来纳州一座黑人教堂枪杀了九名黑人。媒体报道称，这名青年曾经上传过多张手持邦联旗的照片。此事再次引发撤掉此旗的抗议，半个多月之后，南卡罗来纳州州长签署法案，移除了州议会外悬挂的邦联旗。

在那儿只有一件事，那就是服务。工作第一。"

采访他时，帕斯卡尔穿着吊带裤，戴着米黄色的丝绸领结，看起来精明干练。他告诉我，这些教诲他一直铭记于心，到白宫之后也不例外。从杜鲁门时期开始在官邸工作后，每次遇上争吵或者听到了自己不该听到的私人谈话，他就会迅速决定是要悄悄离开房间，还是假装什么都没听到。"这些事我都干过。"他笑着说。

韦斯特雷是个无比宽容的人。曾任阿拉巴马州州长的乔治·华莱士是一个种族隔离主义者，他的《现在隔离，明天隔离，永远隔离》的演讲，是 20 世纪 60 年代美国政治史上的一个污点。但在 1972 年侥幸逃过一次暗杀行动后，他开始努力救赎自我，寻求公众的原谅。韦斯特雷回忆说，华莱士造访白宫时，曾多次私下试图争取官邸黑人员工的支持。"乔治·华莱士被枪击后，你还纳闷儿他怎么突然成了我们的好伙计了呢。"韦斯特雷摇头说，"每次他来白宫，第一件事就是到后面去，到后面和我们待着，就是配膳室那里。"暗杀事件"让他变了个人"，韦斯特雷说："上帝行事是很神秘的。一颗子弹才把他正过来。"

但黑人男仆们没有怠慢华莱士，反而和他坐下来聊天说笑。但这么做，并非不记仇或者忘记了他的过错，而是忠于职守——这有时候意味着要忍住不去争论。

男仆、领班尤金·艾伦的儿子查尔斯说，他父亲曾在马里兰州贝塞斯达（华盛顿郊外）的肯伍德高级乡村俱乐部为会员们擦高尔夫鞋，比起白宫，他在那里遭遇的种族歧视要更多，但这不是说白宫里没有歧视，而是因为没人想得罪总统。

"第一家庭对这些人的反应不一样时，其他人也会小心地对待他们。你如果表现得很无礼，就会直接叫你走人。"

林伍德·韦斯特雷也同意这种说法。白宫"是唯一一个没有那么多蠢事的地方"，他说："虽然我们都是黑人男仆，但我们在这儿见到的都是国王与王后，人们自然会高看我们一眼。"

但在白宫之外，事情就不一样了，韦斯特雷特别喜欢讲的一个故事，发生在他的老友阿姆斯泰德·巴内特身上。富兰克林·罗斯福当总统时，巴内特曾在白宫工作和生活。"有一天他打车回家，对司机讲：'去宾夕法尼亚大街 1600 号。'司机是个白人，不想送他去，还说：'白宫里哪有黑人住。'但最终，还是把他送回了家。到门口后，阿姆斯泰下车进去，因为大家都认识他，所以他连证件都没有出示。"韦斯特雷笑着说，"他进门后，再也没出来。出租车司机坐在路边还好奇呢：'这家伙到底去哪儿了？'"

肯尼迪总统还与门卫普莱斯顿·布鲁斯分享了民权运动时代最辉煌的一刻。在他遇刺前三个月的时候，肯尼迪把布鲁斯叫到了三楼的日光浴室，一起听那些聚集在林肯纪念堂之外聆听马丁·路德·金发表演讲的人群发出的欢呼声。他们——佃农的儿子布鲁斯和美国的名门之后肯尼迪——站在那里，可以听到人群合唱民权运动的颂歌《我们终将胜利》（We Shall Overcome）。总统用力地抓着窗沿，手指的关节都发白了。"哦，布鲁斯，"他转身对他的朋友说，"真希望我也和他们在一起。"

肯尼迪十分尊重非洲裔美国人员工，员工们当然也会报之以李。在三十四年的工作生涯中，尤金·艾伦没有请过一天假，也从来没有抱怨过同事、领导、总统和第一夫人。他的儿子查尔斯说，他唯一见过父亲哭，是肯尼迪总统遇刺后，父亲穿上外套准备回白宫上班时。"那个时刻，他的情绪非常沮丧，"查尔斯深沉地回忆道，"但是，用军队的话讲就是，他是个军人，只能振作起来。他唯一一次没有从不幸中恢复过来，是在我母亲去世之后。这之后他再也没有缓过来。"

2010 年时，艾伦去世。他大概是最没有想过要把自己的一生拍成电影的人。根据多数人的描述，他是个腼腆、温和的人，如果没有六十五年的结发妻子海伦的怂恿，他绝对不会和媒体打交道。海伦说，她那么做，是希望人们能认可丈夫为国家做出的贡献。

"他进了家门之后，从来不会抱怨同事，即使哪天过得不顺利，他也不会谈论自己的上司。他把一切都藏在了心里。而这种谨慎，正是我们一家的生计所在。"

詹姆斯·拉姆齐是另一位秉承这一态度的官邸员工。他在北卡罗来纳的烟草地中长大，有时候还会帮着高中的食堂卖午餐，"来换得一盘子食物"。他算是大器晚成，对于在"宫里"工作的机会充满了感恩之心。拉姆齐说，他很不喜欢听到男仆们直接去向主管抱怨工作环境或同事这种事。"我们没有什么问题，大家都很团结。"

他还说，他也没有看到过什么种族歧视。不过，也许是他选择了不让这些影响他。"我来了之后，人们一直都对我很和善。因为我以前曾经兼职做过餐饮服务，接触过很多人。种族分离？"他反问道，"早就完了，不存在了。"

当然，或许拉姆齐的性格也在面对种族隔离的羞辱时有一定的帮助，因为他有着很好的幽默感，厨师弗兰克·鲁塔回忆说，拉姆齐有一次还很大方地开起了种族的玩笑。当时，他把脑袋从二楼厨房门里探进去，问身为白人的鲁塔想喝什么咖啡："你想喝像我这种黑的呢，还是你那种白的？"

　但是，拉姆齐为人处事仍然充满了自豪与尊严，而且，他也认识到了 2008 年大选为白宫带来的里程碑式变化。作为一个黑人，为第一个非洲裔美国人组成的第一家庭工作是什么感觉？

"妙不可言，妙不可言啊。"

————————

　泽弗尔·莱特真的可以算得上是约翰逊家的一员。她还在得克萨斯州一所学院读家政系的时候，被约翰逊夫人雇去当厨师——先是在得州，后来约翰逊一家又把她带到华盛顿，一起住进了白宫——一干便是二十七年。

　他们开车去华盛顿，路经种族分离的南方时，约翰逊夫人把车停到了一家酒店，想在那里过夜。但如果泽弗尔无法入住的话，她也不会住在那里。

"请问今晚还有空房吗？"约翰逊夫人问酒店。

"有，有您住的。"桌子后面的女人回答。

"嗯，我还有两个人一起。"约翰逊夫人指了指泽弗尔和另一个为约翰逊一家工作的黑人。

"那没有。他们只配为我们工作，不配住在我们这里。"女人回答。

约翰逊夫人感到一阵恶心。"你真是太可恶了。"她转身撂下这么一句后，怒气冲冲地走了出去。

受到如此羞辱后，莱特有十年时间都没有再回得克萨斯州。而这次旅途也成为激起总统和第一夫人更热忱地推动民权立法的因素之一。1964年，约翰逊总统力促国会通过《民权法案》，推翻了种族隔离制度后，莱特同意再次返回她出生的地方，"那里一切都大不同了，"约翰逊想要消除她的疑虑，"你想去哪儿就能去哪儿，你想在哪儿停留就能在哪儿停留。"让约翰逊很自豪的是，由他牵头的这项历史性法案，将会对他的朋友的人生产生直接的影响。

约翰逊把泽弗尔·莱特视作了回音壁，替他为民权所做的努力当参谋。在他担任副总统期间，他询问她对马丁·路德·金在华盛顿的游行有什么看法。当总统后，他任命瑟古德·马歇尔担任最高法院的大法官，使马歇尔成为担任这一职务的第一位非洲裔美国人时，他也急匆匆地告诉了莱特这个消息。对于非洲裔美国人是否认同他为他们的权益而实施的这些改革，约翰逊一直缺乏信心，有时候还会和莱特抱怨这些："我不明白他们怎么就看不到我为他们所做的这些努力。"约翰逊去世后，有人指责说，虽然他致力于推动民权立法，但也会使用"黑鬼"一词。

约翰逊的一名助手告诉我，总统的确使用过种族歧视的语言，有些黑人民权领袖想要更大胆的改革，让他很是恼火。这位助手说："那些人太恶劣了，给他增加了很多阻力。"因为在一部分人看来，这种递进式的改变远远不够。

约翰逊当总统时，白宫的常客之一是佐治亚州参议员理查德·拉塞尔，他是约翰逊在参议院中的导师，但也是民权运动的主要反对者。

起初，泽弗尔·莱特只是在他来访时与他照过面，她说在私底下，"他人很好"。但是，随着民权斗争的逐渐公开化，她看清了拉塞尔的真面目。"我读到、听到他在国会的所言所行后，对他的感觉就不同了。"不过，她从未把这种情绪表现出来。"我的感觉是，我在为林登·约翰逊工作，这些人是他的朋友，所以我必须接受他们本来的样子，因为约翰逊接受他们。我什么都做不了。"

1968 年 3 月 31 日晚间，约翰逊宣布决定不再谋求连任，很多与约翰逊一家有着密切工作关系的人完全没有想到。社交秘书贝丝·阿贝尔打开电视后才看到消息。莱特当时正在家里，听到她的老板准备离开白宫后，哭成了一团。她明白，这意味着她与约翰逊一家的时光也将结束：华盛顿现在成了她的家，她想留下来。

莱特很敬佩约翰逊，无论是因为他的民权改革，还是他为说服国会通过这些改革付出的努力。"他一直都是个斗士"，她说，政治便是他的"全部生命"，这一点她很清楚，而且她还认为，约翰逊之所以放弃谋求连任，是因为他感到自己担任总统时取得的伟大功绩，却被越战的泥潭淹没了。

约翰逊的苦恼在员工中尽人皆知。有一次，差不多是在他宣布退出竞选前后，约翰逊正在房间里愤怒地声讨越战时，养狗人兼电工特拉菲斯·布莱恩特走了进来。"他们把我'枪毙'了。肯尼迪遇刺和我现在的唯一区别是，我还活着，而且能感觉到。"约翰逊哀叹道。

在莱特看来，约翰逊似乎对于他离开华盛顿的决定感到很平静。"至少我们可以回家了，"宣布退出的第二天，他对莱特说，"你会和我们回去吗？"

"不会，我准备留在这里。"她回答。

约翰逊惊呆了。"没有你，一切都不同了。"他伤感地说。

莱特也很难过，而且在某种程度上，她觉得是总统的决定抛弃了她。"对我而言，就好像失去了家人一样。不过，离开是他自己想要的选择。"

回到在得克萨斯州的农场后，约翰逊不但心脏出了几次大毛病，还陷入了抑郁。他的女儿露西常会打电话给他，看看是否要她帮忙。"你什么都帮不上的。"他说，"我只是怀念一些物质享受而已。"他尤其怀念的是他的母亲和泽弗尔都曾给他做过的蛋奶糕。

"也许我能帮上忙呢。"她提议。

"没用，你帮不上。你妈妈不做饭，我妈妈又死了，泽弗尔也变得不知天高地厚，把我抛弃了。"约翰逊抱怨道。

"泽弗尔不知道天高地厚，把你抛弃了？"露西重复了一遍，惊得目瞪口呆。在她看来，这太荒唐了，父亲是民权运动的捍卫者，可当莱特去追随梦想，留在让她感到最像家的地方时，他却在生气。"你付出了毕生的心血，就是为了多给她一些人生机遇，你离开华盛顿，而她选择留在那里，是因为比起得克萨斯，她在华盛顿能发现、找到并享受到更多的机遇。"

她父亲也意识到自己这么说很自私，可他说自己还是很想念她的蛋奶糕和安慰性食物。露西提出愿意帮忙。"爸爸，泽弗尔曾经跟我说，要么我从她的厨房里出去，要么学着做饭。所以，你想吃什么她给你做过的吃的，我也会做，我可以每天从奥斯丁开车过去。"

这位前总统说了一长串食物，每样都问她会不会做。她说会做之后，"突然间，我的地位一下子蹿到了天上。这对我来说意味着太多太多。不过我敢肯定，对他的心脏病医生而言，意义就比较少而明确了。"

———

1959年，当他承继家庭传统，开始在白宫的厨房工作时，詹姆斯·杰弗里斯只有十七岁。如果有什么需要，他的舅舅查尔斯、约翰和萨姆·费科林总会出现在周围。"我在那儿工作的时候，他们每天都会给我一桶十八升的冰激凌，我一天到晚光吃这个了。他们想把我养肥。"

他的工作是做甜点："那个时候哪有这些高级甜点，只有香草冰激凌，再在上面撒点儿巧克力屑。但我工作的时候很开心。"在厨房干了一年后，他被提拔到二楼，开始在配膳室帮忙。

现在已经七十四岁的杰弗里斯出生于弗吉尼亚州。他的母亲生他时，不得不自己从沃伦顿的家里开车到弗里德曼医院，因为只有这里才为附近地区的非洲裔美国人提供医疗服务。杰弗里斯也注意到了当时的种族歧视在白宫里同样阴魂不散。

"那时候，白人总觉得他们比黑人高一等，"在他位于华盛顿的排房里采访时，杰弗里斯说，"我是不会容忍别人那么和我说话的。"

周末时，杰弗里斯需要让行政主厨亨利·豪勒在他的工时记录表上签字确认，才能领到工资。"有个兼职厨师来了之后，看到我的工时单，发现我比他赚得还多。"杰弗里斯说，于是，这名新来的白人员工去找总招待盖里·沃特斯，质问说为什么一个黑人洗碗工赚得比他还多。

杰弗里斯了解到那个人的抱怨后，火冒三丈。他说，答案很简单："我投入的工时更多。很多时候他们都回家了，我还要再工作两三个钟头。"他去找豪勒，"亨利，如果有个年轻人一来，薪水就和你是同级，你怎么想？我在这儿干了这么多年，那时候这个人还不知道在哪儿呢。我不希望我的工资不进反退。"

豪勒回答："你说得对。"

对于几十年前发生的事情，杰弗里斯依然记忆犹新。"很好笑的是，那天地板上正好铺着一些地毯，大概不到三厘米厚，他站在地毯边儿上，一边前后摇来晃去，一边说：'詹姆斯，容我想想。'然后他又走到烤箱那里，继续说：'詹姆斯，你觉得你有权利和我这样说话吗？'"

"你怎么穿裤子，我也怎么穿裤子。为什么不能和你这么说话？我只是在跟你说我的感受而已。"杰弗里斯回答。

豪勒看了看他，说："詹姆斯，你不用担心你的薪水问题，只要我还在，就不用担心。"他是个说话算话的人。

———

长久以来，白宫就是展示美国艺术人才的舞台。比如，肯尼迪一家曾邀请美国芭蕾剧院在东大厅演出，而克林顿当政时，埃里克·克拉普顿、比比金和马友友也都在白宫表演过。

1969 年，二十三岁的特蕾西亚·尼克松邀请了摩城唱片（Motown）

旗下称霸音乐排行榜的诱惑乐队来演出。杰弗里斯回忆说，乐队成员不用表演时，就在老家庭餐厅走来走去，和服务的员工闲待着，因为"他们和我们聊得来，有话说"。

"我见到了他们，还握了手，一起参加了聚会，"杰弗里斯说，"他们没有在会客厅待着，而是到了后面，因为当时在后面的人多数是黑人。詹姆斯·布朗和顶好的火焰（Famous Flames），都到后面来过。"官邸员工让这些黑人明星感到宾至如归："我们在后面有什么吃喝，他们就会有什么吃喝。"在 1969 年的那一晚，乐队和杰弗里斯聊天说笑，还邀请他带着孩子们，去他们位于华盛顿郊外马里兰州罗克韦尔的酒店的泳池玩。"我没去，这是我唯一后悔的一件事。后来太忙了。"

奥提斯·威廉姆斯是这个传奇性的摩城乐队唯一健在的原始成员。他告诉我，乐队有一条规矩：在白宫表演时不谈政治。"我们的想法是，去了就是演出，我们不是去谈政治，而是严格意义上的演出。"

威廉姆斯不太记得 1969 年那晚的细节——他在白宫表演过不下几十次了——但是他的确记得看着那些员工工作的情景。"他们没有对别人对待他们的方式表现出一丝厌恶。他们是一群无与伦比的专业人士。"这位歌手回忆说，虽然他们在白宫之外经历过种族歧视，但在白宫里表演时，却从未感受到这一点。

威廉姆斯说，能为奥巴马总统表演是一份特别的荣幸："我们从没想到——至少在我们这辈子——能看到一个黑人当上总统。"

而对杰弗里斯来说，白宫里有了奥巴马一家后，让他更想继续工作了："这让我觉得，'哎呀，我要尽可能多地去上班'。"

VIII

Backstairs Gossip and Mischief　八卦是非

我会忠实地为第一家庭完成我的分内工作，但回过头来，我也会说："你知道他们今天干吗了吗？真不敢相信他们会那么说！"

———比尔·汉密尔顿，1958—2013 年间担任勤杂工和库房长

　　员工们都很谨慎，但他们也是人，自然会在吃饭的时候嚼舌根子，不光会分享一些重要的信息，还会一起感同身受地八卦那些他们目睹的不可思议之事，以及有时候他们碰到的一些非常好笑的情况。

　　社交秘书贝丝·阿贝尔最喜欢的一个故事和白宫的瓷器有关。1966 年，约翰逊夫妇决定定制一套新的瓷器。约翰逊夫人与蒂凡尼公司的设计师、卡斯尔顿瓷器的制造商密切合作，希望设计出的样式，能表达她致力于美化美国公路和公共绿地的决心。餐盘中央设计了一只雄鹰，边缘装饰着各种野花，而甜点盘展现的则是五十个州的州花。

　　阿贝尔回忆说，这些盘子到了之后，简直美轮美奂——除了那些甜点盘，上面的州花又丑又没型。"看起来就像小狗在上面拉过屎。"她大笑着说，仿佛昨天才刚刚见过这些盘子。不过在当时，阿贝尔却根本笑不出来，而是害怕到了极点。她拿着盘子跑去找韦斯特。（阿贝尔和杰奎琳·肯尼迪都很喜欢韦斯特。"他简直是神人。"阿贝尔回忆说，"他调的冰冻代基里酒是最好喝的——这也是他和肯尼迪夫人相处很好的原因之一。"）

　　她说，韦斯特的代基里酒助兴了白宫里"一次小小的盛典"。根据要求，任何有瑕疵的物品都必须被销毁，另行定制一套新的——但员工们想出了一个销毁这些次品盘子的聪明办法。他们没有把盘子扔到波托马克河里（一直以来，白宫的瓷器打碎的话，都会葬身这条河），而是决定找点乐子。阿贝尔、韦斯特和其他几个人拿着盘子——还有一罐子代基里酒——跑到了白宫的地下防空洞。他们把写有人名（有几个则画着漫画）的靶心挂到了墙上，然后朝着靶心扔盘子。靶心上的人，全是他们最不喜欢的西翼幕僚。"简直比希腊婚礼还喜庆。"

————

1975 年，离职的官邸员工特拉菲斯·布莱恩特在书中曝光了肯尼迪那些如今已众人皆知的风流韵事，成为最先爆料此事的知情者之一。但其实大多数员工都知道这些事，只不过为了保护美国总统制度的尊严，他们选择了保守秘密。据肯尼迪的社交秘书皮埃尔·塞林格说，员工们被明确要求"不要参与任何有损白宫作为国家形象标志的媒体报道"。木工弥尔顿·弗勒姆说，虽然他从未签署过保密协议，但"被雇用时，我们就被告知不要接受报刊或新闻媒体的采访"。另一位员工在退休时，曾被要求签署一份协议，保证只有在宽限期过后，才能写回忆录——而这个期限，白宫给出的惊人建议是：二十年。

据布莱恩特的书透露，肯尼迪总统钻的，是妻子长期住在别处的空子。杰奎琳·肯尼迪在大部分时间里，都尽可能不住在白宫，而是更喜欢幽居在格伦奥拉（Glen Ora）——肯尼迪夫妇在弗吉尼亚州一处马场租赁的面积达 1.6 平方千米的农场。后来，他们在附近建了一幢房子，杰奎琳将其命名为韦克斯福德（这是爱尔兰的一个郡名，肯尼迪总统的先人来自那里）。

1933 年，罗斯福总统为了治疗他的脊髓灰质炎，曾在白宫内部修建了一个温水游泳池。杰奎琳不在时，肯尼迪喜欢在那里面裸泳。他把这里当成了和情人约会的地点，而这些情人有些就是在白宫工作的秘书。后来，肯尼迪发现男性员工会透过玻璃门往泳池这边偷瞄，所以还叫人把门做了磨砂。总统让厨师准备好食物和饮品之后，包括小香肠、培根和代基里酒，会把他们打发走，放半天假。为了方便客人自取，香肠一般会放在便携的保温盒里，代基里酒则冰在冰箱中。"我自己能来的。"他会这么对厨房的员工说。

有一次，泳池出了问题，一个招待叫某个员工去看看。一般而言，这种工作都安排在第一家庭不在的时候，所以那名员工便以为没人会在那里。可当他打开泳池的门时，却吃惊地看到肯尼迪的顾问、好朋友戴夫·帕沃斯正坐在池边——一丝不挂——身旁还有肯尼迪的两名秘书。这个被吓得魂不守舍的员工转身就跑，并且当即便认为他会被炒掉。可是，这次事件并未被人提起，而且很多年来，一直都是个家庭秘密。

员工们都知道，杰奎琳·肯尼迪不在的时候，二楼就是禁区。但有天晚上，布莱恩特坐电梯上三楼查看电器的时候，忘了这回事，不小心把电梯停在了二楼。他说："我听到了卿卿我我的聊天声。"无独有偶，另一名员工上楼查看燃气是否关掉时，看到了一个光屁股的女人从厨房走了出来。布莱恩特回忆说："杰奎琳不在的时候，坐电梯简直成了项危险的任务。"

听说有个女幕僚带着全家参观了二楼之后，员工们都皱起了眉头。那个女的来到总统的卧室时，"还假装自己根本不知道这是什么房间，也从来没见过"，但事实上，她出入那里好多次了。

肯尼迪当总统时，布莱恩特从来没有向白宫之外的人——连自己的妻子也一样——说起过他的风流韵事。但在楼下时，大家却忍不住会八卦一下。他们需要知道如何说话做事，而分享这些事情，可以帮助他们搞清楚该避开哪条走廊。

约翰逊总统也在员工中间搅起过闲话。举办派对时，他喜欢围追堵截房间里最漂亮的女孩，然后亲人家的脸颊，所以经常出现的情况是，到当晚结束时，他脸上全是口红印。有时候，同在一屋的约翰逊夫人，只好尴尬地恳求丈夫："林登，你去那边看看吧，别冷落了你的朋友们。"

有传言说，约翰逊甚至还从肯尼迪那里"继承了"两名女记者。布莱恩特写道："他跟我提起其中某一个时，会说她们是'理想型的女人'或者'女人味十足'，甚至还给她们冠上他通常夸奖爱犬雪儿（Yuki）时才会用到的终极赞美，告诉我说她们'美得跟黑足雪貂似的'。"不过，虽然丈夫经常在公共场合让她颜面尽失，但像那个时代的很多女性一样，约翰逊夫人还是坚忍地陪伴在丈夫身边。

不过，颇具讽刺意味的是，约翰逊是个占有欲极强的丈夫。有一天，布莱恩特（最初被雇来当电工）被叫到约翰逊夫人的房间，为她的美甲台装一根延长电线。由于插座在梳妆台后面，当时第一夫人又正巧坐在边上，所以布莱恩特躺在地板上插线时，几乎躺在了约翰逊夫人下面。

正当他准备起身时，约翰逊走了进来。总统的嘴"张得大大的"，脸上是一副"吃醋的丈夫"的表情。布莱恩特结结巴巴地说了一句："总统先生，我刚刚只是在给约翰逊夫人的美甲台插延长线。"

倒是约翰逊夫人似乎很高兴——她终于扳回了一局。

————

有时候，白宫的客人们还想偷拿点儿历史回家。

招待斯基普·艾伦在国宴上工作时，负责监督国宴厅的南头，需要保证每个人的酒杯都是满满的。他手边总是放着成套的银质餐具和多余的纸巾，如果有人不小心把叉子掉到地上，他就可以立即拿一个新的递上去。但时不时地，他也会注意到有些客人会偷偷把什么东西塞到手包里。

员工们从不会直接质问客人是不是拿了一件瓷器或者银器，而是通过装傻和礼貌地询问，让客人羞愧地自己交出来。"你收盘子的时候，顺便问一下刀叉，如果不在桌上的话，我会说：'啊，也许掉地上了。'我们一起都往地上看，然后他们通常会说：'哈，原来在这儿呢！'"

安妮·林肯是杰奎琳·肯尼迪的服装助理，主要帮她约做头发和买衣服，后来被提拔为行政管家后，担负起了降低食品开销的不可能任务。她回忆说，在肯尼迪时期，偷一件卡米洛王朝的东西成了家常便饭，比如在某次午宴结束时，有十五个汤匙、两个刀盘、四个烟灰缸都不见了，而且还全是银质的。"人们来了之后，心里认为这些是他们的东西，所以就自便了。"她回忆了那位轻声细语的第一夫人某次动怒的情景。"一天晚上，她看到一个客人把一把镀金的餐刀塞到了口袋里。"晚宴结束后，在客人离开前，她找来领班查尔斯·费科林，叫他数数镀金的银质餐具。查尔斯报告说一把餐刀的确不见了之后，肯尼迪夫人径直走到已经吓呆的客人面前，把刀子要了回来。那个人都不敢犹豫，直接交了出来。

杰奎琳知道宴会桌该怎么布置，精心烹制的菜肴尝起来是什么味道，但她自己不会做饭，林肯从没见过她进厨房做顿饭或者弄点夜宵，而肯尼迪总统在厨房同样不可救药。林肯说："总统喜欢在睡前喝点汤，所以我们在二楼放了一个开罐器，可我觉得他大概花了八个月才学会怎么用。而且，第一夫人似乎也不会用。"男仆们会在第二天早晨和林肯说笑："啊，可怜的总统昨晚又被开罐器难住了。"

1963 年夏天时，杰奎琳的儿子帕特里克早产，不久之后夭折。10 月中旬，即肯尼迪遇刺几个星期前，他把总招待叫到了卧室。"哎，韦斯特先生，"她像小孩子似的轻声说道，"我遇到了点麻烦，你能帮我解决一下吗？"原来，她先前邀请了一位公主在二楼过夜，但现在她和总统却想单独待着——儿子的夭折让两个人变得比之前更亲近了。"你能帮我们圆个谎，好让我们不必招待她来住吗？"第一夫人恳求道。

杰奎琳已经精心编好了一个不必再做东的借口。她告诉韦斯特，把女王卧房和林肯卧房——只有这两件符合皇家的身份——弄成好像还在装修的样子，这样客人就绝对没办法住在白宫了。

"她的眼睛开始发亮，想象着这个精心设计的骗局。"韦斯特写道。

他叫来了红子在木工店上班的弟弟邦纳·阿灵顿，交代了计划：

"拿些罩布到女王卧房和林肯卧房，卷起地毯，盖上窗帘、吊灯和所有家具。哦，对了，再搬把梯子上来。"

接着，他打电话给油漆工，要来十二罐油漆，每间放六个，其中包括两个放过米白色油漆的空桶，还要了些用过的油漆刷。然后，他找来一些装满烟蒂的烟灰缸，制造出一队人马正在努力工作的假象。整个过程，再一次证明了官邸员工的层级观念和互相信任，因为所有参与了这个周密计划的人都没有问过为什么。

公主御驾到来之后，肯尼迪总统带着她参观了整个官邸，并指着女王卧房的油漆桶和罩布说道："要不是杰奎琳又在重新装修，您今晚本可以下榻在这里的。"说完，他还故意重重地叹了口气。

第二天早上，第一夫人打电话给韦斯特感谢他时，咯咯笑个不停："总统看到那些烟灰缸时，差点笑出来。"

———

2007 年，在他们结婚六十周年纪念日前不久，红子·阿灵顿去世。他的妻子玛格丽特深情地说："我们俩这辈子很美好。"

红子在白宫当水暖工三十七年，服务过七位总统，这期间他向妻子讲了很多故事，而她也显然很喜欢复述它们，以此让他的记忆鲜活下去。有些故事讲的是总统的一些怪癖——比如肯尼迪总统习惯叫红子在前一晚把浴缸放满水，第二天早上，他直接加点热水就可以洗，这样节省时间。再比如，有一次肯尼迪的保姆莫德·肖慌慌张张地打电话给红子，因为她不小心把约翰-约翰的纸尿裤冲到了马桶里……

在去世前，红子有一次接受访问，说起了他差点儿惹得林登·约翰逊暴怒的事——幸亏约翰逊的贴身男仆出面帮忙，他的工作才保住。一天晚上，红子正在加班鼓捣约翰逊那套名声在外的淋浴泵，用绷紧和密封水管用的外壁涂料修补。第二天早晨，他接到了约翰逊贴身男仆的电话。

"红子，你和你的人赶紧上来一趟，把莲蓬头清理干净。总统今早洗完澡之后，后背全是蓝色的涂料。"男仆说，"我没告诉他，而是拿了块毛巾，帮他轻轻拍干了。"但总统每天早上喜欢做个按摩，所以这位男仆不得不给按摩师打电话，提醒他看到总统满是蓝色斑点的后背时，先别吭气。"别问他，你背上那些是什么，"男仆嘱咐道，"拿点东西，酒精还是什么，给他清理一下就行了。因为如果他知道背上全是外壁涂料的话，所有的水暖工都得走人。"值得庆幸的是，约翰逊从未发觉，红子也得以在他钟爱的白宫里继续工作了很多年。

红子还跟妻子讲，伊丽莎白二世访问时，水暖工为女王陛下制作了一把椅子，装在马桶座上面——好像宝座一样。玛格丽特咯咯地笑着回忆道："红子说，这才是真正的'皇家同花顺 [1]'。"

1976 年，女王再次访问华盛顿，因为她是白宫的常客，所以大多数员工对于她的驾临十分淡定。在正式晚宴开始前，福特夫妇照例在外交接待厅的入口迎接女王和菲利普亲王，然后他们陪同夫妇二人往电梯那头走，准备在宴会开始前，先到楼上聊一会儿。

可就在他们等电梯上楼时，电梯门忽然开了，迎面出现的是总统

1　原文为 royal flush，这里是双关语，flush 在英文中有冲马桶的意思，也可指玩牌时一手同花的五张牌。而在得州扑克中，花色相同的 10、J、Q、K、A 五张牌，摸到的概率极低，且其中的 Q 和 K 分别是王后和国王，故名皇家同花顺。

二十四岁的儿子杰克·福特，而且他穿的还是牛仔裤和 T 恤——面见王室时这么打扮可不太合适。但女王磕巴儿都没打，转头对贝蒂·福特说："别担心，贝蒂，我家里也有这么个家伙。"当然，她指的是儿子查尔斯王子。

————

1970 年 12 月 21 日，发生了一件在今天严密的安保措施下绝不会发生的事情，一位不速之客突然造访了白宫。这人就是"猫王"埃尔维斯·普莱斯利。那天，猫王临时提出要面见尼克松总统（他有个奇怪的请求，想宣誓成为 FBI 卧底），结果阴差阳错地参加了一个办公室小型派对。

当时，比尔·克莱伯和一群员工正在唱《祝你生日快乐》，为某个藏品监理庆祝生日，但一抬头，却看到猫王和他的保镖站在底楼这间狭小办公室的门口。

"我只是想说，祝你生日快乐。"全美最著名的歌手说。

整个屋子顿时安静下来，所有人都目瞪口呆。

"大家都傻眼了。"现在回忆起来，克莱伯仍然摇着头表示难以置信。

一分钟后，一名白宫警察过来，拍了拍猫王的肩膀，问他那些保镖有没有带枪。

"带了啊。"猫王回答。

"那您去见总统的时候，能不能把枪留在我这里？"

"当然，"猫王漫不经心地说，"拉尔夫，把枪给他。"

伊凡妮丝·希尔瓦

　　猫王不知怎么竟然偷偷带进了一把.45口径的柯尔特手枪，后来他把枪作为礼物，送给了困惑不解的总统。

　　现在已经七十三岁的女佣伊凡妮丝·希尔瓦，以前大多数时间都在二、三楼上第一家庭的私人区工作。通常情况下，这里的事情像钟表一样有规律，为了避免打扰总统和第一夫人，女佣们要留意他们的动向，等到二人离开二、三楼后，她们才会进去工作。但某天晚上，事情却出了点偏差。

　　一般来说，白宫会安排四个女佣在官邸工作，早晚各两名。一天下午5点半后，席尔瓦正在里根总统的卧室里铺床、拉窗帘，可当她做完这些走到卧室的客厅时，却看到了难以置信的一幕：里根总统正在里面坐着看报，而且一丝不挂。

"我走进去之后，他光着身子坐在那儿，身边都是报纸！"总统还没来得及张口说话，她便面红耳赤地飞奔出了房间。此情此景下的里根，大概和她一样吃惊。

稍后，她在走廊里碰到了总统。里根看着她，眨眨眼问："刚才那个人是谁？"

"我不知道啊，先生。"她俏皮地答道。

这件事至今还让她有些茫然。"他知道我看到他的裸体了，所以他不得不说点什么。"

里根或许有些尴尬，但据多数人的说法，他事实上对裸体一点都不感到难为情，虽然这样会让员工们不知所措。在里根就职大概一个月之后，招待斯基普·艾伦终于结束训练，被允许独立上岗了。在某次单独值班时，他收到了一个仅供里根亲启的包裹，而且需要立即拿给他签字。

于是，艾伦赶紧上二楼找总统，可找了一圈也没见到总统的影子。没办法，他只好找到里根的贴身男仆，向他求助。

"他在里面。"男仆指着一扇紧闭的门说。艾伦敲了敲。"谁啊？"里根吼道。

"我是招待办公室的斯基普·艾伦，我这儿有个仅供您亲启的包裹。"

"进来吧。"

艾伦开门后，才意识到这是总统的卫生间。里根刚刚冲完澡。

"他身上只有一层水！"艾伦回忆说。

"拿过来。"里根告诉他。签完字后，艾伦赶紧拿着包裹下了楼。

可没过多久，当晚9点左右，他又收到了一个仅供总统亲启的包裹。虽然他被告知总统和第一夫人一般到9点就已经上床睡觉了，可他别无选择，只能打扰。

他又一次紧张兮兮地跑到楼上找总统。这次，他看到里根的屋里还亮着灯，于是颤抖着敲了敲门。

"谁呀？"南希·里根问道。

"我是招待办公室的斯基普·艾伦，我这儿有个包裹要交给总统。"

"请进。"

他进去后，看到里根只穿着内裤从衣帽间走了出来。

"哎呀，罗尼，至少披上件睡衣啊。"南希批评他。

总统看了她一眼。"哈，妈咪，"这是他对妻子的昵称，"没事的，他今天已经见过我全裸，我们是老朋友了。"三个人哄堂大笑。

里根的儿子罗恩说，他父母在员工面前这种放松、自然的本性，很可能使在白宫工作轻松了不少。里根一家十分习惯身边有家政员工走来走去，也从不担心自己在他们眼里是什么样。"如果你服务的人对于你在场非常敏感的话，那么做男仆之类的工作就会困难重重。但我父母不那样。"

但是罗恩也承认，他父母这种满不在乎的态度有可能被解读为抹杀员工的人性。"意思就是他们不算人，因为他们连让别人难为情的价值都没有。"的确，里根夫妇对员工满不在乎的态度，和老布什夫妇那种同样容易相处但多了几分尊敬的态度，有着明显的区别。里根停下脚步和员工聊天时，通常是想聊他自己或者开个玩笑，但布什夫妇却会询问员工的家人、关心他们和家人相处的时间多不多，明白他们在白宫的大门之外还享受着另一种生活——但里根夫妇可能从未意识到有这么做的必要。

有些时候，再回头看白宫里发生的某些事时，会感到一种完全不同的意味。一位男仆回忆说，到里根总统任期快结束时，他发现总统有一次在性命攸关的时刻，竟然对身边发生的事情毫无反应。"事件的主角是总统，"他说，"我当时正在厨房干活儿，突然间我看到通风口在冒烟。"原来，正在烧壁炉的男仆忘了打开风门，所以烟回飘到了里根正待着的房间里。"我听到消防车和人们冲进来的声音后，也立即跑上了二楼。"

不一会儿，一名女消防员下了楼，一边走还一边笑。"什么这么好笑？"男仆有些惊讶，这名消防员似乎并没有很担心。

这位笑得话都说不完整的女消防员好不容易才说明白："你知道总统就若无其事地坐在那里吗？一边看电视，一边看报纸。"

"他都没有意识到？"男仆问。

当时，没有人想到总统或许已经是阿尔茨海默氏症早期。在那一刻，这一切似乎只是这位很少在员工面前慌乱的总统拥有的又一个怪癖而已。

————

一些流传甚久的八卦，往往来自那些无法和平相处的员工。在白宫工作，有时会让人的自尊心膨胀，从而助长他们不羁的性格。很多被解雇的员工，尤其是厨师，都是才华横溢的专业人士，而且都自认为代表着行业的最高水平，但这种好胜心很容易引发专业上的较量。近年来最让人瞩目的例子，大概是行政主厨沃尔特·沙伊伯和糕点主厨罗兰·梅斯尼埃间的公开不和。

十一年的并肩合作，并没能削弱二人之间的敌意，即便离开白宫十多年后，他们的感受依然不减当年。现年七十岁的梅斯尼埃受雇于卡特夫妇，而小他十岁的沙伊伯则由克林顿夫妇聘任。他们互相厌恶，甚至拒绝讨论各自准备制作的菜品，沙伊伯一般只是简单地把每周的菜单交给梅斯尼埃，让他来预备搭配的甜品。沙伊伯承认，和梅斯尼埃相比，他不算合群，会像个军队将帅一样管理厨房。（"如果我想交朋友，"他说，"早去青年团做志愿者了。"）而喜欢热情展示自己创意的梅斯尼埃，是个颇具艺术气质的法国人。每年圣诞节时，他会按照每个同事的选择，为他们每人制作一个蛋糕，所以梅斯尼埃每年要制作几十个水果蛋糕、果子甜面包和磅蛋糕。（"对我而言，员工不仅仅是同事，"他说，"他们是我的家人。"）

沙伊伯很鄙视梅斯尼埃又出书又上电视的行为，认为他这是为了出名。"他的风头盖过了第一家庭，这是很不幸的。"而梅斯尼埃则称，身材相对匀称的沙伊伯（他看起来更像企业高管，而不是厨师）被聘用，是因为长得帅气又口齿伶俐，可以更好地为希拉里推广美式健康饮食的活动代言。"沃尔特和我，我俩合不来，是因为他厨艺不精。"梅斯尼埃轻蔑地说。

"招待们时常开玩笑，如果看到罗兰和我在一起喝啤酒的话，大家都应该赶紧跪下开始祈祷，因为很显然，世界末日已经降临。"沙伊伯说。

梅斯尼埃倒是非常喜欢沙伊伯的前任、法国厨师皮埃尔·钱柏林，但是，由于钱柏林拒绝把有些不好消化的法餐换成更健康的美式食物，后来被克林顿夫妇炒掉了。希拉里·克林顿希望通过推广健康的美式食品，来进一步推动她所倡导的医保制度改革。但钱柏林说，他被解雇的真正原因完全是由于外表，不是菜式。"我是法国人，长得胖，英语也不好。我不符合他们想展示给美国人的形象。"

钱柏林告诉我，对于克林顿一家人来说，"食物只是燃料"，别的什么也不是。"从一开始，我就知道自己在克林顿夫妇这儿会失败。我按照他们的想法做事，甚至试着取悦他们，不放黄油，不放脂肪，把菜单里的法语都剔除掉。可是，举个例子，你说'嫩煎'的时候，不用这个词该怎么说呢？"

钱柏林很讨厌克林顿夫妇对食物的随意态度。而且，和布什一家不同的是，克林顿夫妇想在厨房吃饭。"从布什变成克林顿之后，我们也一下子从富人变成了粗人。"

沙伊伯被雇来后，换掉了钱柏林，而拥挤不堪的底楼厨房也变成了一个更让人感到不自在的工作场所。梅斯尼埃有了他自己的糕点小厨房后不久，厨师约翰·穆勒到白宫上班。"如果他还留在主厨房，和我们一起工作的话，可能会发生流血事件。"穆勒的语气中没有一丝开玩笑的意思。

IX

Growing Up in the White House　长在白宫

请你想象一下，当你被白宫门口耀眼的泛光灯照着，身边还有个特工人员跟随时，和一个男孩道晚安是种什么情形。除了握握手之外，你什么都做不了。这种场面下没法订婚。

——玛格丽特·杜鲁门

　　1993 年，当十二岁的切尔西·克林顿搬进白宫时，斯蒂夫·福特给她写了一封信。他的建议是：和特工打好关系，因为他们可能是你与外界唯一的联系。他说，在这个问题上，他相对轻松些，毕竟有很多兄弟姐妹来分担这种经历，但切尔西是独生女，所以住在白宫会更艰难些。事情果不其然，她父亲的不检点行为被公开后，她不得不在没有任何兄弟姐妹帮忙分担压力的情况下，独自承受了那种难堪。回顾切尔西在白宫的经历时，福特说道："我觉得比起那些一般有两三个孩子的第一家庭，她面临的情况要更加艰难。不过我认为她处理得特别好。"

　　当孩子们搬进白宫时，员工们会想方设法保护他们。因为他们已经见识过其他总统子女在这里的成长史，所以希望帮助新来的孩子尽可能地拥有一个正常的童年。不过，除了照顾孩子的额外责任，员工们倒是很享受闹腾的小朋友或爱玩的高中生带来的乐趣。总统子女能为整个白宫带来一丝暖意与童真，让这里时常紧张压抑的气氛变得愉快起来。

　　库房长比尔·汉密尔顿见证了几代总统子女如何学着在白宫这个

泡泡中生活。他说，孩子年纪越小，就越容易适应这种幽闭恐怖的新生活。卡罗琳和约翰 - 约翰·肯尼迪到白宫时，岁数不大，什么都不知道，所以在官邸的高墙之内，他们很容易做自己，生活得也相对轻松些。切尔西·克林顿、萨莎和玛莉亚·奥巴马在这里经历的是少女时代，这就意味着她们不但要生活在聚光灯下，同时还要面对青春期的焦虑。而对那些年纪大一点的总统子女而言，比如福特的孩子们、露西和琳达·约翰逊、芭芭拉和珍娜·布什，这种适应或许是最艰难的。在汉密尔顿看来，他们最终都意识到自己将会失去一部分曾习以为常的自由，而且这种自由只有当他们的父亲卸任之后，才能重新获得。

汉密尔顿说："一旦你经历过上大学的那个年纪，经历过出去喝啤酒、和男孩子四处疯玩、派对狂欢这些之后，在白宫生活会有很大不同。"

小布什的两个女儿——小时候被奶奶芭芭拉·布什亲切地称为野丫头——到父亲当选总统时，已经对白宫很熟悉，因为爷爷奶奶住在白宫时，她们就在里面玩过捉迷藏，在花卉店插过花。在父亲担任总统期间，她们还向招待南希·米切尔倾吐过有关男朋友的烦恼。（珍娜后来承认，在白宫的屋顶上曾经有过"动手动脚"的行为。）员工们说，这两个姑娘就是典型的十九岁女生而已。此外，珍娜和官邸员工的感情非常深，她在得克萨斯州举行婚礼时，请来布置花卉的人就是花卉主管南希·克拉克。

不过，在这个泡泡里生活，总会有某些限制。"对于一个十几岁的孩子而言，那样的生活太糟了，"招待纳尔逊·皮尔斯说，"被拘束着的感觉很难受，而且他们心知肚明的是，无论做什么都会有特工在你屁股后面跟着。"

————

奥巴马一家搬进官邸时，玛莉亚刚十岁，萨莎只有七岁。自肯尼迪一家离开以后，还没有年纪这么小的孩子在白宫里生活过。现在分别已经十六岁和十三岁的玛莉亚和萨莎在这里成长的六年中，周围环绕着的是一群女佣、男仆和厨师，住的房子里还有私人影院、网球场、篮球场和游泳池，而这还只是她们的日常生活，并没有算上她们有时会参加的那些高级晚宴和派对，更别说在奥巴马第一次就职典礼当夜乔纳斯兄弟（Jonas Brothers）奉上的私人演唱会了。

小布什当选总统那年，芭芭拉和珍娜·布什刚刚高中毕业。她们在离开白宫前，带着玛莉亚和萨莎参观了整座官邸，去看了电影院和保龄球场，还向她们透露了几条秘密通道。大姐妹们显然很高兴能有一对小姐妹来接替第一女儿的位置，甚至还告诉她们可以时不时坐在楼梯的扶手上往下滑着玩。姐妹两个中更活泼好动的萨莎，肯定很喜欢这个建议。

和肯尼迪家一样，奥巴马夫妇也坚决要让孩子们过正常的生活。2010 年退休的花匠鲍勃·斯坎伦向我描述了一个千家万户在周日早上都曾有过的场景：日光浴室里横七竖八地摆着前一夜孩子们请朋友来过夜时用过的充气床垫。

姑娘们平时只在周末时才能吃到甜点，但要是姥姥玛丽安照看她们时，姐妹俩就会大吃特吃冰激凌和爆米花。斯坎伦说："罗宾逊夫人真的很尊重全家人的隐私。我在那里工作时，她基本上都待在三楼，而且独自吃饭，两个女孩和父母在二楼吃。"晚饭前，玛丽安会说一句"我要回家了"，然后上楼回到她的套房，给女儿一些单独和丈夫、孩子相处的时间。

"她为人很和气，很亲切，对自己拥有的一切都很感恩，而且她的客厅和卧室里总是摆满了鲜花。"每当斯坎伦进去给她换新花时，她经常会说不用了，"没事的，我看那些花还挺好的。"

米歇尔还请花匠给居住区的每朵花都贴上了标签，这样可以方便她和女儿们记住各种花的名字。备受大家爱戴的老员工、男仆"笑脸儿"·圣欧班出生于海地，说着一口好听的法语，于是第一夫人便拜托他在给女儿们提供服务时用法语来表达，好让她们学习一下。（圣欧班于2009年去世。）

斯坎伦希望奥巴马一家在白宫的第一个圣诞节能过得特别一些（节日当天他们是在夏威夷度过的），所以用黄杨做了些圣诞树，分别放在了玛莉亚的梳妆台和萨莎的壁炉台上。

玛莉亚尤其喜欢她那棵。当斯坎伦去她的房间查看圣诞树时，发现了一张写给他的便利贴："花匠：我很喜欢我的树。如果不是太麻烦的话，能不能给它装饰些灯呢？如果不行，我也可以理解。"在字条的最后，她还画了一颗心。斯坎伦把便利贴从梳妆台上揭下来，拿到了花卉店去。他大笑道："你们说，我怎么可能不给她的树挂些灯上去呢？"

员工们悉心照料这些孩子的原因，是他们理解孩子们要面对的是何种挑剔的目光。2014 年，在白宫的年度火鸡赦免仪式上，萨莎和玛利亚便受到了一名共和党雇员的攻击。这位名叫伊丽莎白·劳敦的员工时任共和党议员斯蒂芬·芬奇的公关主任，她在脸书上发了一条信息，谈论两个女孩的衣着："要打扮就体面一些，别穿得像吧台女郎似的。"她的这句贬损性言论受到了民主党人和共和党人的广泛批评，双方的大多数都认同的一点是，现任总统的子女应是此类评论的禁区。随后，劳敦在媒体风暴中悻悻辞职。这次事件，再次证明了在众目睽睽之下的白宫中成长所要面临的巨大压力，而伴随着滚动新闻报道与新崛起的社交媒体，镁光灯的这种光芒只会有增无减，更加刺眼。

————

自西奥多·罗斯福的一大群孩子在 20 世纪初把白宫搅得天翻地覆以来，卡罗琳和约翰-约翰是在那里住过的年纪最小的总统子女。随父母入主白宫时，卡罗琳只有三岁，弟弟则只有两个月大。杰奎琳·肯尼迪特别不希望她的孩子被娇生惯养，所以每当他们被邀请去参加小朋友的生日派对时，她都会让他们写感谢信（年幼的约翰-约翰只会乱画）。而他们自己的生日派对结束后，杰奎琳还会抱着姐弟俩去厨房感谢员工。利蒂希亚·鲍德里奇说，在两岁时，卡罗琳和约翰-约翰就明白了"不"的含义；他们见到国防部长罗伯特·麦克纳马拉的夫人之后，认真地看着她的眼睛，说："您好，麦克纳马拉夫人。"（不过，约翰-约翰说的可能更接近于"纳纳夫人"。）

鲍德里奇说："一天到晚都是'您好'，不仅对爸爸妈妈的朋友是这样，对招待、男仆、女佣、警察、特工、园丁和厨房、配膳室的员工——只要是他们碰到的人——也全这么说。"

和她之前的那些第一夫人不同，杰奎琳·肯尼迪不允许她的孩子们直接用男仆的姓称呼他们。她认为这样非常粗鲁，尤其是在和那些体面、有风度又在白宫工作多年的老员工讲话时。藏品总监吉姆·凯彻姆说，孩子们见到尤金·艾伦要叫艾伦先生，和普莱斯顿·布鲁斯说话要称布鲁斯先生，因为杰奎琳不允许他们直接叫布鲁斯或者艾伦。

但有时候，假如杰奎琳不在，卡罗琳、约翰-约翰对待员工就会稍微放肆一些，这点他们的母亲或许不会赞同。比如，在白宫工作的二十六年中，招待纳尔逊·皮尔斯最喜欢的一段回忆，竟然是有一次他给约翰-约翰拿着书讲了个故事。"那天，肯尼迪夫人的立体音响出了点问题，我陪着陆军通信兵到楼上修，"他回忆说，"约翰·约翰看到我后，拿着一本书走过来，告诉我他想让我来给他读。"

皮尔斯按照约翰-约翰的要求，坐到了沙发边上。他觉得，这么一个活泼好动的小男孩，怎么可能安安静静地坐着听他念完一本书。"我以为我读的时候，他会在一边站着。但完全不是。他先爬到沙发上，然后又下来，推着我的胸口说：'躺回去，躺回去！'所以我只好用胳膊搂住他，和他一起看。读完以后，他立即跳到地上，把书放回了原处。"对纳尔逊来说，和肯尼迪的孩子们相处，是工作期间很好的调剂，也会让他想起在家的四个孩子。

一天晚上，肯尼迪家的保姆莫德·肖打电话叫皮尔斯来帮忙。当时，她正在二楼家庭餐厅，约翰-约翰还没吃完饭，卡罗琳已经吃完了，并且开始在地板上翻跟头——但没成功。皮尔斯进来后，卡罗琳抬起头看着他。

"皮尔斯先生，我不会翻。我的腿不是翻到右边就是跑到左边。"

"卡罗琳，集中注意力，心里努力想着让你的脚从头上翻过去。"皮尔斯告诉她。

她又试了试，果然提高不少。

"皮尔斯先生，和我一起翻跟头吧！"她恳求道。

想到这里，皮尔斯笑了起来。"幸运的是，莫德替我解了围，所以我才没在餐厅的地板上和卡罗琳翻跟头！"

几十年后，主厨沃尔特·沙伊伯向我解释了员工眼中是如何看待第一家庭的。"虽然国宴是你工作中最受瞩目的一项，但在国宴当天，你也可能接到官邸的电话，说切尔西或者小布什的某个双胞胎女儿想吃碗燕麦片或蓝莓什么的，突然间，这个就成了你的头等大事。所以，这份工作与美食无关，而是为了给第一家庭在这个非常非常疯狂的世界里，提供一个小岛，过过正常日子。"

对这些技艺精湛的厨师来说，有时候，第一家庭想要的东西却普通到让人烦恼，尤其是有孩子住在白宫的时候。约翰·穆勒记得有一天早上，他和一位新聘请的厨师正在给切尔西·克林顿做薄饼。新厨师看到冰箱里有真正的槭糖浆，但穆勒告诉他，切尔西喜欢很多孩子吃的那种仿制槭糖浆。新厨师和他争了起来，坚持认为真的吃起来总要好些。最终，穆勒勉强同意，让男仆把高级糖浆送了上去。但两分钟后，糖浆又被拿了回来，第一女儿还是想要那个假的。第一家庭的喜好高于一切。

官邸员工必须为总统的子女提供一个可以让他们自由活动的安全

港。约翰逊的大女儿琳达·波得·约翰逊·罗伯说，有段时间，她曾无法完全信任外面的人，而员工们却能给她安慰。"在那里工作的人真的很好。我敢说所有在那里生活过的人都会感谢他们，觉得周围有这些人很幸运，他们只想帮我们，却从来不会想从我们这里得到什么，不会出卖我们。"

琳达与丈夫查尔斯·"查克"·罗伯认识时，他是白宫的一名军方社交助理，工作主要是确保总统的客人在参加招待会和宴会时得到周到照顾，与面见总统、第一夫人前紧张不安的客人聊天、指引他们找到自己的座位。但是，除员工之外，没人知道琳达和罗伯在约会。工作结束后，罗伯会跑到日光浴室和琳达打桥牌，虽然男仆们肯定看到了他们俩，但却严格地保护着她的隐私。

罗伯在弗吉尼亚州匡蒂科的海军陆战队军官基础学校上学时是第一名，在越战时获得过铜星奖章，后来当上了弗吉尼亚州州长，并且担任过两届参议员。罗伯被派到越南时，琳达正怀着他们的第一个女儿露辛达。当她因为担心丈夫的安危在深夜辗转反侧时，还可以听到卧室窗外反越战示威者的喊声。

琳达住的是以前卡罗琳·肯尼迪住过的房间，正对着宾夕法尼亚大街，一点遮挡都没有。她妹妹露西住的是约翰-约翰以前的卧室。这两个屋子中间有个小房间，曾经是莫德·肖的卧室，后来被约翰逊一家改成了步入式衣橱，用来放过季的衣服。

约翰逊和夫人的房间对着南草坪，所以听不太清外面的叫喊声，但愤怒的抗议声却让琳达和露西不寒而栗。"露西和我挺痛苦的，听着那些人没日没夜地在街对面大喊反战口号，可我们的丈夫却在那个地方打仗，做着牺牲，我又怀了孩子。他们还恶毒地说我父亲，可我知道他是多么想让那场战争结束啊。”

藏品监理贝蒂·蒙克曼记得她曾和同事聚集在招待办公室，观察那些示威者。她转身对年纪稍长的同事说：“站在公园里的人或许就是你的孩子啊。”

“你根本无法逃避身边发生的一切，”她说，“感觉就像住在一个蚕茧里，但却非常清楚外面发生的所有事。”在某个严寒的冬日、约翰逊总统为了平息示威者的愤怒，甚至还叫男仆给他们送去了热咖啡。

“我当时还很年轻，才二十七八岁，”蒙克曼回忆道，“我去参加派对的时候，都不敢告诉别人我在哪里上班，因为说出来后，别人对我的态度就会很消极，我只好说‘我在公园管理处工作’，不然他们会跟我大谈他们对政治的不满。或许我和他们的很多感受是一样的，但是我不想听他们说这个！”

从周二到周六，白宫底楼和国事楼的部分区域会向公众开放，在抗议不断的那些年，这种毫无隐私的环境让琳达越来越无法忍受。“连肯尼迪遇刺后我们都没有（本来该有的）那种安保措施，所以游客们早早便聚集在我们的窗户底下。”她说，“我想睡会儿觉时，可他们却在我窗户下大声说话：‘往这边站站，莫特尔。’”

得克萨斯州的第一夫人奈丽·康纳利曾对琳达说，她经常会幻想站在州长官邸的窗户前，向下面的游客扔装满水的气球。

“我笑着说我也这么想过，”琳达说，“但我从没干过。”

不过，热情的游客并非问题所在，让白宫生活如此艰难的，是那些因为战争仍在继续而异常愤怒的抗议者。招待纳尔逊·皮尔斯记得，有一次一群参观的"孩子"在官邸员工热爱的白宫的国宴厅里倒了很多管他们自己的血。"我们只能把窗帘拿去干洗。"有时候，参观者还会在白宫里放蟑螂。蒙克曼说："我们不得不培训员工在发生这类情况时应如何应对。"

林登·约翰逊的重要转折时刻，发生在琳达送丈夫奔赴越南后。她半夜哭着去找父亲，质问他为什么罗伯要去参战。结结巴巴无法回答的总统意识到，他根本没有答案。没过多久，约翰逊宣布他将不再谋求连任。

————

1974 年 8 月，当他父亲突然被推上总统之位时，斯蒂夫·福特还差几个星期就要去杜克大学读大一了。

"突然间，我们有了十个特工跟着，生活也随之改变了。相信我，十八岁的时候，这群人可不是你希望一起玩的人。"

福特决定退学，搬到蒙大拿州的一个农场工作，避开公众的关注。不过，他每年还是会和父母一起住两个月——他和其他三个兄妹在三楼有各自的房间。

"白宫真的属于那里的员工，因为他们是经历过五六届不同政府的人，"他说，"白宫的租期都是暂时的，对有些人来说，还更短！"（福特总统在白宫待了不到三年，1977 年卸任。）但是斯蒂夫对那些年记忆犹新。"真的好像生活在博物馆一样，"他说，"每样东西都可以追溯到林肯或杰斐逊的时代。记得搬到那儿后——住在亚历山德里亚的家里时，我经常会把脚搁在桌子上——我母亲曾对我说：'别把脚放在上面！那可是杰斐逊的桌子！'"

对福特一家而言，搬到白宫是一个惊天动地的大变化。这之前的二十多年，无论是杰拉尔德·福特在国会任职还是当副总统时，他们一家人都住在一幢四室两卫的红砖小楼里。这座殖民风格的建筑位于弗吉尼亚州亚历山德里亚市皇冠景色大道（Crown View Drive）一块一千多平方米的土地上，隔着波托马克河与白宫遥遥相望。

1973年12月，斯皮罗·阿格纽辞职后，福特成了副总统，他们家的双车车库成了特工的家，而福特夫妇的主卧也装上了防弹玻璃。（直到1977年，美国海军天文台才成为副总统的正式官邸。）

总招待盖里·沃特斯后来回忆说，福特一家人特别好相处。有一次，他接到福特总统的电话，叫他找个人来他的卫生间看看，因为淋浴不出热水了，而且，已经有好几天如此，所以他一直在夫人的浴室洗澡。不过，福特告诉他，不急。

由于尼克松一家把东西搬走需要时间，所以在福特成为总统第七天后，他们才搬进白宫。搬进去时，福特总统和第一夫人从家里带去了他们最喜欢的椅子——一张很舒服的皮椅——放在他们卧室的私人客厅里。

苏珊·福特是他们家四个孩子中年纪最小的，她回忆说，她曾求着父母允许她装饰自己的卧室，把蓝色的粗毛地毯换掉。但他们不允许，因为花费要出自他们自己的腰包。她告诉我："我父亲不相信抵押贷款，他确实是大萧条时期长大的孩子。"

福特的四个子女都是十几二十岁，和多数普通人家的孩子一样，他们也忍不住会制造些麻烦。他们搬进白宫的当天，斯蒂夫·福特便打电话给住在亚历山德里亚老家拐角处的好朋友凯文·肯尼迪——"凯文，我们终于搬进来啦。你快过来——你一定得看看这个地方。"

他让安保部门批准朋友进来后，带着他参观了三楼的卧室和直通房顶的日光浴室。他们拿着音响，在白宫房顶的桌子上大声放起了齐柏林飞艇乐队（Led Zeppelin）的《天堂的阶梯》（Stairway to Heaven）。"那是我在白宫的第一晚，"斯蒂夫·福特说，"男仆尤金知道我们在上面干了什么，但我很感谢他没有向我父母打小报告。其实，你做的每件事员工都知道。"

但他们不会妄加评论。福特说，部分原因是他们非常同情在白宫里生活成长过一段时间的孩子们。"他们不会举着道德大棒敲打你。"

————

对很多总统子女来说，生活在白宫既是一种福气，也是一种诅咒。玛格丽特·杜鲁门把总统官邸称作"白色大牢"，而有些孩子更是绞尽脑汁想"越狱"。

苏珊·福特回忆说，她偷偷溜出白宫曾让面慈心软的父亲勃然大怒。本来是想开个玩笑的苏珊，不知怎么竟然钻了空子，一个人跑到她停在南草坪半圆空地的车上（"我一般都会把钥匙留在车里，以防挪车"），直接开出了白宫大门。负责保护她的特工既没法关门也不能开车追出去，因为福特夫人的车当时正在往里开。

苏珊接了一个朋友后，把车停到西弗韦超市（Safeway）的停车场，一起喝了六罐啤酒。最后，她才找了个投币电话，告诉特工她会在晚上 7 点前回到白宫，她得回家取霍尔和奥兹（Hall & Oates）的音乐会门票。结果她一到家，就得知父亲要见她。"好戏已经结束，"她心里想着，"现在要面对现实了。"

福特总统说，他对苏珊很失望。而且，他当时一定非常生气，因为激进的共生解放军（曾绑架过女继承人帕蒂·赫斯特）[1] 扬言要绑架苏珊，所以她也是全家唯一一个在福特成为总统前便有特工保护的孩子。如果她被绑架的话，这次本来轻松随便的冒险就会演变为全国性危机。（苏珊显然并不太介意特工，因为后来她嫁的正是保护过他父亲的一名前特工。）

和妹妹一样，斯蒂夫·福特也想过一下正常人的生活，但事情并不总遂人愿。"搬进去的时候，我有辆黄色的吉普车。"他笑着说起了自己曾经的幼稚行为，"开车进来时，我会把它停在车道上正对着外宾入口的地方，然后上楼去。等我站到窗口往下看时，车已经不见了。"官邸员工认为，吉普车不太适合停在白宫正面。"每次我回家后，他们都会把车挪到后面，偷偷藏起来。我一怒，下去又把车开到前面，结果他们又会挪走。"

---

1   共生解放军（Symbionese Liberation Army）是一个左翼激进组织，1973 年由唐纳德·德弗里兹（Donald DeFreeze）创立。1974 年 2 月，该组织绑架了美国报业巨子威廉·伦道夫·赫斯特（William Randolph Hearst）的 19 岁女儿帕蒂·赫斯特。随后，帕蒂·赫斯特转投绑匪，成为共生解放军的一员。在一次银行抢劫中，赫斯特及同伙被警方逮捕，并被判有罪。卡特总统上台后，帕蒂·赫斯特获得提前保释出狱。

———

艾米·卡特住进白宫时，年仅九岁，不过她却真的在那里留下了自己的印记：在二楼的电梯井和电梯中间的墙上，她用记号笔写下了她的名字。"艾米打开电梯门后，把手伸到电梯井的缝隙中签了个名。"运营主管托尼·萨沃伊说。

他还回忆道，艾米并不满足于住在白宫楼上，而是喜欢到处探索。"她很有好奇心：眼前有这么大座房子，这么多道门，打开看看呗。"

卡特夫妇把女儿送到华盛顿的公立学校读书，在当时举国皆知。但对一个天天有特工跟着的小女孩而言，要想融入大家很难，而且她的老师还好心办坏事，为了保护她，不许她在课间休息时到教室外面。到他们住进白宫时，她的妈妈罗莎琳回忆说，艾米——他们的第四个孩子，也是唯一的女儿——已经习惯了做一个独来独往的局外人。"她熟悉的生活只有这种，因为我们搬到州长官邸时，她才三岁。搬到白宫对她也没什么区别，而且玛丽跟着我们一起来了。她的生活就是这样。"

罗莎琳说，虽然保姆玛丽·普林斯帮助艾米更轻松愉快地应对了这一切，但这个脸上长着雀斑的小姑娘一直都知道自己的生活与别人不同。在佐治亚州州长官邸时，她更没有私人空间。在那儿，就连去趟厨房也意味着要勇敢地闯过一群群的游客。但艾米是个沉着冷静的孩子，以至于有时看起来，她似乎根本注意不到外人的存在。"她三岁的时候，"她妈妈说，"大家看到她，都大呼小叫喜欢得不得了，可她就那么径直穿过了人群，目不斜视。我记得她第一天在华盛顿上学的时候，大家都担心坏了，因为她看起来好孤单。可那本来就是她的正常生活。"

他们刚搬进白宫时，罗莎琳说艾米有时会在公众参观期间跑到楼下，"但人们见了她总是大惊小怪的"，后来她就不去了。等当天参观结束后，她才会下去——穿着旱冰鞋在东大厅溜来溜去。

官邸员工很喜欢这个活泼好强的小姑娘。玛丽·普林斯经常打电话到纳尔逊·皮尔斯的办公室，问他什么时候能到官邸来帮艾米调她的小提琴（皮尔斯说，"我为音乐和棒球而生"）。男仆詹姆斯·杰弗里斯说，他在楼上的家庭厨房时，艾米偶尔会拿着家庭作业请教他。在政府住房中生活——尽管是高级的政府住房——是艾米唯一熟悉的，所以员工对她而言便成了家人。一天，她由特工陪同，跑到白宫的各个店里要大家捐钱，资助她参加健走活动。藏品监理贝蒂·蒙克曼说："我们就是她的邻居，她要过来募捐。我们承诺了捐赠数额后，她回来把钱收走了。毕竟，她不能跑到街上干这些。"

卡特夫妇努力为女儿提供了一种稳定和正常感。蒙克曼说，有一天她路过藏品监理办公室边上的瓷器间时，看到艾米和朋友们正在雕刻南瓜灯——"卡特总统和他们一起坐在地上"。

玛丽·普林斯坚持认为，艾米并没有因为她的名人地位而学坏——和某些人说她在国宴上看书，冒犯了外国贵宾恰恰相反。"她并不是个被惯坏的顽童。艾米一点都不专横跋扈，只是个喜欢玩闹的小姑娘罢了。"

厨师梅斯尼埃将艾米描述为一个时常心血来潮的小女孩，从不会被白宫的宏伟庄严镇住。放学后，她有时会跑到厨房，要他把她最喜欢的甜饼干的配料送到二楼的小厨房——她喜欢亲手做好后，第二天带到学校去。但是，她经常刚把饼干放进烤箱，就去滑旱冰或者去树屋玩，把烘焙的事情抛到九霄云外。当走廊里开始飘来烤糊的饼干味儿时，一群特工会先跑到面点房，以为那里是气味之源，梅斯尼埃看到慌乱的特工，会指指楼上，然后他们再飞奔到二楼，打开窗户，把烤坏的饼干拿出来。第二天早晨，艾米通常会再来厨房，告诉厨师说她本该带饼干去学校，现在却一筹莫展。梅斯尼埃便问她前一天送上去的配料怎么了，她会红着脸回答："出了点小事故。"（他后来都习惯了这个流程，艾米每次在第二天来到厨房，问他要些饼干拿到学校时，他会拿出提前准备好的备用饼干，让她带走。）

来到白宫之前，卡特家的孩子一直过着一帆风顺的生活——他们的父亲是个成功的农场主，并且在佐治亚州的参议院担任过两届议员，也当过该州州长。有时候，他们似乎完全不了解外面的世界，尤其是每天为他们服务的员工。

有个男仆回忆说，他曾和卡特的一个儿子聊过。当时，这个二十多岁的年轻人正坐在家庭厨房里看报纸。读到上面一篇有关华盛顿地区不断上涨的房租价格时，他从报纸里抬起头，看了看男仆，说："真庆幸我被允许住在白宫里。"

男仆回过身来，说："是啊。这也是我在这里的原因，租金太高了，我得做两份工，捉襟见肘啊。"卡特的儿子非常吃惊，简直不敢相信这个举止庄重的男人要做两份工才能付得起房租。

"你到外面去，和我一起生活一下，就明白了。"男仆告诉他。

———

为了保护女儿切尔西的隐私，克林顿夫妇拼尽了全力，甚至请求媒体把对她的报道限制在公开活动的范围内。在大多数情况下，记者们都会配合，但想把她的名字抛到新闻里，媒体有别的手段。1992 年，在《星期六夜现场》的"韦恩的世界"幽默小品中，麦克·梅尔斯扮演的傻乎乎的韦恩讥讽说，到目前为止，青春期"对切尔西很无情"，而且"切尔西·克林顿——不是个小宝贝儿"。这个小品激怒了克林顿夫妇。后来在重播时，这些话全部被剪掉，梅尔斯甚至还写信给克林顿一家道歉。

和奥巴马、肯尼迪两家一样，克林顿夫妇也很看重不让孩子在白宫里娇生惯养。事实上，切尔西经常会告诉厨师不必费心为她做饭。她会自己做：卡夫奶酪通心面。

大体而言，官邸员工都很喜欢切尔西。女佣贝蒂·芬尼说她就像他们自己的孩子——大家都对她爱护有加。"说起青少年，你想到的肯定是粗鲁无礼。可我在那里工作时，从没见她这样过。"芬尼说，"她还写了一张字条，感谢我的服务。她的教养就是这样。"

不过，在某些方面，切尔西仍然是个"普通"少女。比如，她几乎不会铺床，而且和其他十几岁的孩子一样，她也很喜欢和朋友们一起待着。

早在《唐顿庄园》中的西比尔小姐向楼下的厨娘帕特莫尔夫人学习烹饪之前，切尔西和她那些高大上的西德威尔友谊私立学校的同学就曾跟着官邸员工进行过非正式的实习。（多年以前，杰奎琳·肯尼迪也曾带着五岁的卡罗琳到厨房去。卡罗琳用她生日时收到的一套烘焙玩具组合，学习了如何制作粉色的纸杯小蛋糕。）切尔西和朋友们每天花几个小时，在各个店里向行家里手学习如何烹饪、清洁和插花。她骄傲地向父母展示了她的插花成果——摆在了红厅里——还让他们尝了尝她的做饭手艺。

"克林顿夫人觉得，他们想让切尔西多些自力更生的能力，不想让她每天晚上都吃食堂或者下馆子，"行政主厨沃尔特·沙伊伯回忆说，"所以，克林顿夫人打电话给我，问我能不能教教切尔西做饭。"这么做的另一个原因则是：切尔西吃素食，她妈妈希望她上大学以后，可以自力更生，做点健康的食物给自己吃。于是，在去斯坦福大学前的高三暑假，切尔西来到了厨房，开始学习初级和中级的素食烹饪。

"她学东西特别快。现在大家都知道了，她脑子非常非常好使。"沙伊伯说，"即便是十七岁时，她也很清楚员工们做出的牺牲。切尔西是个很热情的人，很珍惜这个机会。而且，因为她觉得我们要腾出时间来教她，所以特别尊敬我们。"

课程结束时，沙伊伯送了切尔西一件厨师服，上面印着：切尔西·克林顿，第一女儿。白宫的书法师甚至还给她做了张毕业证："沃尔特·沙伊伯白宫烹饪学校"。随后，切尔西写了一张字条给沙伊伯："多谢您花时间教我。但愿我没有太麻烦您。"

"我想了想，要是我十七岁，又是第一公子时，会是什么样，"沙伊伯说，"我以前挺混的，可她那么谦卑克制，那么感激我们所做的一切。我记得切尔西打电话要早饭时，会说：'要是不太麻烦的话……'

我会答：'切尔西，这不是麻烦，是我的工作。'"

男仆们后来告诉沙伊伯，他们曾听见切尔西和她母亲讲述她当天在厨房跟沙伊伯学到的东西。"克林顿夫人和切尔西特别亲。如果切尔西有空一起吃饭，第一夫人就会更改自己的日程。"与她在公开场合的强硬姿态不同，员工们经常可以见识到希拉里柔情的一面。"私底下，她是个溺爱、贴心、真正有爱心的母亲。在她眼里，切尔西就是一切。"

对沙伊伯来说，正是和第一家庭有了这种亲密接触，他的工作才在劳累中多了几许特别。"这才是在白宫工作的真正价值。有人会说，'我做了这块蛋糕'或者'我煲了那锅汤'，或者'这些花是我插的'，但这些都不是在白宫工作的意义，有机会目睹那些人与人间的关系，才是其美好所在，这与我们无关，与糕点师傅无关，与主厨无关，与花匠无关，与园丁无关，只关乎第一家庭。"

————

不过，无论员工和住在白宫的这些孩子关系多么友好，仆人与主人间的那条分界线却仍然显而易见。"职位听着高端，可我们总归是仆人，要记着自己的位置。"沙伊伯说，"布什政府期间，我们唯一的工作，便是保证珍娜和芭芭拉吃到她们想吃的午餐，或者总统在礼拜日从教堂回来后，吃到他喜欢吃的东西。"

他们总想着要给第一家庭留下点惊艳。希拉里·克林顿过五十大寿时，梅斯尼埃制作了一个特别花哨的蛋糕，上面全是用糖吹出来的气球——气球上还手绘了希拉里的畅销书《举全村之力》[1]。

在切尔西·克林顿的十六岁生日时，他绞尽脑汁想要弄出点让她和她父母能"哇"一声的花样儿。可他实在不知道该给她做什么好，而且用浓重的法国口音拒绝"给花季少女做个上面开满了花的蛋糕"："我想做个有意义的东西！"

生日前两天时，梅斯尼埃还是没有拿定主意要怎么做，还好上班路上，他偶然听到广播里说切尔西想在生日时得到一辆车，考到驾驶证，于是难题便迎刃而解了。他亲手制作了一张华盛顿的驾驶证，然后用糖做了辆小汽车。不过，当时克林顿一家正在戴维营为切尔西庆祝生日，而这个地方在华盛顿北边的马里兰州凯托克廷山公园（Catoctin Mountains Park），距离白宫有六十千米，所以需要把蛋糕一路送过去。梅斯尼埃非常担心运送过程，他不但亲自把蛋糕放到了面包车里，还跟司机明确交代了应该如何操作。"你要是不按我说的做，"他说，"可就是自找麻烦了。"然后，他逼着司机保证在送到后会拍张蛋糕的照片。

———

或许对某些总统子女而言，要适应白宫的生活很难，但官邸员工

1　《举全村之力》（*It Takes a Village*）是希拉里在 1996 年担任第一夫人期间出版的一本书。在书中，希拉里阐述并传达了她对美国儿童成长及教育的构想。其书名"举全村之力"来自英文中的俗语 it takes a village to raise a child，意思是养好一个孩子，不但要靠家庭自身，还要靠全社会的共同努力。

却很愿意见到他们。孩子们能给那些原本古板、典雅的房间带来一丝轻松和快乐，当他们在二三楼的走廊跑来跑去时，那里便会多一些活泼与生气。比尔·汉密尔顿在艾森豪威尔政府期间开始在白宫工作，他说："我到那儿时，所有人都是一把年纪了。"可当肯尼迪一家到来后，差别却如黑夜和白昼。他至今还记得卡罗琳和约翰－约翰与他们的一堆动物玩耍嬉戏的情景，比如，卡罗琳会经常在南草坪上骑一只叫通心粉的小马驹。"看到这些真的好窝心。谁会想到这些事情也能发生在白宫里。"

X

Heartbreak and Hope 云开日出

我仍然没办法谈论它。

——温迪·埃尔萨瑟，1985—2007 年间担任花匠，
2001 年 9 月 11 日那天，她正在白宫上班

"皮尔斯，快去办公室，老板遭到了枪击！"一名惊慌失措的特工走进白宫的大门准备接班时，冲纳尔逊·皮尔斯狂吼道。当时是1963年11月22日下午。

五十多年后，皮尔斯仍然记得1963年那天的每一分钟。他一进大门便往官邸冲，跑到招待办公室后，看到一群满脸恐惧的员工正围在电视机旁。

和全国人民不同，皮尔斯没有时间哀悼，他还有工作要做。和多数员工一样，那天他没有太多的情绪。所有官邸人员都进入了"自动导航"模式，藏品监理吉姆·凯彻姆说："我觉得大家都在尽力继续工作。"

作为当班招待，皮尔斯接到了一名特工从帕克兰医院打来的电话，确认了总统死亡的正式消息。那是不堪回首的一天。

那时的皮尔斯，真的是盲人骑瞎马，因为之前还没有哪位现代总统遇刺，这类事件的暴力镜头也没有一遍又一遍地被反复播放过。

但漫长又令人心思疲惫的一周才刚刚开始。周五走进白宫大门的皮尔斯，直到第二周的星期三晚上才离开，因为要办的事情多如牛毛。

震惊得还未回过神来的皮尔斯做的第一件事，是打电话给维修工，让他们把白宫房顶上的国旗降为半旗。而他哭出来的时刻，也只有一次，那就是看着旗子降下来的时候。然后，他稳定了一下情绪，打电话给总务管理控制中心，让他们通知所有美国使馆和海上船舶都照例降半旗。

离开达拉斯不到十分钟，肯尼迪夫人的私人秘书玛丽·加拉格尔便从空军一号上给皮尔斯打来了电话，告诉他杰奎琳希望丈夫的葬礼规格尽可能和林肯总统的一样。皮尔斯不太明白这是什么意思，但还是立即开始着手准备。他说："我们从没有接受过这类情况的训练。一切都只能是不假思索地去做——第一夫人想怎么样，我们就怎么做。"皮尔斯很快和藏品监理办公室取得了联系，对方旋即和国会图书馆协作，开始研究如何最大限度复制林肯的遗体瞻仰仪式和葬礼。

藏品监理吉姆·凯彻姆找到了一幅陈旧的版画，画中的东大厅因为林肯的葬礼而挂满了黑布。为了重现这一效果，韦斯特打电话找来了白宫的家居装饰师劳伦斯·阿雷塔，对方推荐用黑色的细棉布，也就是沙发底部平铺着的那种遮盖弹簧的布。而且巧的是，阿雷塔前几天刚刚订制了一卷，有近一百米长。

阿雷塔和妻子迅速开始行动，并且要严格按照总统的小舅子萨金特·施雷夫（在罗伯特·肯尼迪的请求下，他负责全面督导葬礼准备工作）的安排来悬挂。在悲痛欲绝的同事们的帮助下，阿雷塔夫妇从午夜开始工作，在第二天凌晨总统遗体运回前，终于在东大厅的吊灯、窗户和门框上都盖上了黑布。

"很多人都以为那是丝绸之类的布，其实就是普通的黑色细棉布而已。肯尼迪夫人希望一切从简，就像林肯的葬礼一样，不能铺张。"阿雷塔说，"我把细棉布用大头针别到了窗帘上，这样挂起来之后，会给人一种这些布是专门定制的感觉。"

众多仍不敢相信现实的亲朋好友到达后，在同样伤心欲绝的普莱斯顿·布鲁斯的指挥下，开始为总统的葬礼做准备。他按照第一夫人的要求，帮着在白宫的主楼层挂满了黑布，而在东大厅里，布鲁斯和领班查尔斯·费科林则在用来安放总统灵柩的平台周围摆好了很多又细又长的大蜡烛。从他在 11 月 22 日下午 2 点 22 分到达白宫，到次日凌晨 4 点多时总统的灵车缓缓停在北门廊下，布鲁斯说："我的脑子里只想着一件事。我要等肯尼迪夫人回来。她回到白宫时，我一定要在她的身边。"

从广播里听到新闻后，正在家的总招待韦斯特火速赶往办公室。他后来在回忆录中详细记录了后续几个小时中发生的事：指挥着男仆冲咖啡，安排女佣把所有客房准备好，"都是些毫无意义的小事情，但却是一个信号——我们的工作必须继续"。

"最初我们被告知总统的遗体将在夜里 10 点左右到达白宫。呵，结果夜里 10 点时，我们又接到电话，说他们也不知道到底几点能到。最后到凌晨 4 点 25 分，总统的遗体才到达白宫。"皮尔斯面带忧伤地说，"我们一宿没睡，第二天也是。"

皮尔斯协助男仆把肯尼迪家的亲戚安顿到了官邸的各个房间。接下来，他和其他招待找来折叠床，在地下室凑合睡了四个晚上——地下室里有块区域是他们以前服务国宴前换晚礼服的地方——而且，大家只能共用一个卫生间和淋浴。

11月23日早上，当皮尔斯第一次见到杰奎琳时，几乎僵住了。"肯尼迪夫人和泰德、罗伯特从大厅拐角过来，往电梯那儿走，我还想着要对她说点什么。可她一在拐角出现，我们的目光交会时，我感到了一种以前从未与别人有过的心灵默契——完全不需要任何语言。"回忆起看到杰奎琳的瞬间，看到她的套装上沾染的丈夫的鲜血已经风干变硬时，皮尔斯的眼里泛起了泪花。这位饱受煎熬的第一夫人那时才三十四岁。"我们失去了一位朋友，一位很亲密的朋友。"皮尔斯回想起那个灾难性的日子里官邸员工的心情时，如此说道。社交秘书利蒂西亚·鲍德里奇则记得，罗伯特·肯尼迪请她帮忙去选一个灵柩，她选了一个中等价位的，因为棺材上会一直盖着美国国旗。

"在那些走廊里，几百个人沉默而又麻木地走来走去，"她回忆说，"那些走廊里以前充满了快乐、匆忙、嘈杂的气氛，可现在人们却在低着头缓慢地移动，说话也是窃窃私语，仿佛担心他们的情绪会突然爆发出来。"

用了不到十五个小时，在肯尼迪总统的遗体运回白宫前，员工们便把停放灵柩的台子安排停当了，而这个灵柩台正是一百年前林肯用过的。肯尼迪总统的遗体先在贝塞斯达海军医院进行了尸检，而整个过程中，杰奎琳一直在走廊里抽着烟，来回走动。几个小时后，遗体到达，陆海空三军代表抬着棺材从北门廊的楼梯进入白宫，圣马修教堂的神父约翰·库恩进行了简短的祷告。覆盖着国旗的灵柩停放到东大厅后，肯尼迪夫人才离开丈夫。在棺材里，她放了一封写给丈夫的信、一对之前送给他的金质袖扣、一个鲸牙雕刻的总统徽章以及一张卡罗琳和约翰-约翰写给他们被害父亲的字条。

对肯尼迪夫人而言，丈夫的死有如雪上加霜，因为1963年8月9日，也就是肯尼迪遇刺三个月前，他们的孩子帕特里克·布维尔·肯尼迪不幸夭折，给夫妇两个带来沉痛的打击，但也让他们的关系重新亲密了起来。在帕特里克夭折前十天的时候，杰奎琳还写了一张字条给行政管家安妮·林肯，请她去买些婴儿用的晾衣架。但因为离预产期还有几个星期，所以林肯一直拖着没办这件事。

这名早产了五周半的男婴出生两天后便死了。林肯回忆说："婴儿房早就收拾好了，但我一得知帕特里克夭折的消息，便赶紧和大伙上去把所有东西都弄走，放到了他们看不见的地方。"他们不希望总统和第一夫人回来后看到这些，从而勾起他们撕心裂肺的痛苦。韦斯特得知帕特里克死亡后，立即给木工店打电话，叫他们把蓝白风格的婴儿房中那些毯子、童床和窗帘全都撤掉。而现在，杰奎琳又要被迫承受另一场生离死别。

那年，比尔·克莱伯刚刚成为白宫的电工。他帮忙拿黑布遮住了水晶吊灯，当杰奎琳前来查看丈夫的遗体时，他默默地走到了屋子另一头，想给她一些私人空间。

他说："我们知道该怎么消失。"而在这种时刻，官邸员工们尤其明白第一夫人不被打扰的需要。

总统的家人和朋友在东大厅进行的遗体告别，持续了二十四个小时。星期六早上举行完小型弥撒后，杰奎琳走向总招待韦斯特，给了他一个拥抱，并且轻声说道："可怜的韦斯特先生。"

"我根本说不出话来，站都快站不住了，"韦斯特说，"所以我就那么和她拥抱了一会儿。"

杰奎琳知道她和孩子们很快就得搬离白宫，于是就叫韦斯特带着她最后再去椭圆形办公室看一眼。可让她惊讶的是，那里已经有人在拆卸了。船模、书以及总统的摇椅正被官邸员工用小推车运走。"感觉我们有些碍手碍脚的。"她一边小声说，一边试着把这个房间最后的每一个细节都记在脑海里。

她走到不远处的内阁会议厅（Cabinet Room），在那张气派的大红木桌边坐了下来。"我的孩子们，他们是好孩子。对吗，韦斯特先生？"她问这位已经成为朋友的总招待。

"当然是。"

"他们没被惯坏吧？"

"的确没有。"

"韦斯特先生，你愿意做我一生的朋友吗？"就在一天前似乎还拥有一切的第一夫人恳求道。

韦斯特难过得说不出话来，只好点了点头。刺杀事件后的星期天，覆盖着国旗的灵柩由两轮马车运到国会大厦的圆形大厅（Capitol Rotunda），并在那里停放了二十一个小时，供公众瞻仰。那辆两轮马车与运送林肯、富兰克林·罗斯福和无名将士遗体时使用的是同一辆，而送葬队伍也与林肯的葬礼规格极为接近，甚至还有一匹无人骑乘的黑马，和近一百年前的情景一模一样。前来悼念肯尼迪总统的民众有二十五万人之多。11月25日星期一，国葬举行。

"那天很安静，我们站在北门廊外，只能听到马蹄嗒嗒的声音，"官邸的老员工威尔逊·杰曼生动地回忆道，"那是悲伤的一天。"

葬礼后不久，招待莱克斯·斯卡尔顿打电话到普莱斯顿·布鲁斯的办公室，说罗伯特·肯尼迪有事找他。肯尼迪告诉布鲁斯，杰奎琳希望他能参加前往圣马太大教堂的送殡队伍，有车会把他送到墓地去参加下葬仪式。

布鲁斯回忆说，整个葬礼"就像一场梦"。他记得看着约翰-约翰对着父亲的灵柩敬礼，记得那晚杰奎琳准备了蛋糕、冰激凌和蜡烛，为这个小男孩举办了一个小宴会，庆祝他的三周岁生日。

布鲁斯的曾祖都是奴隶，他自己也没上过大学，所以在阿灵顿国家公墓举行的总统葬礼上，当他发现自己与盛装出席的夏尔·戴高乐将军、埃塞俄比亚皇帝海尔·塞拉西仅有咫尺之遥时，感到特别震惊。而他们还只是一百多名来到华盛顿，与全美一同悼念肯尼迪的外宾中的两位。对布鲁斯而言，杰奎琳·肯尼迪给了他一生中最大的荣誉：把他与各国首脑安排到了一起，将他算在了总统的家人与密友之中。

————

那天，吉姆·凯彻姆刚刚离开椭圆形办公室，整个早上他都在那里和史密森尼学会的工作人员做事。当时离 1964 年的总统选举还有不到一年时间，不过肯尼迪怕无法连任，已经未雨绸缪地为他的总统图书馆做计划了。总统坚持要求他的图书馆一定要有一张坚毅桌（Resolute desk）的仿品——这张华丽的书桌是用曾到北极探险的英国皇家海军舰艇"坚毅号"上的木材雕刻的，而且是肯尼迪第一个将它摆到了椭圆形办公室里。后来，这张桌子还因为约翰-约翰在父亲工作时，调皮地从桌下的镶板门里钻出头来的那张照片而名扬四海。那天早上，凯彻姆和史密森学会的工作人员正在一分一毫地仔细检查这件极具标志意义的家具。

可他刚回到办公室坐下，就听到走廊里有警察在说话。"我们刚从达拉斯那边得到消息，总统的车队遭到了袭击，我们认为总统可能也受伤了。"

凯彻姆和藏品监理办公室的另外两个人立即乘电梯到了三楼，到了一间有电视的客房看新闻。没过一会儿，凯彻姆就接到了肯尼迪夫人从空军一号上打来的电话。她重复了一遍秘书交代给招待们的话：她想要他找些书来，看看林肯葬礼时东大厅是如何布置的。

那天黄昏时分，一架架直升机开始接连不断地停在白宫的草坪上。回头再去回味那个可怕的日子时，凯彻姆告诉我，当时的情景只能让他联想到多年之后上映的越战史诗电影中的镜头。从安德鲁空军基地陆续飞来的直升机上，载着很多从达拉斯飞回来的人，以及一些约翰逊召来商讨继任问题的官员。接下来的十几个小时里，凯彻姆都在东大厅做准备，直到星期天早晨才回到他在弗吉尼亚州北部的公寓。在家里休息了几个小时后，周一（总统国葬当天）早上6点半时，他又接到了一个电话，还是肯尼迪夫人。"很显然，她基本上都没怎么睡觉。"她打电话来是想询问一个小细节——即便在面对失去丈夫的巨大痛苦时，她也几乎对面子上的事情有着强迫症式的关注。

凯彻姆说："她要在红厅迎接不少来访的外国贵宾，但想在椭圆形蓝厅上面的黄色椭圆厅，迎接法国总统戴高乐和其他一些被认为级别很高的要人。"

杰奎琳担心他们会看到黄色椭圆厅里挂着的法国后印象派画家保

罗·塞尚的作品。"我想再和这些人分享点更美国化的东西，"她坚定地告诉凯彻姆，"你能……你可以尽快去白宫把塞尚的画拿下来吗？"到那天早上 8 点一刻时，塞尚的画已经被换成了一系列新购得的大幅美国城市风景画。"真是完美的替代品。"凯彻姆骄傲地说道。

不过，让凯彻姆惊讶的是，和肯尼迪夫人关系十分亲近总招待韦斯特，在肯尼迪遇刺后，却并没有表现出太多情绪。韦斯特向悲痛欲绝的凯彻姆解释道："我是 1941 年来到白宫的，1945 年 4 月时我的总统便病逝了——他是我在白宫服务过的第一位总统，这经历总会比后来的那些更难熬些。"

凯彻姆说，肯尼迪总统去世后，他才终于明白韦斯特的意思。人们总会在一定程度上期待官邸员工能保持沉着镇定。而刚刚失去丈夫的第一夫人的坚忍态度为大家定下调子之后，人们自然也会随之效仿。如果总统的妻子都无法冷静淡定的话，对总统都不怎么了解的白宫藏品总监当然也只能慌慌张张了。

不过，最让韦斯特惊讶的，还是向来反感竞选活动的肯尼迪夫人竟然会陪着丈夫去达拉斯，虽然他知道自从帕特里克在 8 月去世后，夫妇两个人的关系已经开始回暖。后来，杰奎琳告诉韦斯特说，她很欣慰能在丈夫生命的最后时刻陪伴在他身侧："我都不敢想我要是没去会怎样！哦，韦斯特先生，如果我留在这儿——或者韦克斯福德骑马（他们位于弗吉尼亚马场的家）或别的地方……谢天谢地我跟他一起去了！"

肯尼迪夫人非常喜欢韦斯特，也很感谢他在那段黑暗的日子里表现出来的善意，所以当他在 1983 年去世时，她还询问南希·里根能否将他安葬在阿灵顿国家公墓，虽然那里一般都是为职业军人和他们的家属保留的。里根夫妇同意了。

————

保姆莫德·肖把总统去世的消息告诉了孩子们。父亲遇刺时，卡罗琳还差五天过六岁生日，约翰-约翰还差三天就三岁了。震耳欲聋的直升机不断降落在南草坪上，卡罗琳指着每一架回来的飞机问是不是这架。"发生了一个意外，你父亲遭到了枪击，"无法抑制悲痛的肖迟疑地说，"医院的人没法让他好起来，所以上帝把他接到了天堂。"

肖告诉卡罗琳，她以后会和父亲及他们的小弟弟帕特里克在天堂重逢，但现在，他们将从天堂守望着她、母亲和弟弟。卡罗琳刚到懂事的年纪，听完哭了起来。

约翰-约翰年纪太小，所以肖哄他睡觉时，什么都没说。不过，他也很快明白发生了什么，说："我可怜的妈妈在哭。她哭是因为我爸爸走了。"

————

起初，约翰逊夫人以为有人在放烟花，毕竟孩子们举着牌子，人们抛撒着五彩纸屑，还从办公楼窗口探出身子去向那对光彩四射的第一夫妇挥手致意——放烟花完全符合那天的喜庆气氛。

1963 年 11 月 22 日时，肯尼迪夫妇后面隔着两辆车便是约翰逊夫妇乘坐的车。如同肯尼迪全家一样，他们的人生也将永远被那天发生的事件改变。

直到车停在医院门口后，约翰逊夫人才相信总统的确遭到了枪击。她看了一眼肯尼迪夫妇乘坐的车，发现"后座上有一团粉色的东西，好像一堆花朵。那其实是肯尼迪夫人躺在丈夫的身体旁边"。

她到手术室外去找杰奎琳时，发现这位第一夫人看起来特别孤单。约翰逊夫人在日记中写道："你总会觉得，像她这样的人应该会被一堆人隔绝起来，保护着。"她抱了抱杰奎琳，并在她耳边轻声说："上帝保佑我们所有人。"

回华盛顿的飞机上——肯尼迪总统的灵柩就停在飞机的走廊里——约翰逊又去见了杰奎琳。杰奎琳对她讲的话，和后来告诉韦斯特的一模一样：她很高兴在丈夫生命的最后时刻能在他身边。她疑惑着大声说道："要是我没在那儿的话，会怎么样啊？"

当约翰逊夫人问杰奎琳，需不需要找人帮她把被血浸透的外套换掉时，她拒绝得"近乎有一种凶狠之感——如果可以认为她这样一个温柔、端庄的人能拥有这样一种品性的话"。那样血腥的场面十分令人动容，看到"一位穿着精致、完美无瑕的女性身上沾着已经变干的血渍"，委实震撼人心。

"我要他们看看他们对杰克做了什么。"杰奎琳蔑视地告诉她。（那件草莓粉色的套装是一件香奈儿同款设计的仿品，由美国一家规模不大的成衣制造商生产。杰奎琳选择这件，是为了避免有人批评她穿太多昂贵的外国名牌。）

全国都陷入了悲痛与恐慌之中。对于当时年仅十六岁的露西·贝恩斯·约翰逊而言，深深的恐惧感则来自于她担心听到的那些二手消息并不完整，而她的父母也受了伤。当时，她正在华盛顿的国家大教堂学校上西班牙语课，她的老师当堂宣布了肯尼迪遇刺的消息。"根本没有人说我父亲或者母亲怎么样了。"她回忆说。很快，老师便宣布下课，她一个人神情恍惚地走在学校里，茫然不知所措。"我环视了一周，看到特工处非常贴心地派来了我认识的一位特工，他是我父亲的保镖之一——我转身就往相反方向跑，好像这样就能逃离那些无法避免的事情。当然，我不可能跑得过特工。"那位特工一把抓住她，说："对不起。我也很遗憾，露西。"她猛捶着特工的胸口尖叫道："不！"她说，那位特工从头至尾都没有说总统已经死亡，"因为这句话实在无法说出口"。她又问"那爸爸和妈妈呢"，这才得知她父母并未受伤。

肯尼迪总统被宣布死亡一个半小时后，副总统林登·贝恩斯·约翰逊在空军一号上宣誓就职。当约翰逊在安德鲁空军基地以总统的身份走下飞机后，他对等候的媒体发表了讲话："我们遭受的损失是无法估量的。对我而言，这也是一起深重的个人灾难。对于肯尼迪夫人和家人承受的痛苦，我知道全世界都感同身受。我将尽己所能做到最好，我能做的也只有这些。我需要你们的帮助，也祈求上帝的帮助。"

悲剧的幽魂在约翰逊一家入主白宫的头几个月一直纠缠着他们，而某些忠诚于肯尼迪的幕僚无法信任新总统，认为他是个讲话大声、粗鲁的恶霸，这使整个约翰逊一家的过渡难上加难。（就连杰奎琳·肯尼迪都曾在竞选期间称约翰逊是"玉米面包议员[1]"。）

1　原文为 Senator Cornpone，其中的 cornpone 原指玉米面包，引申义为和美国南部远离大城市的乡下有关的人或事。肯尼迪总统的幕僚都是北边的常春藤大学毕业的，所以经常会用 Uncle Cornpone 来取笑约翰逊讲话时的南方口音。

卡罗琳·肯尼迪的生活或许被永远地改变了，但杰奎琳却希望她的常规生活能持续多久便持续多久。所以在她的请求下，约翰逊夫人答应让这个小姑娘继续和朋友们一起在三楼日光浴室的教室里上幼儿园，直到1月中旬第一学期结束。每天早上，小卡罗琳都会被送到南门廊，下午再被接走。到了之后，她和小朋友坐着电梯来到铺着油地毡的教室，里面还有黑板和分类木格。其他的学生都是第一夫妇的老朋友的子女。卡罗琳的芭蕾课有时候还会在南草坪上进行。社交秘书利蒂西亚·鲍德里奇回忆说，孩子们"穿着粉色的紧身连衣裤、薄纱短裙和芭蕾舞鞋，像粉色的小鸟一样飞来飞去"。

韦斯特说，她父亲死后，卡罗琳再也没有去看过她在二楼的老房间，或者在蹦床上跳着玩过。"除了几位与他们一家感情很深的仆人外，在其他人那里，她基本上处于被忽略的状态。因为琳达和露西（约翰逊的两个女儿）成了新的公主。"

对于纳尔逊·皮尔斯而言，每天看见卡罗琳并没有让他伤感，反而为他带来了某种安慰。"她能继续在这里上学，和小朋友一起玩，我们特别开心。"他告诉我，"当然，她年纪还小，所以在上学时，失去父亲的痛苦便被抛到了脑后。她和其他孩子打成一片，每天都很开心。"（卡罗琳学期一结束，露西和琳达就把日光浴室改造成了少女们的逍遥之所，里面有苏打水吧台、大电视机以及两台电唱机。）

刺杀事件发生后，白宫升级了安保力量，男仆林伍德·韦斯特雷说，执法部门对官邸员工重新进行了审核，不但详查每个人的背景来历，还走访了他们的亲朋好友。他说："有一两个以前被认为没啥问题的人这次没有达标，然后便被裁掉了，不许再在那里工作。"韦斯特雷还说，刺杀后，他的电话还曾被窃听过。"他们想确保在那儿的人在干的是他们本该干的事情。"

肯尼迪的死改变了历史的发展轨迹，也对那些深深爱戴他的官邸员工个人产生了深刻的影响。自此之后，官邸的大厅里就再也难找到那种曾有的纯真了。

———

近四十年之后，一场性质完全不同的灾难性事件又一次将白宫震得天翻地覆。那是个夏末秋初的早晨，蔚蓝的天空万里无云，官邸里一片忙碌的景象。布什夫妇正在举办年度野餐会，招待国会议员及其家人。南草坪上点缀着一百九十九张野餐桌。行政主厨沃尔特·沙伊伯正在和第一家庭最喜欢的宴会承办人汤姆·佩里尼工作。佩里尼来自得克萨斯州的野牛峡谷，他要和沙伊伯合作为一千五百名出席的宾客奉上一场喜庆的得州式露天烤肉宴会，不但有流动餐饮车，还会有青椒碎玉米炖锅菜。

天气预报显示，那天会温暖、晴朗，很适合下午的户外烤肉。女佣们正在二楼打扫女王卧房，因为老布什夫妇前一晚在这里住了一夜。早晨7时，前总统和妻子离开白宫去赶早班的飞机，而小布什总统正在佛罗里达州，参观萨拉索塔市的一所小学。

但即便周围乱糟糟地发生着这么多事，2001年9月11日早晨的劳拉·布什在白宫里似乎也很孤单。她一边在二楼的卧室默默地穿衣服，一边在脑海中默念那天上午要在参议院教育委员会发表的声明。劳拉对于这趟去国会山有些紧张，因为她要向委员会通报她在那年夏初组织的一个儿童早期发展会议的情况。

第一夫人和官邸员工全被淹没在各种忙碌中——从女佣到男仆、花匠，再到厨师，都在为年度野餐会做准备——看起来又是普通又忙碌的一天，但其实一点都不普通。"要是电视开着的话，我有可能当时就已经听到有关飞机撞上北塔的第一条简短报道了。"

9 点多，劳拉在南门廊上车，前往三千米外的拉塞尔参议员办公大楼。她的特工小组组长告诉她，有架飞机撞上了世界贸易中心双子塔中的一座。当时站在这名特工身边的总招待盖里·沃特斯，也是第一次听说这个消息。"今天这么好的天气，怎么会有飞机撞上世贸中心呢？"他疑惑地大声说道。

"盖里，你得进去，盯着电视。"特工告诉他。为了赶上听证会，第一夫人的车队在宾夕法尼亚大街上一路加速驶向国会大厦，而沃特斯则回到位于总统电梯之下的底楼的特工办公室，因为他知道里面有台电视。但是这个房间的电视前已经挤满了人，所以他又回到了招待办公室。在那里，他向遇到的几个官邸员工，简单交代了一下野餐会的布置工作。那时，他对于袭击的严重程度并不清楚。

当他回到自己那间和招待办公室分开的私人办公室时，发现里面也已人满为患，大家全都围在电视机前。他走进来时，恰巧看到第二架飞机撞上南塔。

"电视台怎么拍到这个的？"他目瞪口呆地问道。

"因为这是第二架飞机。"有个人回了一句。

沃特斯随即意识到这并非孤立事件，于是便给布什的社交秘书凯瑟琳·芬顿打电话。二人商议之后，决定取消当天的野餐会。沃特斯回到不久前刚刚送走劳拉·布什的南门廊下面。周围一片混乱和不安，但他一刻都不敢耽误。

就像肯尼迪总统遇刺后那样，官邸员工们这次同样目光专注地投入了各自的工作当中。沃特斯与负责管理白宫地面的国家公园管理局协调，看安排哪些人来搬野餐桌和清理流动餐车比较好。

沃特斯回忆说："我走出南门廊时，看到五角大楼的方向黑烟滚滚，大火熊熊。"他突然意识到：白宫可能是下一个目标。

不过，即便在大家都开始从白宫撤出时，沃特斯也明白，他必须留下来："就我个人而言，我的职责是在白宫。"

他的工作是不计一切代价保证白宫的正常运转，即便现在好像在一个巨大的靶心上工作时也是如此。他找到特工处的制服警察，请他们允许已经离开的行政主厨沃尔特·沙伊伯再回来，然后又抓了几个壮丁，包括电工长比尔·克莱伯，告诉他们也得留下帮忙把桌子都搬走，而此时，特工们则在厉声尖叫着让大家放下手中的事情，赶紧逃命。"我听说大家都疏散了，但我们有事需要完成。"沃特斯说。

与此同时，沃特斯的女儿——波士顿学院的一名学生——正在焦急地关注新闻，为父亲的安危担惊受怕，因为先前有人搞错了消息，告诉她有一架飞机撞上的是白宫，不是五角大楼。但是，沃特斯和他的那群同事正在全力以赴，为总统的直升机清理出降落空间，根本顾不上给家人打电话。

克莱伯的妻子碧当时正和一群亲友在家里看电视，完全不知道丈夫是否安然无恙。"那时候人心惶惶，"她回忆说，"我们只能坐着干等。"

直到当晚 8 点多，她才接到丈夫的电话。

从行车道上往回走的时候——同时也是将自己置于潜在的危险境地——沙伊伯朝着那些刚从官邸冲出来往他这边跑的同事大声叫喊着，让他们赶紧离开白宫的地界。这时，总统和第一夫人的幕僚们也从东西翼飞奔而出，沙伊伯高声呼喊着，提醒他们说警察说另一架飞机正在飞往白宫的方向。

"所有在东翼为我工作的人——基本上全是年轻女性，想着能在白宫有一份风光的工作——现在却被告知把高跟鞋踢掉，快跑。"劳拉·布什回忆说，"你能想象好好做着一份工作，却突然间被告知要赶紧逃命，是一种什么感觉吗？"

沃特斯和其他人在南草坪上清理了一百九十张野餐桌，而每张桌子都重达一百多斤。"我的膝盖磕得砰砰响，"沃特斯回忆说，"听着跟低音鼓似的。"还将有进一步袭击的流言不断传来，但是他们却充耳不闻。"我们有工作要做，必须完成。"克莱伯说。

不过，即便是在这种世界似乎已经全乱了套的情况下，官邸员工也仍然一心专注于保证他们热爱的白宫能正常运转，而且还不可以说漏任何秘密。有些记者注意到他们正心急火燎地清理白宫的南面场地时，便问是不是总统会立即回到华盛顿。"还没听到消息呢。"克莱伯这样告诉他们，虽然他知道同事们正在竭力协助总统尽快返回。

第一夫人得知第二架飞机撞上世贸中心的另一座塔楼时，她的车正在宾夕法尼亚大街上往国会山方向飞驰。"车里顿时安静下来。我们沉默地呆坐着，不敢相信这是真的。"她在回忆录中写道，"一架飞机或许是个意外，两架飞机显然就是袭击了。"

贝蒂·芬尼

————

　　女佣贝蒂·芬尼从 1993 年开始在白宫工作，除了照顾她和丈夫及两个女儿一起生活的家之外，完全没有任何家政服务的经验。芬尼之前一直在南卡罗莱纳州默特尔比奇市的一家牛排餐厅工作，丈夫突然撒手人寰后，她急需找份新工作。和白宫的多数职位一样，她的工作也是因为有人牵线搭桥：与她女儿认识的行政管家克里斯汀·利默里克，介绍她加入了官邸员工的行列。

被雇用八年之后，她发现自己陷入了要为自身性命担忧的境地。

芬尼当时正在打扫二楼的女王卧房。前一晚的 9 月 10 日，小布什总统的父母在这里过了一夜。夫妇二人出发去机场时，忘了关电视，所以芬尼和其他几个已经魂飞魄散的女佣围在电视旁，看着飞机撞上了第二座塔。和其他很多对总统及其政府机构造成过影响的惨剧一样，官邸员工就算处在事件的中心，也通常只能通过电视来了解相关的新闻。

"我从走廊里跑到黄色椭圆厅，站在窗口远眺，虽然在那儿看不到五角大楼，但是我看到了浓烟。"她说，"我就又往女王卧房走，然后准备跑到楼上拿东西。"

但她还没上到三楼，就听到一个特工大叫着让大家"赶紧离开白宫！快出去"。楼上了一半的芬尼转身开始往楼下跑。"我根本不知道发生了什么，也不知道他们已经开始撤出了。我们出去后，大家都站在街上。真的很吓人。每个人都往不同的方向跑，哪里能出去就往哪里去。"

在国会山那边，劳拉·布什下车后，见到了教育委员会主席爱德华·肯尼迪参议员。两人都很清楚那天不可能再举行什么通气会，于是肯尼迪便和她到了自己的办公室。

但奇怪的是，虽然屋子的一角有台老式电视正在大声播出纽约发生的灾难性新闻，但肯尼迪却不往屏幕那边看，而是带着第一夫人参观了一下他办公室里的那些家族纪念品，其中有个相框里嵌着一张字条，是他的哥哥杰克·肯尼迪在小时候给他们母亲的，上面说："泰迪越来越胖了。"

"他介绍的时候，"第一夫人说，"我一直朝发着亮光的电视屏幕那边看。一种毛骨悚然的感觉越来越强烈，我想离开，想知道究竟发生了什么，把我看到的捋一下头绪，但我却发现自己仿佛陷入了无限循环的客套寒暄当中。"后来，她还疑惑是不是因为爱德华·肯尼迪在一生中目睹了太多的死亡，无法再面对另一场悲剧了，尤其是在死伤规模还如此庞大的情况下。

两人一起向媒体发表了声明，宣布取消当天的通气会，并对袭击表示了关切。之后，劳拉·布什走下台阶，准备乘车返回白宫。但领头的特工突然拦住了她和手下，告诉他们立即去地下室。十分担心丈夫安危的劳拉，只好和她的朋友也是教育委员会中级别最高的共和党人加德·格雷格参议员，一起到了他位于国会大厦底层的私人办公室中等待。大家挤在里面，各自给子女打电话，确认平安。此时，各种新闻报道也开始满天飞，有些比较可靠，有些则不然——比如，有个谣言说，戴维营也遭到了袭击，而且还有一架飞机坠毁在了布什一家位于得克萨斯州克劳福德的农场。

第二架飞机撞上南塔之后，克里斯汀·利默里克立即跑到三楼的被褥间，告诉她的员工放下手中的活儿，赶紧走。马上！

她听说美国航空公司的 77 号航班撞上了五角大楼。"听起来像发生了爆炸。"她回忆道。

回到办公室后，她意识到女佣玛丽·阿诺德不知道去哪儿了，于是想再上楼去找她，但特工不允许。利默里克得知，另一架飞机正往白宫方向飞来，她只有两分钟的时间离开这里。

她说："在实施封锁时，没人会质疑特工。"好在，阿诺德不知怎么从白宫里跑了出来，而且身上的钱还足够让她回到了家。

利默里克回忆说，当她意识到并不是每个人都会被允许从潜在的攻击目标撤离时，非常揪心。"特工们被告知必须留下来时，他们脸上的表情……我永远都无法忘记。"

员工们说，特工告诉大家都往北边逃，因为他们认为飞机会从南边过来，因为从那个方向的飞行航线到白宫会遇到较少阻碍。厨师、男仆、木工、女佣们全都四散奔逃，保命要紧。面点房的一些员工则沿着阿灵顿纪念大桥，穿过波托马克河，聚到了住得最近的同事家中。

芬尼和六七个同事去了国会山附近一位花卉店同事的家。一群人围坐在电视机前，仍然不敢相信眼前发生的一切。由于逃跑时太过匆忙，几乎所有人都没时间去拿手提包，结果现在每个人都身无分文。那天夜里，她们不得不走了好几里地回到白宫，然后才开车回家，而许多人到了那时还惊魂未定。

有些员工完全没有赶上撤离。二三楼的男仆们当时正在为野餐会的吧台做准备——剥柠檬、切柠檬角什么的——完全不知道有大事发生，白宫被疏散完近一小时后，他们才发现这里已经空了。有几个维修工则在地下室里困了好几个小时，完全没有察觉楼上的恐慌，也没有意识到自己所处的危险境地。

一片混乱当中，某个男仆先跑到地下室的衣柜换了衣服，然后才上来准备骑摩托回家。结果，大门在他身后砰地关上，将他困在了里面。有特工认出他之后，才开门放他出来。

————

那天上午 10 点多——几分钟前，世贸中心南塔刚刚倒塌；二十分钟后，北塔倒塌——特工们和身穿黑衣、手持枪械的紧急反应小组从格雷格参议员的办公室接走了第一夫人劳拉·布什。他们护送着第一夫人走向等候的轿车时，还不住地对国会山的工作人员大喊"后退"。与此同时，联合航空公司的 93 号航班上一群英勇无畏的乘客为了夺回飞机的控制权，与恐怖分子展开了殊死搏斗，最终使飞机坠毁在宾夕法尼亚州尚克斯维尔附近的一处林地里。如果他们坐以待毙的话，飞机很可能会直接冲向国会大厦或白宫。许多官邸的工作人员认为那些乘客救了他们所有人的命。

在这种混乱时刻应该把第一夫人带到什么地方去，各方讨论意见不一。最终，特工处决定将她转移到离白宫几个街区远的特工处总部。劳拉·布什在一个窗户都没有的地下会议室坐了几个小时，只能看着视频里的双子塔一遍又一遍地倒塌。

由于有太多被吓坏的家庭都试着给亲人打电话，希望听到所爱之人一切平安的消息，所以电话线路严重堵塞，就连总统本人从佛罗里达起飞之后，在空军一号上试图联系夫人时都遇到了麻烦。经过三次不成功的尝试，中午 12 点之前，布什夫妇终于取得了联系。劳拉告诉丈夫，她已经联系上了两个女儿，一切安然无恙。

与此同时，几十位还穿着工作服的官邸员工，聚集到了与白宫仅隔着一条宾夕法尼亚大街的拉斐特广场上。厨师约翰·穆勒描述了五角大楼遇袭后的情景："我看到巨大的烟柱在天空中滚滚回旋——那天天气好得不得了——所以烟看起来黑到不能再黑，就那么盘旋着冲向了天空。我这辈子还没见过这么大规模的爆炸。"最终，一队员工决定步行到附近的首都希尔顿酒店（Capital Hilton），去那里上厕所，寻找电话，并看看电视。

附近繁忙的康涅狄格大道商业区则处于一片混乱之中。司机们纷纷弃车，沿街而逃，生怕被困在又一场袭击当中。"大规模恐慌从天而降，"沃尔特·沙伊伯回忆说，"我记得曾经经过一辆停在康涅狄格大道路中央的宝马 700 系轿车，车门大开，引擎还在转，但里面却已经空无一人。"

但这一切，劳拉·布什都没有看到。在窗户都没有的会议室里连坐几个小时后，她又被带到了白宫下面的总统应急指挥中心。副总统迪克·切尼和其他高级官员自早上开始便被召集到了那里。这个指挥中心是富兰克林·罗斯福总统在"二战"期间修筑的，只能通过一系列尚未完工的地下走廊进入，而走廊的天花板上则是一条条悬着的管道。在那里，劳拉终于与丈夫再次团聚。

一个朋友打电话来告诉他袭击的消息时，花匠鲍勃·斯坎伦正在北门廊下面那间狭小的花卉店里，为野餐桌上的花饰做最后的修整。惊得哑口无言的他，最终跑到了附近离白宫只有几个街区的自由广场。

他和几个同事在去那儿的路上，听到了美国航空公司 77 号航班撞向五角大楼时发出的巨大声响。"我们觉得那里也没法逗留了。"他说，"大家好像一群孤魂野鬼。"他和一个同事最终步行三千多米，回到了他们在国会山附近的家中。

─────

帮助清理完野餐桌之后，沙伊伯和一群官邸员工从下午 2 点开始在厨房工作，一直到夜里 9 点，为留下来善后的特工、国民警卫队、华盛顿警察和白宫幕僚提供饮食（多数食物都是为之前的烧烤会准备的）。剩下的食物则被送到了五角大楼的救灾人员那里。盖里·沃特斯说："四名官邸员工为白宫及附近工作的人员提供了五百多份便餐。"

当人们感谢他送来这些食物时，沙伊伯答道："那就帮忙把外面发生的那些破事挡在外面吧，行不？"

克莱伯和其他几个人清理完草坪，最终准备离开白宫时，却发现他们被安全门反锁在了里面。白宫上空发现有飞机出现后，特工命令他们到白宫下面一条被用作防空洞的东西向走廊去躲避。他们在那里一直待到夜里 8 点才出来。（后来大家才知道头顶那架飞机是美军自己的。）

这些在全美最著名的府邸中工作的人得知袭击的总死亡人数后——全部加起来，那天有近三千人不幸殒命——他们脑子里只有一个想法：死的原本可能是我们。

当天晚上，第一夫人在总统应急指挥中心与丈夫重新团聚。特工处建议夫妇二人就在地下室的一张旧床上凑合一夜，但他们拒绝了。布什总统说："我需要好好睡会儿，在我们自己的床上。"对布什夫妇而言，白宫就是他们的家，而在白宫侥幸逃过彻底毁灭的劫难之后，他们与这个家的感情维系也变得愈发强烈起来。

————

    恐怖袭击过后，特工处决定暂停让公众参观白宫。9 月 12 日一大早，在总统去椭圆形办公室的路上，总招待盖里·沃特斯找到他，希望能说服他允许白宫继续对公众开放。"总统先生，您昨晚说所有人都应该继续保持正常的生活秩序。但会备受关注的一项正常秩序，便是白宫还要继续对公众开放参观。"

    总统想了一会儿，回答说："你说得对。"

    不过，考虑到此次袭击的严重性，官方还是决定暂停公众参观。"9·11"事件也并非是唯一的担心理由：袭击发生一周前，多名新闻媒体人士及两位民主党参议员的办公室都收到了内含炭疽孢子的信件。沃特斯说，有些官邸员工还服用了预防性药物，以防感染炭疽杆菌。

    "9·11"事件永远地改变了比尔·克莱伯。这之前，虽然他也明白每天到白宫上班时都要担惊受怕是种什么感觉——毕竟，他到白宫工作后没多久，就发生了肯尼迪遇刺事件——但这次，却大有不同。

    "这事给我的震动极大。我的时间已经够了。"他指的是政府雇员要达到领取大笔退休金的资格所需要投入的最少服务年限。不过，克莱伯仍然不愿意离开，因为他曾经答应过自己要在白宫工作四十年，所以他要继续下去。

    不过，在"9·11"事件后，白宫的气氛对每个人而言都发生了变化。藏品监理办公室向官邸员工进行了取证，让他们陈述了各自在当天经历的事情，作为历史档案保存下来。在白宫工作的光鲜之感现在被恐惧取而代之。糕点主厨罗兰·梅斯尼埃说，他和他的员工当时完全不清楚为什么匆忙被要求撤离，因为厨房里根本没有电视。那之后，他申请安装了一台。"9·11"事件后，多数员工都决定不管在什么时候，身上都要带着现金和白宫通行证，免得他们需要再次立即撤离白宫。

贝蒂·蒙克曼负责着白宫中所有珍贵艺术品和家具的保护和编目工作，所以她需要担忧的不仅仅是自己逃命，还要在紧急情况下，决定哪些具有历史价值的艺术品或家具必须抢救出去，比如，东大厅的兰斯唐版本的华盛顿像和林肯卧房里的葛底斯堡演说就是重中之重。

回想起那个可怕的日子，她说，仍然叫她气愤的是，整栋大楼并没有明确的疏散计划。"在招待办公室工作的一个年轻姑娘跑过我们的办公室时，大叫着'快跑，快跑，快跑'，然后白宫的警察说'往南跑'，接着又有人喊'往北跑'，全乱套了。"

那天早上，蒙克曼原本决定到防空洞里躲着，可下到一半时，她猛地想到，老天爷，如果他们轰炸这里的话，我们会被废墟埋起来。于是，她又掉头往楼上走，最终跑到了拉菲特广场，在那里，一辆辆的救护车和消防车在她身边呼啸而过，驶向五角大楼方向。

沙伊伯说，发生危机时，官邸员工并非当务之急，所以也不应该期望特工会为他们担忧。"我们是家政人员，不是什么重要人物，"他说，"所以既然到了那儿，你就得明白，每个在白宫工作的人背上都有个靶心。"

看到恐怖袭击的暴行给总统带来的巨大压力，沙伊伯很伤心，好像"全世界的重量真的全部压到了布什的肩上"。袭击发生后，多国领导人来到白宫表达同情、协调战略。明白食物可以左右心情的沙伊伯，没有制作更多的现代菜式，转而为他们准备了纯粹的安慰性食物。沙伊伯说："我回想起我妈妈的餐桌，在那里找到了灵感。"

　贝塞斯达海军医院的心理咨询师还来到白宫，和员工讨论了他们遭受的精神创伤。克莱伯也和一位咨询师聊了聊，但没人能为员工提供任何经历过时间考验的指导意见："没人经历过这种事。"

　花匠温迪·埃尔萨瑟说，她现在聊起那天时，还会哭个不停。有好几个月的时间，梅斯尼埃早上冲澡时，还会惊恐万分。他的妻子和儿子求他不要回去上班，而且他也旁听了盖里·沃特斯在"9·11"事件发生一周后召开的员工会议，沃特斯说，如果他们感到压力太大，可以辞职。

　但是，就像比尔·克莱伯一样，梅斯尼埃做不到狠心离开。"你要明白的是，我觉得这份工作天生就是为我而设的，"他说，"我属于这里。"

　让劳拉·布什感到安慰的是，没有人因为恐惧而辞职。她告诉我，看到员工们回去继续工作，让她对住在白宫里心安了许多。"我们都知道会再次回到白宫，也相信我们是安全的，但是话说回来，他们本可以选择换工作，或者说，'你知道吧，现在的压力太大了，我宁愿去干别的'。"她说，"但他们没有，谁都没有这样做。"

Epilogue 尾 声

我的天，她肯定会以我为傲的。

——男仆詹姆斯·拉姆齐谈如果他母亲还在世的话，
会对他的白宫生涯作何反应

那天，华盛顿特区的温度高达36℃，又是一个黏糊糊的夏日午后，男仆詹姆斯·杰弗里斯家里的窗口式冷气机正在超负荷工作——1979年时，他在华盛顿东北部买下了这幢有三间卧室的红砖排屋——我去的时候，卧室的墙正在重新粉刷，还剩一半没刷完。"本来在复活节前就该完工的，可是我已经七十二岁了，干一会儿就累得不行。"他急着向我道歉。但其实其实完全没有这个必要。

电视正在大声地播放着历史频道，他那个高高瘦瘦、十几岁的孙子，不时地晃进晃出（"我以前和他特别像"）。在一张摆满了子女和孙辈照片的桌子旁坐下来后，杰弗里斯向我讲述了白宫是如何成为他的家庭代代传承的遗产的。他慢条斯理地解释道，过去五十年在白宫服务过的人，要么是他的亲戚，要么就是和他认识，他或许姓杰弗里斯，但也是费科林家的人，而费科林一家中，有九个人曾在白宫工作过。

连那些与他并无血缘关系的官邸员工，好像也和他成了一家人。杰弗里斯当领班的舅舅约翰·费科林退休后，接替的人是尤金·艾伦，他"就像个舅舅一样"。门卫普莱斯顿曾和杰弗里斯的姑姑住在同一幢公寓楼里，对他而言，布鲁斯则像一位父亲。

"韦斯特先生、斯卡尔顿先生，他们都待在幕后，我舅舅（约翰）主管白宫。"这些保障白宫运转正常的非洲裔美国人组成了一个关系密切的小圈子，杰弗里斯对此十分自豪。根据家里流传的说法，他们家人能在白宫有一席之地，是因为他的另一个舅舅查尔斯在海军的一艘军舰上工作时，曾经给富兰克林·罗斯福留下过深刻的印象。当时，罗斯福让查尔斯画一幅餐桌布置示意图，查尔斯坐下来后，熟练地完成了任务。几年之后，查尔斯被叫到白宫参加了面试。

杰弗里斯继承了家族的传统。1959 年，只有十七岁的他开始在白宫工作——他至今都记得具体的日子：1 月 25 日——而现在，他的儿子也成了白宫的男仆。虽然杰弗里斯早已过了该退休的年纪，但他还会时不时在"宫里"兼职，时薪二十五美元。"他们在那边挺照顾我的，都不让我干重活。"

作为美国历史的见证者，杰弗里斯是目前仍然健在的官邸员工中，少数几个还记得在肯尼迪当总统时的白宫里工作是什么样的人。那时，新一代人和新一代科技刚刚把白宫带进了千家万户的客厅里。杰弗里斯的记忆中还留存着肯尼迪夫人很少为人所知的那一面。

"我记得肯尼迪夫人会下楼来，拜托我们搬一把椅子到哪儿或者干脆让我们把椅子搬出房间，然后过了十几二十分钟之后，又想让我们把椅子再搬回去。"他笑着说，"我和另一个年轻力壮的人，其他那些年纪大的瞬间就没影儿了。我从来都没有那种要跑开的感觉，而是想在她身边帮忙，随时待命，她叫我干什么就干什么。如果我自己能搬得动的话，我就自己搬。"

多年之后的一个周六晚上，正在洗碗的杰弗里斯被告知，不要洗了，去二楼帮贝蒂·福特干活儿去。他上楼后，福特夫人问："男仆们呢？"原来，她要找的是那些全职的男仆。

"他们下楼了。我可以帮您叫他们。"他边回话，便按下了电梯按钮，准备下楼。

"我需要的就是个男人而已。"她在家庭餐厅里不耐烦地冲他喊道。

杰弗里斯挤眉弄眼地笑着说："我心想，等等，这个女人想让我干什么啊。进去看了看才明白，她是想让我把那台十九寸的电视搬到卧室里。"

和他的很多同事一样，杰弗里斯回忆起老布什总统平易近人的性格时也充满了深情。"布什老头子让我觉得我也是个人，和他一模一样。有一次，我特别庆幸自己看了一场橄榄球赛，因为第二天还是球赛后那周的哪天，我恰巧到二楼去询问大家要喝什么，他正在和客人们聊天，然后他问我，你对那场比赛有什么看法？我就跟他聊了聊。记下大家的酒水要求后，我就走了。可等我再回来的时候，他又和我聊了会儿比赛。"

杰弗里斯还记得某次正式宴会的前一晚，在给克林顿夫妇和他们的朋友上酒水时，碰到了正往日光浴室走的总统。已经筋疲力尽的克林顿向他倾吐了心声："如果罗伯特·米切姆不是客人的话，我今晚才懒得下楼去。"

杰弗里斯很可怜这位疲惫不堪的总统。"您还是休息一下吧。"他这么回答。

这些正在逝去的一代人，保存着很多珍贵的私人记忆，无论是关于肯尼迪、约翰逊和尼克松的，还是卡特或里根的。他们的回忆描绘出了这些标志性人物不为人知的私密一面。在那些构筑起生活的微小时刻中，官邸的员工瞥见了总统与第一夫人们身上的一些人性，而这些真正的个性在白宫的围墙之外，极少有人知晓。同所有人一样，原来美国的领导人也有犹豫不决、筋疲力尽、失望气馁和高兴快乐的时刻。

很多时候，官邸的老员工们现在只有在退休庆祝会或者葬礼上才有机会相见。他们也会利用脸书和电子邮件来保持联系，但那些没办法一直上网的年长员工，却经常是在某位同事去世很久之后，才知道他们离开的消息。

在采访的过程中，我最不愿意看到的，就是当我无意间提起他们的某位同事已经去世时，他们的脸上流露出的痛苦表情。我完全不知道他们对此一无所知。

当然，也有很多时刻充满了快乐。我在为这本书做调研时，经常能遇上帮助两个年久失联的人重新联系上的欢喜场面。我曾把行政管家克里斯汀·利默里克的邮件地址转给了招待克里斯·艾莫里，而纳尔逊·皮尔斯也曾和我要到了比尔·汉密尔顿的电话。

"我得给那只火鸡打个电话。"詹姆斯·拉姆齐跟我要到老朋友、主厨梅斯尼埃的电话后，两眼放光地说。

官邸员工耐心地在一旁看着每个新家庭学会了如何在白宫的范围之内生活。他们明白，他们的忠诚与谨慎用不了多久就会变成总统和第一夫人的生命线。毕竟，官邸员工是白宫里唯一没有其他动机的人，他们的目的只是服务和安慰。

第一家庭及其助手要仰仗官邸员工的帮助，部分是因为他们是最了解第一家庭生活习惯的人。奥巴马的助理雷吉·洛夫说，"归根结底——不光是我，所有在那里工作过的人都一样——没有什么档案记录，没有什么制度惯例"帮你学会如何做这份工作，"你来到白宫时，基本上就是白纸一张，没有任何介绍手册"。

尽管进行采访之前，我曾研究过一些档案，但和官邸员工坐下来聊的时候——他们很多人都大方地向我敞开了家门——我却根本不清楚会发生什么。不过，我很高兴地发现，在这些人身上，所见即所得。他们中的大多数既不阴暗也不好胜，与华盛顿政治圈中的很多人完全不同。他们真切地希望能为美国的民主运作贡献出一点微薄但却必不可少的力量。他们或许无法左右政策，可他们的工作无疑与很多政治人士的一样重要。要是没有他们，白宫会变得无法居住。

从为第一家庭准备安静的晚餐到为名人、国会议员和世界领导人提供服务，官邸的员工们代表了美国服务业的最高水准，成为一张张带着独特烙印的美国外交名片。而他们的努力也换来了那些世界上最有权势的男人和女人们或间接或直接的感激。

————

2007 年，就在女王伊丽莎白二世进行国事访问前的几个月，斯蒂芬·罗尚少将当上了总招待。"我们给女王留下的印象特别深，所以她后来邀请我和其他几个员工一起到白金汉宫，想让我们见识一下英国人的做事风格。"

到达白金汉宫后，罗尚惊讶地看着女王从他们那里相当于国事楼的楼上，径直向他走了过来。"你是谁啊，年轻人？"女王问道。

"呃，女王陛下，我是罗尚少将，白宫的总招待，"他告诉女王，"您上次国事访问时，正是我们招待的您。"

女王立即喜笑颜开，朝着屋子另一头的丈夫摆摆手："菲利普，菲利普，你快过来！"

官邸员工给人印象如此持久的一个原因就是，他们做什么都似乎易如反掌。"男仆们疾步穿梭，顺畅稳当地提供着服务，却又不易被人察觉。你的食物出现在眼前时，你都不敢肯定它是从哪儿冒出来的。"贝蒂·福特的新闻秘书希拉·拉伯·维登菲尔德回忆了她参加的第一次国宴，"一切都很完美，每个人都光鲜亮丽、高贵优雅，因为他们是世界上最光鲜亮丽、高贵优雅的环境中的一部分。"

而当危机或悲剧发生时，员工们的表现更是出色。第一夫人罗莎琳·卡特就曾告诉我，在伊朗人质危机期间，"他们尤其体贴照顾，因为他们很关切，很担心我们。"

官邸员工与其服务的第一家庭完全步调一致，愿意为他们做任何事，而这通常包括牺牲自己的婚姻和无数本应与孩子相处的时光，在弗莱迪·梅菲尔德的例子里，甚至连生命也可以献出。"他们是世界上骗术最高明的人，"露西·贝恩斯·约翰逊开玩笑说，"能让每个第一家庭都觉得自己是他们的最爱。"

此言不虚：男仆詹姆斯·拉姆齐很了解小布什总统什么时候需要好好笑一场；行政管家克里斯汀·利默里克也知道在南希·里根长篇大论地训话时，要忍气吞声；主厨罗兰·梅斯尼埃更是明白希拉里·克林顿什么时候需要吃一块她最喜欢的摩卡蛋糕。

我采访拉姆齐时，他似乎还不像快要离开人世的样子，虽然他知道自己病了——他患的是直肠癌，已经扩散到了肝脏——可是却一直拖着不肯答应我多次要和他吃个午饭的请求。（"你是个好姑娘，亲爱的。回头约。我给你电话。"）拉姆齐总是一副乐呵呵的样子，从不会表露出自己所受的痛苦，他对生活和未来充满了希望，常常绘声绘色地讲述他和新女友的晚餐约会，或者聊起他想和库房长比尔·汉密尔顿一起去拉斯维加斯旅行的事情。

他的女儿后来告诉我，那时他已经转用草药来和折磨他的癌症搏斗了。

拉姆齐在 2014 年 2 月 19 日去世后，那些他曾热爱的家庭以不同方式回报了他的深情厚谊：几十位前白宫同事出席了他的葬礼，劳拉·布什发表了悼词，奥巴马和克林顿也写来了追悼信（他人代读），而为他抬灵柩的，则是他在白宫的男仆同事。

"他似乎总是清楚我们什么时候需要被他的幽默鼓舞一下——在白宫，这种需要太频繁了。"克林顿总统写道，"希拉里、切尔西和我，都有和拉姆齐有关的回忆。这位先生很会讲故事，而且从政治到体育，他对各种发展中的事件，经常有着令人捧腹的看法。"

奥巴马一家赞扬了拉姆齐"毫不动摇的爱国情怀"，并在信中说，"詹姆斯见证了我国历史上众多伟大的时刻"。

劳拉·布什带着女儿珍娜参加了这场在华盛顿东北部的三一浸信会教堂（Trinidad Baptist Church）举行的追悼仪式。在悼词中，前第一夫人称赞这位男仆在她的丈夫似乎要被世界压垮的时候，为他带去了许多急需的轻松时刻。（拉姆齐的女儿瓦莱丽说："她的话让我热泪盈眠。") 布什夫人说，拉姆齐不仅仅是一名员工，更是一位忠实的朋友。而且，和他的所有同事一样，他也有着与生俱来的忠诚、奉献与谨慎的品质。

她对参加追悼会的人说，拉姆齐所做的，不止是悉心照顾那些总统。"他还让他们发笑，为他们鼓劲，点亮了他们的每一天。"最后，她代表布什全家说道，"我们感谢上帝，让我们的生活中有过拉姆齐。"

对拉姆齐而言，为美国的第一家庭服务，给他的人生赋予了意义和目标。我曾经问他，几十年前第一次踏进白宫时心里是什么感觉，他有些伤感地告诉我："哦，我的天，简直太开心了。"

致 谢 *Acknowledgements*

我们的女儿夏洛特出生几周后的某天，我走到屋外呼吸新鲜空气，顺便看了看信箱，结果惊讶地发现一个崭新的白信封，上面的回信地址是宾夕法尼亚大街 1600 号。信封里面是一张祝贺夏洛特出生的字条，落款是奥巴马。这种信件一般只会寄给重要人物、总统的朋友以及官邸员工的家人，我完全想不出到底是谁会为我们做这么一件事。倒不是因为我不认识会为了我们而如此不嫌麻烦的人，恰恰是因为有太多善解人意的人会这么做，我猜不出是哪个。

在为本书做调研的过程中，我采访了一百多位官邸员工、总统助理和第一家庭成员，他们中的很多人都发自内心地宽厚大方。最终，我把范围缩小到了前库房长比尔·汉密尔顿身上，艾森豪威尔当总统时，他也开始了自己在白宫的职业生涯。我打电话向他表示感谢时，汉密尔顿反倒说："很抱歉没能早点寄给你。"这些人就是这样，他们的职业生活全部都奉献给了照顾第一家庭，但却和华盛顿那些只图私利的典型政客大相径庭。事实上，他们似乎在后来的人生中也保持着这种职业看护人的角色。

这本书带我经历的旅程，始于 2012 年 10 月，当时我正在没日没夜地照顾我们刚刚出生的儿子格拉姆，一刻不得闲。有一天，两眼昏花的我马拉松式地看《唐顿庄园》时，被剧中充满矛盾的关系深深吸引了：两群生活在同一屋檐下的人，却在其他各方面有着天壤之别。这立即让我想起了自己曾经参加过的一次小型记者午宴，组织者是第一夫人米歇尔·奥巴马。我还记得宴会上那些鲜亮的粉色和绿色花卉，以及大白天时香槟酒杯碰撞的声音——对于一个习惯了在白宫地下室的狭小办公室里吃三明治的记者而言，这一切都是如此豪华奢侈。不过，给我印象最深的，却是一个似乎无声无息出入于宴会厅的男仆。

于是，我开始接触这些维持白宫日常运转的人，而这个过程也着实让我大开眼界，完全超出了我的想象。我有幸采访过的一些员工，曾经目睹了杰奎琳·肯尼迪在家庭私人区休息时活泼调皮的一面，我也采访过在尼克松宣布辞去总统之后，陪着他五味杂陈地从椭圆形办公室走回官邸的白宫电工。

而这一切之所以成为可能，还要感谢官邸那些慷慨大方的员工，是他们对我敞开了家门，也敞开了心门。这些人是：克里斯汀·利默里克、林伍德·韦斯特雷、斯基普·艾伦、贝蒂·芬尼、鲍勃·斯坎伦、比尔·汉密尔顿、詹姆斯·杰弗里斯、罗兰·梅斯尼埃、纳尔逊·皮尔斯、弗兰克·鲁塔、克里特斯·克拉克、斯蒂芬·罗尚、比尔·克莱伯、林赛·里特尔、温迪·埃尔萨瑟、克里斯·艾莫里、朗恩·佩恩、詹姆斯·豪尔、威尔逊·杰曼、沃辛顿·怀特、盖里·沃特斯、贝蒂·蒙克曼、玛丽·普林斯、沃尔特·沙伊伯、文森特·康提、弥尔顿·弗雷姆、约翰·穆勒、吉姆·凯彻姆、托尼·萨沃伊、伊凡妮丝·希尔瓦、南希·米切尔、普罗维登西亚·普雷迪斯、安·阿莫尼克、皮埃尔·钱柏林、阿尔维·帕斯卡尔和赫尔曼·汤普森。玛格丽特·阿灵顿与我分享了她已故丈夫红子的故事，查尔斯·艾伦也充满爱意地聊了聊他的父亲尤金。我尤其要感谢詹姆斯·拉姆齐，他的笑容能让蓬荜生辉，我很感激与他相处的时光。

当然，这一切如果没有我的作品经纪人霍华德·尹，也无法成真。霍华德自始至终都对我很有信心，并陪着我一路走了下来。他除了是个才华横溢的经纪人外，还是一位挚友，在如何当个好家长方面，这些年来，他曾给予了我不少明智的建议。我同样也要感谢了不起的盖尔·罗斯，以及罗斯 - 尹代理公司的达拉·凯，她也是这个顶尖团队的关键一员。他们的座右铭是"书籍改变人生"。嗯，他们确实改变了我的人生，我不胜感激。

我也很享受与哈珀·柯林斯的天才编辑卡尔·摩根一起工作，正是他的编辑让这本书变得明晰、生动起来。同样，我也要感谢很有才华的艾米丽·卡宁汉姆，是她为这个写作计划注入了活力，并且努力让它呈现出了最好的结果。我还要感谢目光独具的乔纳森·伯恩汉姆对我的支持，以及我的第一位编辑蒂姆·达根，他对本书内容的激情感染了我。我要感谢罗宾·比拉德罗，她的封面设计超出了我的所有预想，当然，也要感谢贝丝·希尔芬的专业建议。

我要谢谢我的丈夫布鲁克，我总是看不够他，而他也让我的生活充满了甜蜜。谢谢我们两个了不起的孩子，格拉姆和夏洛特，他们带给了我们太多欢乐。谢谢我的母亲瓦莱丽，她是世界上最聪慧和慈爱的女人。（她碰巧还是个老练的编辑，帮我把这些故事组织在一起，让我找到了我的声音。）我的父亲克里斯托弗也很棒，作为我的榜样，他为我和妹妹凯莉注入了无比的自信。凯莉，看着你出落成一位聪明又善良的女人，真是乐趣多多。谢谢我的婆婆南希·布劳尔、我们的所有亲人以及米妮和伊丽莎白。我真希望我们能再多一些和比尔·布劳尔相处的时光，逝者如斯，他是个好人，也是个好父亲和好公公。

我采访过的那些第一夫人，都希望大家能对这些让她们在白宫的生活变得可以忍受的员工多些了解。我很感激她们抽出时间来这么做，也感谢她们作为白宫终极圈内人的真知灼见。劳拉·布什向我讲述了"9·11"事件带来的恐惧和她与员工们共同弥补创伤的心路历程。芭芭拉·布什回顾了她和官邸员工间轻松活泼的友情。（"你不会取笑你不喜欢的人，你只会取笑你喜欢的人……他们也会取笑我，我可是愿赌服输的。"）罗莎琳·卡特称赞说，在四百四十四天惊心动魄的伊朗人质危机中，官邸员工给了他们一家人很大的安慰，而员工们表现出来的善意，似乎真的触动了她。特蕾西亚·尼克松、露西和琳达·约翰逊、斯蒂夫和苏珊·福特，以及罗恩·里根，全都帮助展示了生活在"白色大牢"里的真实生活是什么样子。

我还非常喜欢和前任社交秘书们的聊天，她们是艾米·赞辛格、德斯蕾·罗杰斯、朱莉安娜·斯穆特和贝丝·阿贝尔。我也同样感谢萨利·麦克多诺、卡琪·霍克史密斯、梅丽莎·蒙哥马利、狄叶娜·康基里奥和雷恩·鲍威尔。感谢那些总统助理，他们为政治官员与官邸员工间的关系提供了重要的观察角度：阿妮塔·邓恩、雷吉·洛夫、凯蒂·约翰逊、凯蒂·麦考密克·莱利维尔德、里德·切尔林、亚当·弗兰克尔、朱莉安娜·斯穆特、安迪·卡德和阿妮塔·麦克布莱德。感谢艾美奖获得者皮特·威廉姆斯，他慷慨地为我拍摄了勒口照片，还在拍照过程中把我逗得前仰后合。我同样要感谢白宫招待办公室、白宫历史协会、约翰·肯尼迪总统图书馆和博物馆、林登·贝恩斯·约翰逊图书馆和博物馆、尼克松总统图书馆和博物馆、理查德·尼克松基金会、杰拉尔德·福特总统图书馆、吉米·卡特总统图书馆和博物馆、罗纳德·里根总统图书馆和博物馆、乔治·布什总统图书馆和博物馆、威廉·克林顿总统图书馆和博物馆，以及乔治·沃克·布什总统图书馆和博物馆的所有工作人员。

在我采访和研究了数月之后，盖尔·兹马克·莱蒙给了我一条简单粗暴但却十分必要的建议："坐下来，开始写！"作为一名畅销书作者和功成名就的记者，盖尔是我在写作过程中的重要参谋。感谢克里斯蒂娜·瓦尔纳和安妮·凯特·庞斯。安妮，我也爱"和你一起人生"，虽然我们天各一方。

我要深深地感谢彭博新闻的阿尔·亨特，是他给了我千载难逢的机会，安排我去报道白宫的新闻，同样，我也要感谢乔·索伯兹克、斯蒂夫·科马洛、杰宁·卡明斯和马克·希尔瓦，是他们让我领悟到了当记者的乐趣。

译名对照表

说明：本对照表仅收入了不太常见的译名对照，著名人物如总统等的译名未收入其中。

阿比盖尔·亚当斯	Abigail Adams
阿尔·亨特	Al Hunt
阿尔弗雷多·萨恩斯	Alfredo Saenz
阿尔维·帕斯卡尔	Alvie Paschall
阿伦佐·菲尔兹	Alonzo Fields
阿姆斯泰德·巴内特	Armstead Barnett
阿妮塔·邓恩	Anita Dunn
阿妮塔·卡斯特洛	Anita Castelo
阿妮塔·麦克布莱德	Anita McBride
埃里克·克拉普顿	Eric Clapton
艾米·卡特	Amy Carter
艾米·赞辛格	Amy Zantzinger
艾米丽·卡宁汉姆	Emily Cunningham
艾萨克·艾弗里	Isaac Avery
爱德华·肯尼迪	Edward Kennedy
安·阿莫尼克	Ann Amernick
安迪·卡德	Andy Card

安吉拉·里德   Angella Reid

安妮·凯特·庞斯   Annie Kate Pons

安妮·林肯   Anne Lincoln

奥莱格·卡西尼   Oleg Cassini

奥马尔·冈萨雷斯   Omar Gonzalez

奥斯卡·奥尔特加 - 赫尔南德斯   Oscar Ortega-Hernandez

奥提斯·威廉姆斯   Otis Williams

巴迪·卡特   Buddy Carter

芭芭拉·布什   Barbara Bush

邦纳·阿灵顿   Bonner Arrington

保罗·格林   Paul Glynn

鲍勃·斯坎伦   Bob Scanlan

贝蒂·芬尼   Betty Finney

贝蒂·卡瑞   Betty Currie

贝蒂·蒙克曼   Betty Monkman

贝丝·阿贝尔   Bess Abell

贝丝·希尔芬   Beth Silfin

比比金   B. B. King

比利·格雷厄姆   Billy Graham

比利·卡特   Billy Carter

碧·克莱伯   Bea Cliber

查尔斯·"贝贝"·雷博佐   Charles "Bebe" Rebozo

查尔斯·艾伦   Charles Allen

查尔斯·费科林   Charles Ficklin

达拉·凯   Dara Kaye

戴夫·帕沃斯   Dave Powers

戴维·休姆·肯纳里   David Hume Kennerly

丹尼斯·麦克多诺   Denis McDonough

德斯蕾·罗杰斯   Desirée Rogers

狄叶娜·康基里奥   Deanna Congileo

迪安·腊斯克	Dean Rusk
蒂姆·达根	Tim Duggan
杜克·艾琳顿	Duke Ellington
厄尔文·"艾克"·胡夫	Irwin "Ike" Hoover
弗莱德里克·"弗莱迪"·梅菲尔德	Frederick "Freddie" Mayfield
弗兰基·布莱尔	Frankie Blair
弗兰克·科米尔	Frank Cormier
弗兰克·鲁塔	Frank Ruta
弗雷泽·罗宾逊	Fraser Robinson
盖尔·兹马克·莱蒙	Gayle Tzemach Lemmon
盖尔·罗斯	Gail Ross
盖里·沃特斯	Gary Walters
格蕾丝·柯立芝	Grace Coolidge
H.R."鲍勃"·豪德曼	H. R. "Bob" Haldeman
哈罗德·汉考克	Harold Hancock
赫尔曼·汤普森	Herman Thompson
亨丽埃塔·奈斯比特	Henrietta Nesbitt
亨利·弗朗西斯·杜邦	Henry Francis du Pont
亨利·豪勒	Henry Haller
红子·阿灵顿	Reds Arrington
霍华德·尹	Howard Yoon
J.B.韦斯特	J. B. West
吉姆·凯彻姆	Jim Ketchum
吉姆·罗宾逊	Jim Robinson
加德·格雷格	Judd Gregg
加瑞特·莫里斯	Garrett Morris
简·厄肯贝克	Jane Erkenbeck
杰奎琳·肯尼迪	Jacqueline Kennedy
杰里米·伯纳德	Jeremy Bernard
杰宁·卡明斯	Jeanne Cummings

卡尔·摩根	Cal Morgan
卡罗琳·肯尼迪	Caroline Kennedy
卡琪·霍克史密斯	Kaki Hockersmith
凯蒂·麦考密克·莱利维尔德	Katie McCormick Lelyveld
凯蒂·约翰逊	Katie Johnson
凯瑟琳·芬顿	Catherine Fenton
凯文·肯尼迪	Kevin Kennedy
凯伊·韦斯特雷	Kay Westray
克劳迪娅·"小瓢虫"·约翰逊	Claudia Lady Bird Johnson
克里斯·艾莫里	Chris Emery
克里斯蒂娜·瓦尔纳	Christina Warner
克里斯塔·科莫福德	Cristeta "Cris" Comerford
克里斯汀·利默里克	Christine Limerick
克里特斯·克拉克	Cletus Clark
肯·奥唐纳	Ken O'Donnell
肯尼思·斯塔尔	Kenneth Starr
莱克斯·斯卡尔顿	Rex Scouten
朗恩·佩恩	Ronn Payne
朗尼·邦奇	Lonnie Bunch
劳拉·布什	Laura Bush
劳伦斯·阿雷塔	Lawrence Arata
雷恩·鲍威尔	Wren Powell
雷吉·洛夫	Reggie Low
雷金纳德·迪克逊	Reginald Dickson
里德·切尔林	Reid Cherlin
理查德·拉塞尔	Richard Russell
丽兹·卡朋特	Liz Carpenter
利蒂希娅·鲍德里奇	Letitia Baldrige
利亚·伯曼	Lea Berman
莉莲·卡特	Lillian Carter

林赛·里特尔	Linsey Little
林伍德·韦斯特雷	Lynwood Westray
琳达·波得·约翰逊·罗伯	Lynda Bird Johnson Robb
路易莎·亚当斯	Louisa Adams
露西·贝恩斯·约翰逊	Luci Baines Johnson
露辛达·摩尔曼	Lucinda Morman
罗宾·比拉德罗	Robin Bilardello
罗伯特·吉布斯	Robert Gibbs
罗伯特·肯尼迪	Robert F. Kennedy
罗伯特·利默里克	Robert Limerick
罗伯特·麦克纳马拉	Robert McNamara
罗恩·盖	Ron Guy
罗恩·里根	Ron Reagan
罗兰·梅斯尼埃	Roland Mesnier
罗莎琳·卡特	Rosalynn Carter
马克·希尔瓦	Mark Silva
马文·布什	Marvin Bush
马友友	Yo-Yo Ma
玛格丽特·阿灵顿	Margaret Arrington
玛格丽特·杜鲁门	Margaret Truman
玛丽·阿诺德	Mary Arnold
玛丽·布莱姬	Mary J. Blige
玛丽·简·麦卡弗里	Mary Jane McCaffree
玛丽·普林斯	Mary Prince
玛丽安·罗宾逊	Marian Robinson
玛莉亚·奥巴马	Malia Obama
玛米·艾森豪威尔	Mamie Eisenhower
玛莎·斯图尔特	Martha Stewart
迈克尔·"拉尼"·弗拉沃斯	Michael "Rahni" Flowers
迈克尔·史密斯	Michael Smith

萨金特·施雷夫	Sargent Shriver
萨姆·费科林	Sam Ficklin
萨姆·华盛顿	Sam Washington
萨姆·卡斯	Sam Kass
萨莎·奥巴马	Sasha Obama
瑟古德·马歇尔	Thurgood Marshall
斯蒂芬·芬奇	Stephen Fincher
斯蒂芬·罗尚	Stephen Rochon
斯蒂夫·福特	Steve Ford
斯蒂夫·科马洛	Steve Komarow
斯迈尔·"笑脸儿"·圣欧班	Smile "Smiley" Saint-Aubin
斯皮罗·阿格纽	Spiro Agnew
苏珊·福特	Susan Ford
苏珊·托马西斯	Susan Thomases
泰德·格瑞博	Ted Graber
泰德·索伦森	Ted Sorensen
汤姆·佩里尼	Tom Perini
特拉菲斯·布莱恩特	Traphes Bryant
特蕾西亚·尼克松·考克斯	Tricia Nixon Cox
托尼·萨沃伊	Tony Savoy
瓦莱丽·杰拉特	Valerie Jarrett
威尔福德·弗雷姆	Wilford Frame
威尔逊·杰曼	Wilson Jerman
威廉·"比尔"·汉密尔顿	William "Bill" Hamilton
威廉·"比尔"·克莱伯	William "Bill" Cliber
威廉·斯雷德	William Slade
维尔拉·维斯	Viola Wise
温迪·埃尔萨瑟	Wendy Elsasser
文森特·康提	Vincent Contee
沃尔特·沙伊伯	Walter Scheib

沃尔特·詹金斯	Walter Jenkins
沃辛顿·怀特	Worthington White
西斯特·帕里什	Sister Parish
希拉·拉伯·维登菲尔德	Sheila Rabb Weidenfeld
小约翰·肯尼迪	John F. Kennedy Jr.
亚当·弗兰克尔	Adam Frankel
伊凡妮丝·希尔瓦	Ivaniz Silva
伊克拉姆·戈德曼	Ikram Goldman
伊丽莎白·劳敦	Elizabeth Lauten
尤金·艾伦	Eugene Allen
约翰·厄里克曼	John Ehrlichman
约翰·费科林	John Ficklin
约翰·库恩	John Kuhn
约翰·穆勒	John Moeller
约翰-约翰·肯尼迪	John-John Kennedy
泽弗尔·莱特	Zephyr Wright
詹姆斯·"斯基普"·艾伦	James W. F. "Skip" Allen
詹姆斯·布朗	James Brown
詹姆斯·豪尔	James Hall
詹姆斯·霍班	James Hoban
詹姆斯·杰弗里斯	James Jeffries
詹姆斯·拉姆齐	James Ramsey
珍娜·布什	Jenna Bush
朱莉·尼克松	Julie Nixon
朱莉安娜·斯穆特	Julianna Smoot